オランダ靴の秘密

エラリー・クイーン
越前敏弥・国弘喜美代＝訳

角川文庫
17885

THE DUTCH SHOE MYSTERY
1931
by Ellery Queen
Translated by Toshiya Echizen and Kimiyo Kunihiro
Published in Japan
by Kadokawa Shoten Co., Ltd.

オランダ靴の秘密

——ある推理の問題

いくつかの医学的問題について、貴重な助言をくださったS・J・エセンソン医師に本書を捧《ささ》げる

目次

まえがき

本書『オランダ靴の秘密』は（風変わりな題名だが、読み進めるうちに意味は明らかになるだろう）、クイーン父子の犯罪捜査における活躍を描いた三番目の刊行作品である。そして、わたしが序文の執筆をまかされるのも、これで三度目だ。前の二作においてわたしはエラリー・クイーンの託宣者として苦心したが、どうやらそれは版元をも、全能の紳士たる作者本人をも落胆させずにすんだらしい。この序文を依頼するのは、小説の形の回想録を刊行にまで運んだ褒美だと、エラリーはおごそかに主張する。その口調から、〝褒美〟とは〝懲罰〟の意味ではないかとわたしは疑っているのだが。

クイーン父子に関して言えば、一般の読者が知らないことや、第一作[*1]と第二作[*2]にちりばめられた手がかりから推察できないことについては、特別な友人であるわたしにも語れるものがほとんどない。かつては実名のもとで（ふたりのたっての要望で実名は伏せている）、クイーン父《ペール》とクイーン息子《フィス》は、ニューヨーク市警察の組織に欠かせない、要《かなめ》とも言える歯車であった。特に一九一〇年代から二〇年代がそうだった。ふたりの記憶は、いまなおニューヨーク市の一部の元警官のなかで鮮やかに生きている。また、センター街の警察本部に保管されている捜査記録や、かつて父子が住んでいた西八十七丁目のアパートメント——いまや私設の博物館となり、父子に恩のある数人の有志によって維持されている場所——におさめられたふたりの仕事ぶりを物語る記念品に、はっきりと残されている。

近況については、ひとことこう述べるにとどめよう。リチャード警視、エラリー、その妻、エラリー夫妻の幼い息子、そしてジューナからなるクイーン一家《メナージュ》は、いまなおイタリアの丘陵地の平和に浸っていて、実質上は犯罪捜査の現場から退いている……。

大富豪のアビゲイル・ドールンが哀れにもあえなく殺害されたと報じられたとき、恐怖のあえぎと憶測のざわめきがニューヨークから波を打ってひろがり、文明世界へ拡散していった様子を、わたしははっきりと覚えている。言うまでもなく、アビゲイル・ドールンは世界に名だたる女傑であり、ごく少額でも金を動かしたり、ごく隠密にでも慈善活動をしたり、ごくありきたりなものでも家庭に問題が生じたりすれば、おのずとそれが新聞の一面を飾った。まぎれもなく〝マスコミの寵児《ちょうじ》〟であり、過去十年間におそらく二十名余りいる、もがいてもあがいても記者たちの穿鑿《せんさく》の目、ひいては俗世間の目から逃れることのできない人物のひとりであった。

エラリーがアビゲイル・ドールンの死にともなう不可解でこみ入った問題を粘り強く解き、多数の関係者を――著名人や富豪もいれば、ただの悪党もいたが――巧みに操って、最後には驚くべき推理を披露したため、警視の名声はいや増し、当然ながら、警察本部の特別顧問としてのエラリー自身の評判も高まった。

『オランダ靴の秘密』の中心となる話は、方針に従って個人名を変え、創作上の見地から詳細の一部に修正を加えたものの、おおむね事実であることを心に留めていただきたい。

困難をきわめた今回の謎解きにおいて、エラリーはまちがいなく知力を最大限に発揮している。迷宮のごときモンティ・フィールド事件の捜査でも、複雑きわまりないフレンチ殺害事件の捜査でも、これほどの驚くべき知性は必要とされなかった。現実であれ小説のなかであれ、かくも鋭い推理をもって犯罪心理の濛昧《もうまい》たる深みを探り、悪辣《あくらつ》な策略のもつれた糸をほぐした者は、かつてなかったとわたしは確信している。

本書をぜひ楽しんでいただきたい！

J・J・マック

ニューヨークにて
一九三一年五月

（原注）
＊1『ローマ帽子の秘密』（フレデリック・A・ストークス社、一九二九年）
＊2『フランス白粉《おしろい》の秘密』（同社、一九三〇年）

登場人物

アビゲイル・ドールン　大富豪。
ハルダ・ドールン　その跡取り娘。
ヘンドリック・ドールン　黒い羊《オウイス・エベヌス》。すなわち、一家の厄介者。
セアラ・フラー　世話係。
フランシス・ジャニー医師　外科部長。
ルーシャス・ダニング医師　内科部長。
イーディス・ダニング　社会福祉課の職員。
フローレンス・ペンニーニ医師　産科医。
ジョン・ミンチェン医師　医長。
アーサー・レスリー医師　外科医。
ロバート・ゴールド　研修医。
エドワード・バイヤーズ医師　麻酔科医。
ルシール・プライス　看護師。
グレイス・オーバーマン　看護師。

モリッツ・クナイゼル　〝天才〟と呼ばれる男。
ジェイムズ・パラダイス　事務長。
アイザック・カップ　〝臨時警官〟の守衛。
フィリップ・モアハウス　弁護士。
マイケル・カダヒー　ギャング。
トマス・スワンソン　謎の男。
リトル・ウィリー、ジョー・ゲッコー、スナッパー　用心棒。
ブリストル　執事。
ピート・ハーパー　新聞記者。
ヘンリー・サンプソン　地方検事。
ティモシー・クローニン　地方検事補。
サミュエル・プラウティ医師　検死官補。
トマス・ヴェリー　部長刑事。
リッチー警部補　地方検察局捜査官。
フリント、リッター、ピゴット、ジョンソン、ヘス　捜査課の刑事。
リチャード・クイーン警視　警察官。
エラリー・クイーン　分析家。

《オランダ記念病院の平面図》

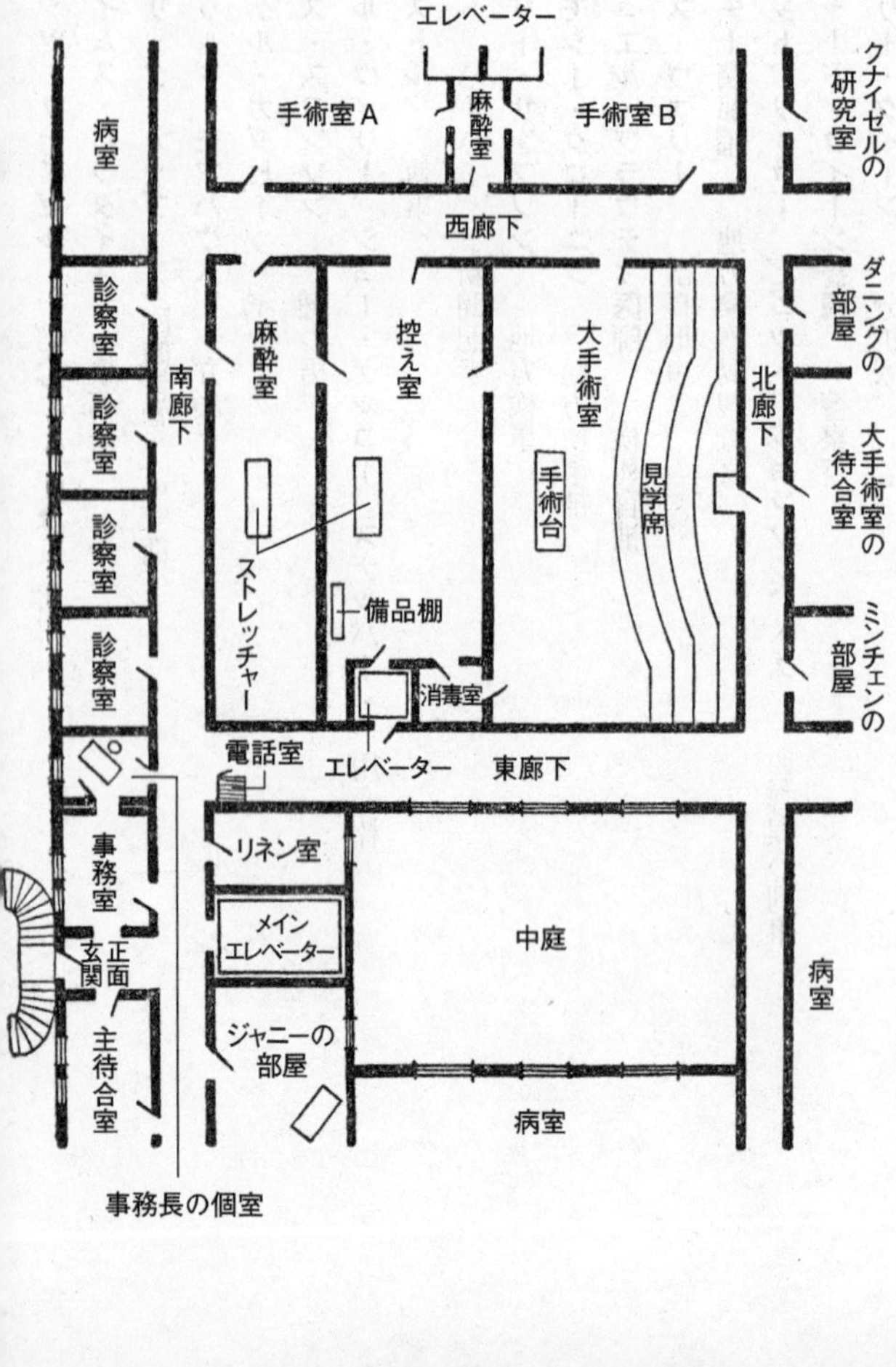

第一部　ふたつの靴の話

人狩りに携わってきた者として、わたしには……民族性のちがいを物ともせず、空間と時間の隔たりをも乗り越えて……心からの深い共感を覚える探偵がふたりだけいる……。なんとも不思議なことに、このふたりは空想に基づく虚構と、現実に基づく虚構という奇妙な対比をなしている。ひとりは書物のなかの舞台で、もうひとりは実在する警察官の血縁の身で、輝かしい名声を得た人物だ……。むろん、そのふたりとは、不朽の名探偵——ロンドンのベイカー街に住むシャーロック・ホームズ氏と、ニューヨーク市の西八十七丁目に住むエラリー・クイーン氏である。

——マックス・ペヒャール博士*『追跡の三十年』より

（原注）

* ウィーン警察の顧問。（編集者）

1 手術 OPERATION

リチャード・クイーン警視は、ふだんの快活な実務家の顔とは驚くべき対照をなす別人格《アルター・エゴ》に促され、しばしば犯罪学の諸問題について教訓を垂れた。講釈の聞き役は、息子にして犯罪捜査の相棒でもあるエラリー・クイーンで、披露の場は、居間の暖炉の前でくつろぐ席と決まっている。ふたり以外でそこにあるのは、クイーン父子に仕える生き霊のごとき少年ジューナの滑るように動く影だけだ。

「最初の五分が肝要だ」警視は重々しい口調で言う。「それを忘れるな」得意の演題だ。「最初の五分しだいで大いに労が省ける」

すると、子供のころから捜査指南を糧に育ったエラリーは、鼻を鳴らし、パイプを一服して、暖炉に目を注ぎつつ思う。事件が起こって三百秒以内に、捜査官が現場に到着できる幸運がそうそう訪れるものだろうか。

エラリーが疑問を口に出すと、警視は悲しげにうなずいて同意を示す――そう、そんな幸運はめったにめぐってこない。捜査官が着いたときには、痕跡《こんせき》は薄れて、冷えきっている。そうなったら、運命による非情な遅れを償うために、せいぜいできることをするしかない。おい、ジューナ、嗅《か》ぎ煙草をとってくれ！

エラリー・クイーンは運命論者ではなく、また決定論者でも実用主義者でも現実主義者でもない。数々の「主義」や「論」とのただひとつの妥協点は、思想の歴史を通じてさまざまな名前とさまざまな結末を有してきた、知性という福音への絶対の信仰だけだ。この点においてエラリーは、クイーン警視の根本的な職業意識から大きく隔たっていた。情報屋を使う警察のやり方を、創意に富んだ思索の高潔さを穢《けが》すものとしてきらい、煩わしい制約――規則ずくめの組織に付き物の数々の制約――をともなう捜査の進め方を鼻で笑った。「少なくともそういう意味では、カントに賛成だね」エラリーは好んでそう言った。「純粋理性は人間の雑多な資質のうち最良のものだ。ひとりが思いつくことは、別の者も推察できるんだから……」

これはエラリーの信条を最も簡潔に表すことばだ。ところが、アビゲイル・ドールン殺害事件の捜査では、これを放棄しそうになった。びくとも揺らぐことなく知力を駆使してきたエラリーにとって、疑念に襲われたのはおそらくはじめてのことだった。不安を覚えたのは、過去の事件で幾度となく実証されてきた自身の信条そのものに対してではない。他人の頭脳が生み出したものを解き明かすのに必要な、自身の思考力に対して疑いを持ったのである。むろん、エラリーは自我論者であり——「デカルトとフィヒテには大いにうなずける」というのが口癖だったが——このときばかりはドールン事件をめぐる途方もない迷宮にはまりこみ、運命——すなわち、自己決断という私有地への厄介な侵入者——を見過ごしてしまった。

一九二一年一月の寒々とした陰鬱《いんうつ》な月曜日の朝、エラリーは犯罪事件のことを考えながら、東六十丁目あたりの静かな通りを進んでいた。重く黒いアルスターコートを着て、鼻眼鏡の冷たい光が隠れるほど中折れ帽を目深にかぶり、霜で覆われた舗道にステッキを突きながら、低い建物が密集して並ぶつぎのブロックへと歩いていく。とんでもなく手ごわい問題だった。絶命の瞬間から死後硬直《リゴール・モルティス》が現れるまでのあいだに、何かが起こったにちがいない……。まなざしは穏やかだが、浅黒く焼けたなめらかな頬はこわばっていて、ステッキで路面を打つ手に力がこもった。

通りを渡り、その一画でいちばん大きな建物の正面玄関へ足早に近づいた。目の前に現れたのは、曲線を描く巨大な赤色花崗岩《かこうがん》の階段だ。のぼり口が舗道の別の二か所にあり、石造りの踊り場でひとつにまとまっている。鉄の閂《かんぬき》がついた大きな両開きのドアの上に石板があり、そこに銘が刻まれていた。

オランダ記念病院

階段を駆けあがり、少し息をはずませたまま、大きなドアの一方に力をかけた。天井の高い、ひっそりとした玄関ロビーに目を走らせた。床は白い大理石敷きで、壁は鈍い色のエナメルが厚く塗られている。左手に開いたドアがあり、〝事務室〟と記された白い表札が掛かっていた。右手にもドアがあって、同様の表札に〝待合室〟の文字が見える。正面へ目を移すと、ロビーの奥にガラスのスイングドアがあり、その向こうに大型エレベーターの格子があって、昇降口で染みひとつない白い服を着た老人が番をしていた。

同じく白い上着とズボンを身につけ、庇《ひさし》の黒い帽子をかぶった、顎《あご》の頑丈そうな赤ら顔のたくましい男が事務室から出てきて、エラリーはあたりを見まわすのをやめた。

「面会時間は二時から三時まで」男が無愛想に言った。「それまで面会はできませんがね」

「えっ？」エラリーは手袋をはめた両手をポケットに深く突っこんだ。「ミンチェン医師に会いたいんだ。至急」

係員が顎をさすった。「ミンチェン先生に？　約束はありますかね」

「まあ、会ってくれるさ。至急と言っただろう。頼むよ」ポケットを探って銀貨を一枚引き出す。「取り次いでもらえないかな。とにかく急いでるんだよ」

「チップは受けとれませんな」係員が残念そうに言う。「伝えますが、あんたの名前は――」

エラリーは目をしばたたき、笑みを浮かべて銀貨をしまった。「エラリー・クイーン。チップは禁止なんだね。名前を訊《き》いてもいいかな。まさかカロン（ギリシア神話に登場する、黄泉の国への渡し守）とか？」

男は怪訝《けげん》そうな顔をした。「いいえ。アイザック・カップです。臨時警官の」上着についたニッケルの記章を指さし、のろのろと去っていった。

エラリーは待合室にはいって腰をおろした。中にはだれもいない。思わず鼻に皺《しわ》を寄せた。消毒薬のかすかなにおいが鼻腔《びこう》の敏感な粘膜を刺激する。ステッキの先端でタイル張りの床をいらいらと叩《たた》いた。

白い服を着た体格のよい長身の男が、いきなり待合室に飛びこんできた。「やあやあ、エラリー・クイーン！」エラリーがすばやく立ちあがり、ふたりは親しみをこめて握手を交わす。「いったいなぜここへ？　相変わらず何やら嗅ぎまわってるのかい」

「例のごとくだよ、ジョン。事件なんだ」エラリーは小声で言った。「やっぱり病院は好きになれないな。気分が滅入《めい》る。だけど、どうしても教えてもらいたいことがあって――」

「喜んで協力するよ」ミンチェン医師がきっぱりと言った。潑剌《はつらつ》とした青い目を光らせ、一瞬笑顔を見せる。それからエラリーの肘《ひじ》をつかんで、待合室の外へ連れ出した。「だけど、ここでは話せない。ぼくの部屋へ行こう。きみとだったら、いつでも話す時間をとるさ。前に会ってから、たしかもう何か月も経つな……」

ふたりがガラスのドアを抜けて左へ曲がると、輝く廊下が長く伸び、その両側に閉じたドアが並んでいた。消毒薬のにおいがさらに強くなる。

「これぞアエスクラピウス（古代ローマの医術の神）の国だ」エラリーは息を吞《の》んで言った。「すさまじいにおいだけど、きみは平気なのか。ここに一日いたら、窒息しそうなものだが」

ミンチェン医師は含み笑いをした。「慣れだよ。それに、空中に漂う目に見えない大量の細菌より、クレゾール石鹼《せっけん》液や昇汞《しょうこう》やアルコールの刺激臭を吸うほうがましだからね……」

ふたりは廊下をしばらく進んで右へ曲がり、そこから直角に走る通路を進んだ。「親父さんは元気かい」

「まあまあだ」エラリーの目が曇る。「いま厄介な事件を手がけていてね——ひとつ、ちょっとした問題があるんだ……。ぼくの考えてるとおりなら……」

また角を曲がり、最初に通ったのと平行に走る第三の廊下を進んだ。右側は全面が壁で、ひとつだけ頑丈そうなドアがあり、〝劇場型大手術室　見学席入口〟と表示されている。左側には手前から順に、〝内科部長　ルーシャス・ダニング医学博士〟、そある。

の少し先に〝待合室〟と記されたドアがあり、エラリーの連れは三つ目のドアの前で笑みを浮かべてついに足を止めた。〝医長 ジョン・ミンチェン医学博士〟の表示がある。

家具の少ない広々とした部屋で、机が大きく場所をとっていた。壁際には戸棚がいくつか並び、ガラスの棚板にきらめく金属の医療器具が載っている。ほかには椅子が四脚、分厚い書物が詰まった幅広の低い本棚がひとつ、それにスチールの書類整理箱がいくつかあった。

「すわってコートを脱いでくれ。話を聞こう」ミンチェンが言った。机の後ろの回転椅子に勢いよく腰かけ、背もたれに寄りかかって、指先の角張ったがっしりした手を頭の後ろにあてる。

「訊きたいことはひとつだ」エラリーはアルスターコートを椅子に投げかけ、部屋を横切りながら小声で言った。それから机に身を乗り出し、熱のこもった目でミンチェンを見据える。「死後硬直が起こるまでの時間が、何かの事情で変わることはあるのか」

「ある。死因は？」

「銃で撃たれて……」

「年齢は？」

「四十五ってところだ」

「病変は？　つまり——何か持病は？　たとえば、糖尿病とか」

「あったとは聞いてないな」

　ミンチェンがすわったまま静かに体を揺すった。エラリーは上体を起こし、自分も椅子に腰かけて、煙草を手探りした。

「ほら——ぼくのを吸うといい」ミンチェンは言った。「いいかい、エラリー。死後硬直というのはややこしいものでね。ふつうなら遺体を自分で調べてからじゃないと判断はくだせない。特に糖尿病のことを訊いたのは、四十歳以上で血中の糖濃度が高い人間は、ほぼまちがいなく変死後の硬直が約十分以内に——」

「十分だって？　おいおい！」エラリーは張りのある薄い唇から煙草をぶらさげて、ミンチェンを凝視した。「十分か」低い声で繰り返す。「糖尿病……。ジョン、電話を貸してくれ！」

「ご自由に」ミンチェンは腕を振り、椅子に身を預けた。エラリーが早口で番号を告げ、ふたりの交換手と話をしたのち、電話は検死局とつながった。「プラウティ先生ですか。エラリー・クイーンです……。ヒミネスの検死で、血中から糖は検出されましたか……。なんですって？　糖尿病を長年患っていた？　驚いたな！」

　エラリーはゆっくりと受話器をもどして大きく息を吸い、笑みを浮かべた。顔にあった緊張の皺が消えている。

「終わりに病ですべてよし、だよ、ジョン。けさはきみに大いに助けられた。あと一本電話をしたら、すべてに片がつく」

エラリーは警察本部に電話をかけた。「クイーン警視を頼む……あ、父さん？　あれはオロークだね……。まちがいない。脚の骨折は……。そう。折れたのは死んだあと、ただし十分以内だ……。そのとおり！　……ああ、ぼくもさ」

「まだ帰るなよ、エラリー」ミンチェンが愛想よく言った。「ぼくも少し時間があるし、久しぶりに会ったんだから」

ふたりはまた椅子に腰をおろして煙草を吸った。エラリーの表情はずいぶんなごやかだ。

「お望みなら、一日じゅうだってここにいるよ」エラリーは笑った。「いまきみがくれた一本の藁《わら》が、ラクダの硬い背骨を折ったんだ……。ともあれ、ぼくはあまり自分を責めるべきじゃない。ガレノスの医術の秘密を学んだことがない身で、糖尿病のことなんかわかるはずがなかったんだから」

「医者だっていつも大負けするわけじゃない」ミンチェンが言う。「実は、ちょうど糖尿病のことが頭にあったんだ。この病院の最重要人物が――真性糖尿病の長期患者なんだが――けさ院内で大変な災難に見舞われたばかりでね。階段のてっぺんから派手に転げ落ちたんだよ。胆嚢《たんのう》破裂で、ジャニーが緊急手術の手配をしている」

「気の毒に。そのおえらいさんというのは何者なんだ」

「アビー・ドールン」ミンチェンは真顔で言った。「七十歳を超えていて、高齢のわりに達者な女性だが、糖尿病のせいで胆嚢破裂の手術にはかなりの危険がともなう。ひとつ救いなのは、目下、昏睡《こんすい》状態にあるために麻酔が要らないことだ。夫人は軽度の慢性虫垂炎を患っていて、来月ここでその手術をおこなう予定だったんだが、今回ジャニーはそっちには手をつけないだろう――容態が悪化するとまずいからね。深刻に聞こえるかもしれないけど、それほどでもないんだ。患者がドールン夫人じゃなかったら、ジャニーもただ興味を持つ程度で、みずから執刀したりはしなかっただろう」腕時計を確認する。「手術は十時四十五分にはじまる――もうじき十時だ――ジャニーの手並みを見ていかないか」

「でも……」

「驚くほど優秀な人でね。東部でいちばんの外科医だ。このオランダ記念病院の外科部長の座にあるのは、ドールン夫人の援助のおかげもあるが、言うまでもなくメスさばきの非凡さゆえでもある。見ていくといいよ。ジャニーはきっと患者を救う――場所は廊下の向こうの大手術室だ。無事快復するとジャニーが請け合っているんだ。あの人がそう言うんだから、信じていい」

「見るしかなさそうだな」エラリーは浮かない口調で言った。「実は、外科手術に立ち会ったことがないんだ。こわいんだろう？　どうやら、ちょっと気分が悪くなってきたよ、ジョン……」そろって声をあげて笑う。「大富豪にして博愛家、社交界の老貴婦人にして財界の大物——されども死を免れぬ肉体よ！」

「死はだれにも訪れる」机の下でゆったりと脚を伸ばしながら、ミンチェンが感慨深げに言った。「そう、アビゲイル・ドールンの話だったな……。この病院の創設者だというのは知っているね、エラリー。夫人の発案に、夫人の金——まさしくドールン夫人の病院だ……。たしかに、だれもがショックを受けたよ。中でもジャニーは特にね——夫人は昔からずっと後見人に等しい存在で——ジョンズ・ホプキンスからウィーン、ソルボンヌと大学へかよわせてくれ、いまのジャニーがあるのはまちがいなく夫人のおかげだ。ジャニーが自分で執刀したいと言うのは当然だし、むろんうまくやりとげるだろう。あれほど腕が立つ外科医はいないから」

「事故はどんなふうに起こったんだい」エラリーは興味を示して訊《き》いた。

「不運だと思うな……。毎週月曜日の朝、夫人はみずから発案した慈善病棟を視察にやってくるんだが、けさ三階の階段をおりようとしたとき、糖尿病性の昏睡に陥って階段から落ち、腹を打ったんだ……。さいわいそこにジャニーが居合わせた。すぐに容態を確認し、ざっと診ただけで、転落によって胆嚢が破裂したとわかった——腹が腫《は》れていたんだ……。となると、対処法はひとつ。ジャニーはグルコース・インスリン投与の応急処置をはじめた……」

「昏睡の原因は？」

「どうやら、ドールン夫人の世話係であるセアラ・フラーの不注意らしい。もう何年もアビーについている中年の女性でね。家事を切りまわし、アビーの話し相手をつとめてる。アビーの病状には、日に三回のインスリン注射が必要なんだよ。こういう場合はたいてい患者本人が注射を打つんだが、ジャニーはいつも自分がやると言い張った。ゆうべはどうしても目が離せない患者がいたので、ドールン家へ行けないときはいつもしているように、ジャニーはアビーの娘のハルダに電話をかけたんだ。ところがハルダも留守だったんで、そのフラーという女にハルダ宛《あて》の伝言を託し、帰宅したらインスリン注射をするよう頼んだ。たぶんそれをフラーが忘れたんだろう。アビー自身もそういうところに無頓着《むとんちゃく》なものだから——結局、ゆうべのぶんは投与されなかった。ハルダはジャニーからの伝言を知らないまま朝遅くまで眠っていて、けさもアビーは注射を受けなかった。その状態で腹いっぱい朝食をとった。これがとどめを刺したんだ。たちまち血糖とインスリンの均衡が崩れて、当然の結果として昏睡に至った。運悪く、発作に襲われたのは階段のてっぺんだった。そういうことだよ」

「気の毒に！」エラリーは小声で言った。「みんなに知らせたんだろう？　まもなくここで感傷に満ちた家族の集いがあるわけか」

「親族は手術室に立ち入れない」ミンチェンは険しい顔で言った。「身内は全員、この隣の待合室に控えていてもらう。そう、劇場への親族の入場はご遠慮いただいてるってわけだ。さて！　少しそこらを歩かないか。院内を案内させてくれ。自分で言うのもなんだが、ここはまさに医療施設の鑑《かがみ》なんだよ」

「まかせるよ、ジョン」

ふたりはミンチェンの部屋を出て、来るときに通った北廊下をもどった。ミンチェンはここから手術を見ることになると言いながら、劇場型大手術室の見学席へ通じるドアを示し、それから待合室を指さした。「ドールン家の面々が集まっているところだ。親族はこのあたりを出歩くのも禁じられていてね……。西廊下の向こうに予備の手術室がふたつあるんだよ」角を曲がりながら、ミンチェンはつづけた。「われわれはずっと働きづめだ——外科医陣の規模は東部で有数なんだが……。この廊下の左手が大手術室で——〝大劇場〟とも呼んでいるが——そこにふたつの専用室、つまり控え室と麻酔室が具《そな》わってる。見てのとおり、この廊下——西廊下——の先に控え室への入口があって、その向こうの角を曲がった南廊下に麻酔室へ通じるドアがある……。大手術室では大規模な手術をおこなうが、研修医や看護師たちへの公開指導の意味もあってね。もちろん、手術室は上の階にもいくつかある」

院内は不思議なほど静かだった。ときおり、白い服を着た人影が長い廊下をすばやく移動する。音という音がすっかり消し去られているかのようだった。蝶番《ちょうつがい》にたっぷり油を差したドアがいくつか動き、音もなくなめらかに閉まる。院内には柔らかな散光が行きわたり、薬品のにおいこそするものの、空気はやけに澄んでいた。

「ところで」南廊下に踏み入ったところで、エラリーが唐突に言った。「さっききみは、ドールン夫人の手術では麻酔をおこなわないと言ったね。それはただ昏睡状態にあるからなのか？　ぼくはてっきりすべての手術に麻酔を用いるものだと思ってた」

「もっともな質問だ」ミンチェンは言った。「たしかに、ほとんどの場合――ほぼすべての場合と言っていい――麻酔を使う。でも、糖尿病患者は例外なんだ。知ってのとおり――いや、きみは知らないかな――長く糖尿病を患っている者にはどんな外科手術も危険なんだ。ちょっとした手術でも命とりになりうる。つい先日もこんなことがあってね――足の指の化膿《かのう》で慈善診療室へやってきた患者がいて――気の毒な男だったよ。担当した医師が――なんと言うか、あれは型どおりの治療のなかで起こった単なる不測の事故だったんだ。膿《うみ》を除いて、患者を帰したら、翌朝その患者が死んでいるのが見つかってね。検死の結果、その患者は糖まみれだったとわかった。たぶん本人も知らなかったんだろう……。

つまり、糖尿病患者にメスを振るうのはとんでもないんだよ。どうしても手術せざるをえない場合は、術前処置を施す——なるべく短時間のうちに、患者の血中の糖濃度を一時的に正常にもどすんだよ。術中もインスリンとグルコースの注射を交互におこなって、血糖値を正常範囲に維持しつづける。アビー・ドールンにもこうした処置が必要でね。いまも血液検査で糖濃度の減少をたしかめながら、インスリンとグルコースの投与をつづけている。この応急治療には約一時間半か、ひょっとしたら二時間くらいかかるだろう。ふつうは一か月程度かけるものなんだ。この調整作業をあまり急激にやると、肝臓を傷めることがあるんでね。だけど、アビー・ドールンの場合は猶予がない。胆嚢破裂は半日だってほうっておけないからな」

「なるほど、だが、麻酔はどうなんだ」エラリーは食いさがった。「麻酔を使うと手術がいっそう危険になるということか。だから、手術の衝撃に耐えられるよう昏睡状態を利用するんだな」

「そのとおり。麻酔は危険を増し、手術を複雑にする。だから神から与えられた機会を利用すべきなんだ」ミンチェンは〝診察室〟と記されたドアのノブに手をかけて立ち止まった。「もちろん、アビーが急に昏睡から覚めても一秒の遅れもなく対処できるように、麻酔科医が手術台のかたわらに待機している……。さあここだ、エラリー。最新の病院はどんな様子なのか、きみに見せよう」

ミンチェンはドアを押しあけ、エラリーを招き入れた。ドアが開くと、豆電球を組みこんだ壁の小型パネルが点灯し、診察室が使用中であることを告げた。エラリーは感心して戸口で足を止めた。

「みごとだろう？」ミンチェンは笑った。

「向こうに見えるあの物体はなんだ」

「X線透視装置だよ。各診察室に一台ずつある。もちろん通常の診察台、小型の消毒器、薬品棚、器具戸棚もあるさ……。見てのとおりだ」

「器具とは」エラリーは諭すような口調で言った。「造物主を畏《おそ》れぬ人類のこしらえものだ。神よ、五本の指では物足りないというのか」ふたりとも声をあげて笑う。

「ここにいたら息が詰まりそうだ。だれも部屋を散らかしたりしないのかい」

「このジョン・クインタス・ミンチェンが監督をしているうちはないな」にやりと笑う。「実のところ、この病院では秩序を重んじている。たとえば、こまごました備品もそうだ。すべてこういう抽斗《ひきだし》に――」隅の大きな白い棚を片手で叩《たた》く。「おせっかいな患者や訪問者にはわからないところ、目の届かないところにしまってあるんだ。知る必要がある病院職員はみな、備品のありかを把握している。それで事はきわめて簡単になるわけだ」

ミンチェンは棚のいちばん下の大きな金属の抽斗を引きあけた。エラリーは腰をかがめ、あまりにもみごとに分類して並べられた包帯に目を注いだ。別の抽斗には脱脂綿やガーゼが収納され、ほかに消毒綿の抽斗や医療用粘着テープの抽斗もあった。

「一糸乱れず、とはこのことか」エラリーは小声で言った。「白衣が汚れたり、靴紐《くつひも》がほどけていたりしたら、その部下には罰点でもつけるのか」

ミンチェンが含み笑いをした。「そう的はずれでもないな。病院の内規で、指定の制服を着用するよう義務づけられていてね。男は白いズック地の上衣とズボンにキャンバス地の靴、女は上から下まで白いリネンと決まってる。それは外の〝臨時警官〟にまで及ぶ——ほら、さっきも白い服を着ていただろう? エレベーター係、清掃員、厨房《ちゅうぼう》の手伝い、事務員——この病院の敷地に足を踏み入れてから退出するまで、みんな定められた制服を身につけるんだよ」

「頭がくらくらするよ」エラリーはうめいた。「ここから出よう」

ふたりがふたたび南廊下へ出ると、褐色の大外套《がいとう》を着て帽子を手に持った長身の若い男が足早に歩いてくるのが目にはいった。男はふたりのいるほうを見てためらったが、急に左へ曲がって東廊下に消えた。

ミンチェンの屈託のない顔が曇った。「アビゲイル御大のことを忘れてたよ」小声で言う。「いまのはドールン夫人の弁護士——フィリップ・モアハウスだ。利発な若者でね。アビーのためにすべての時間を捧《ささ》げている」

「たぶん、知らせを聞いたんだな」エラリーは言った。「ドールン夫人のことをそれほど特別に気にかけているのかい」

「夫人の美しい娘のことを、と言うべきだろうね」ミンチェンはそっけなく答えた。

「あの男とハルダはいい仲だってもっぱらの噂だ。恋愛関係にあるようだね。聞くところによると、アビーはいかにも偉大なる女領主らしく、微笑ましく見守っているらしい。そう言えば、一族が集まってきているんじゃないかな……。おや！　大先生がいるぞ。ちょうどA手術室から出てきたところだ……。どうも、先生！」

2　動揺　AGITATION

褐色の大外套を着た男が北廊下の待合室の前まで駆け進み、閉ざされたドアを激しく叩いた。ドアの向こうからはなんの音も聞こえない。男はノブに手をかけて、ドアを押しあけた……。

「フィル！」

「ハルダ！　愛《いと》しい人……」

涙で目を赤くした長身の娘が男の腕に飛びこんだ。男はことばにならない不明瞭《ふめいりょう》な慰めをささやきながら、肩に押しつけられた娘の頭を軽くなでた。

がらんとした広い部屋には、ふたりだけしかいない。壁に沿って長椅子が並んでいる。そのひとつに、ビーバーの毛皮のコートが投げかけてある。

フィリップ・モアハウスはやさしく娘の顔をあげさせ、顎《あご》の下に手を添えて、じっと目を見つめた。

「だいじょうぶだ、ハルダ――お母さんはきっと治る」かすれた声で言う。「泣かないで、ぼくが――ねえ、頼むよ!」

娘は目をしばたたき、顔を引きつらせて懸命に微笑もうとした。「わたし――ああ、フィル、来てくださってほんとうにうれしい……ここにひとりきりで……ただただ待っていたら……」

「わかるよ」男はかすかに眉《まゆ》をひそめてあたりを見まわした。「ほかの人たちはどこ? きみをこの部屋にひとりでほうっておくなんて、いったいどういうつもりなんだ」

「さあ、どこかしら……セアラとヘンドリックおじさまは――どこかそのへんにいると思うけれど……」

娘は男の手を探り、相手の胸に身を寄せた。しばらくしてふたりは長椅子まで歩き、腰をおろした。ハルダ・ドールンは目を見開いて床を凝視する。男は必死にことばを探したが、何も浮かんでこなかった。

病院はふたりのまわりに大きく静かにひろがって、生の営みをかすかに響かせている。けれども、その部屋のなかには物音ひとつなく、靴音も陽気な話し声もなかった。ただ、白くくすんだ壁があるだけだ……。

「ねえ、フィル、不安なの。こわいのよ!」

3　面会　VISITATION

どこか奇妙な姿の小男がいつの間にか南廊下にいて、ミンチェンとエラリーのほうへ近づいていた。顔立ちもはっきりわからないうちに、エラリーは直感でその男の人柄を察した。おそらく独特のぎこちない首のかしげ方と、ひどく足を引きずる歩き方から受けた印象だろう。右に体重をかける癖から、左脚が悪いのが見てとれた。「なんらかの筋肉の麻痺《まひ》だろうな」小柄な医師が近づいてくるのを見ながら、エラリーはつぶやいた。

新たに現れたその男は、手術用の正装に身を包んでいた——白い手術衣の下から白いズック地のズボンの裾《すそ》と、キャンバス地の白い靴の先がのぞいている。術衣にはいくつか薬品の染みがあり、一方の袖《そで》には細長い血痕《けっこん》がひとつある。端を折り返した白い手術帽をかぶっている。男はマスクの紐《ひも》をもてあそびながら、自分を待ち受けるふたりのほうへ足を引きずりつつ近寄った。

「やあ、ミンチェン！　終わったよ。穿孔《せんこう》性虫垂炎だ。なんとか腹膜炎は回避した。

厄介な仕事だったが……。アビゲイルのほうはどうかね。容態は？　最新の血糖値は何ミリグラムだった？　こちらはどなたかな？」ガトリング砲の速さでまくし立てながら、輝く小さな目を落ち着きなくミンチェンからエラリーへと移す。

「ジャニー先生、クイーンくんを紹介します。昔からの特別な友人で」ミンチェンが早口で言った。「エラリー・クイーン、作家です」

「ほんの端くれですがね」エラリーは言った。「お会いできて光栄です、先生」

「こちらこそうれしいよ」外科医がすかさず応じた。「ミンチェンの友人は、ここではだれでも大歓迎だ……。さて、ジョン――わたしは少し休まないとな。アビゲイルのことが心配だったよ。あの人の心臓が動いていることを神に感謝しよう。ひどい破裂だったからな。静脈注射のほうはどんな具合だね」

「順調ですよ」ミンチェンが答えた。「十時少し前に様子を聞いたときは、百八十から百三十五にさがっていました。予定どおりに進めましょう。たぶんもう患者は控え室に運ばれているはずです」

「よし！　すぐにまた元気に動きまわれるようになるな」

エラリーは申しわけなさそうに微笑んだ。「こんなことをお尋ねするのは恐縮ですが、〝百八十から百三十五〟といういまの謎めいたことばは、どういう意味でしょう？　血圧ですか」

「いやいや、ちがう！」ジャニーが大声で言った。「百ccの血液中に百八十ミリグラムの糖だよ。その値をさげようとしているところなんだ。正常値になるまで手術はできない――百十か百二十か。そうか、きみは医者じゃなかったな。これは失礼」

「さっぱりお手あげです」エラリーは言った。

ミンチェンが咳払《せきばら》いをした。「ドールン夫人がこんな状態ですから、本についての今夜の打ち合わせは取りやめですね」

ジャニー医師が顎をさすった。目はエラリーと医長のあいだを行き来しつづけている。それがエラリーをひどく落ち着かない気分にさせた。

「もちろんだ！」ジャニーはゴム手袋をつけた小さな手をミンチェンの肩に置いて、不意にエラリーのほうを向いた。「きみは作家だったね。そうそう――」煙草の脂《やに》で汚れた歯を見せて、気味の悪い笑みを浮かべる。「実は、きみの目の前にもうひとり作家がいるんだよ。ジョニー・ミンチェンだ。とびきり頭の切れる男さ。いま協力して本を執筆しているんだが、大いに助けられている。実に画期的な内容でね。わたしは業界随一の共著者を得たよ。〝先天性アレルギー〟とは何かご存じかな、クイーンくん。いや、知らなくて当然だった。医学界に激震を与える研究でね。長年難儀していた接骨術についてのある問題を解決するもので……」

「なんだよ、ジョン！」エラリーは愉快そうに笑みを浮かべた。「ぼくには話してくれなかっ――」

「ちょっと失礼」突然、ジャニー医師が右の踵《かかと》を軸にして後ろを向いた。「ああ、カップ、なんの用だね」

白い服を着た守衛がいつしか三人のほうへおずおずと近づき、小柄な外科医の背後で、なんとか注意を引こうと気まずそうな顔をして立っていた。守衛は帽子をとった。

「一般のかたが面会にきています、ジャニー先生」あわてて言う。「お約束があるって話で。邪魔をして申しわけありませんが、先生――」

「約束なんて嘘だ」ジャニー医師が声を荒らげた。「だれにも会えないことはきみも承知のはずだぞ、カップ。こういうことで邪魔をするなと何度言えばわかる？　プライスはどこだ。知ってのとおり、その手の雑用はすべてプライスにまかせてある。もういい――行きなさい。面会はできない。忙しいんだ」

ジャニーは守衛に背を向けた。カップの顔がさらに赤くなる。それでもカップはその場を動かなかった。

「ですが――プライス看護師は――それにお客さんが言うには……」

「先生、お忘れのようですね」ミンチェンが口をはさんだ。「プライス看護師は朝からずっと『先天性アレルギー』の原稿を写していて、いまはドールン夫人に付き添っています。あなたの指示ですよ……」

「なんと！　そうだったな」ジャニー医師は小声で言った。「しかし、面会はできないよ、カップ。わたしは――」

守衛はだまって大きな手を伸ばし、貴重な文書を扱うかのように白い名刺を差し出した。

ジャニーはぞんざいにそれを受けとった。「だれだって？　スワンソン――スワンソン……おお！」急に声の調子が変わった。凍りついたように体が動かなくなり、輝く小さな目に影が差す。それからジャニーは手術衣をたくしあげて上着のポケットに名刺をしまった。同じく器用な手つきで、その下の服から懐中時計を引っ張り出す。「十時二十九分」低い声で言った。そして、持ち前のすばらしく鮮やかな手際で事もなげに時計をもどし、術衣を引きおろした。「わかったよ、カップ！」歯切れよく言う。「案内してくれ。どこにいる？　では、ジョン、またあとで。クイーンくん、失礼するよ」

現れたときと同じく唐突に、ジャニーは身をひるがえし、とにかくこの場を離れたい様子のカップの後ろについて、足を引きずりながら去っていった。ミンチェンとエラリーは廊下を進む男たちの後ろ姿をしばらく見送った。ようやく目を離したのは、ジャニーとカップが正面玄関の向かいにあるエレベーターの前を通り過ぎたころだった。

「あの先にジャニーの部屋がある」ミンチェンが肩をすくめて言った。「変わり者だろう、エラリー。でも、とびきりの凄腕《すごうで》なんだ……。ぼくの部屋へもどろう。手術まで、まだゆうに十五分はある」

ふたりは角を曲がり、のんびりと西廊下を進んだ。

「なんとなく鳥を思い出させる人だ」エラリーは考えながら言った。「首のかしげ方もそうだし、鳥みたいな目を終始きょろきょろさせていて……。興味深い人物だな。歳は五十くらいだろうか」

「そんなところだ……。いろいろな意味で興味深い人なんだよ、エラリー」ミンチェンは少年のように言った。「自分の仕事に心から人生を捧《ささ》げている医者のひとりだ。労も財もまったく惜しまない。報酬が少ないという理由で患者をことわるのを一度も見たことがないんだ。それどころか、一セントも見こめず、また見こむつもりもない仕事を山ほど手がけている……。あの人のことを誤解するなよ、エラリー。いまきみが会ったのは真の名士だ」

「ドールン夫人との関係についてきみが言ったことがほんとうなら」エラリーは笑みを浮かべて意見を述べた。「ジャニー先生が金の心配をする必要はあまりないと思うんだが」

ミンチェンは目を大きく見開いた。「おい、どうしてそんな――。いや、もちろん」言いにくそうに含み笑いをする。「まあ、わかりきった話だろうな。そう、アビーがこの世を去ったら、ジャニーに莫大《ばくだい》な遺産が転がりこむ。だれでも知っていることだ。あの人はずっとアビーにとって息子同然だったんだから……。さあ、着いた」

ふたりはミンチェンの部屋に到着していた。ミンチェンは短い電話をかけ、相手の話を聞いて満足げな顔をした。

「アビーはもう控え室に運ばれたそうだ」受話器を置きながら言った。「血糖値も百十ミリグラムまでさがった——あと数分だな。とにかく、無事に終わってもらいたいよ」

エラリーが小さく身震いした。ミンチェンは見て見ぬふりをした。互いに無言ですわって煙草を吹かす。ふたりのあいだに言いようのない重苦しさが漂った。

エラリーは気を取りなおして肩をすくめ、紫煙を吐き出した。「共著のことだけどね、ジョン」明るい声で言う。「きみが執筆の虫にとりつかれるなんて思ってもみなかったよ。どういう本なんだ」

「ああ、あれか」ミンチェンは笑った。「実際の症例を集めて、ジャニーとぼくが立てた共通の仮説を立証するというのがおもな作業でね。先天性の影響を綿密に分析することによって、胎児の特異疾患の素因を予見できるとする考え方だ。むずかしいかな」

「ずいぶん科学的だな、教授」エラリーは小声で言った。「ちょっと原稿を見せてみないか。物書きの視点から二、三助言できるかもしれない」

ミンチェンは顔を紅潮させた。「まさか！　そんなことはできないよ」困ったように言う。「ジャニーに殺されてしまう。実のところ、原稿だけでなく、本に引用した症例記録まで極秘扱いでね。ジャニーは自分の命も同然に大切に保管している。現に最近も、書類棚を漁《あさ》ろうなどという不幸な衝動に駆られた研修医を馘《くび》にしたばかりだ——おそらく、単に学問への純粋な好奇心からしでかしたことだろうに……。すまないな、エラリー。記録を閲覧できるのは、ジャニーとぼく、それにジャニーの助手のプライスにかぎられていてね。プライスというのは女の看護師で、簡単な事務仕事だけをまかされているんだよ」

「わかった、わかった！」エラリーは目を閉じて笑った。「あきらめるよ。少しでもきみの力になりたかっただけなのに、変わり者の先生のせいにするんだからな……。『イーリアス』をもちろん覚えてるだろう？　〝おおぜいで分け合えば、仕事は楽になる〟というやつさ。ぼくの援助をことわったということは、つまり……」

ふたりは声を合わせて笑った。

4 発覚 REVELATION

　エラリー・クイーンは犯罪学の愛好家だが、血を苦手としている。犯罪の物語で育ち、殺人譚《たん》で養われ、ならず者や人狩りたちと日ごろから接しているにもかかわらず、虐げられた肉体を見るのが苦痛でたまらない。警察官の息子であり、気の荒い輩《やから》やひねくれ者たちと付き合い、文筆のために犯罪心理学をかじった身であっても、人が人に加えた残虐行為の忌まわしい痕跡《こんせき》に慣れることはなかった。惨殺の現場に立つと、眼光は鋭く、頭脳は冴《さ》えわたるものの、心はいつも沈んだ……。

　エラリーには外科手術に立ち会った経験がなかった。死体なら山ほど見てきた。保管所に置かれたずたずたの亡骸《なきがら》や、川や海から引きあげられたもの、線路脇に寄せ集められたもの、ギャング抗争の果てに路上に横たわるもの——そのような醜悪きわまりない死について、エラリーは苦々しい知識を豊富に具《そな》えている。しかし、ぬくもりのある肉に冷たい鋼鉄が突き刺さり、生きた組織を切り裂いて、断たれた血管から赤い血が噴き出る——その光景を思うだけで、吐き気を覚えた。

いま、エラリーは恐怖と興奮の入り混じった心持ちで、オランダ記念病院の劇場型大手術室内に設けられた見学席に腰をおろし、二十フィート先の舞台で音もなく粛々と演じられている光景に目を据えていた。ミンチェン医師は、その横の席に悠然とすわり、何ひとつ見落とすまいと青い目をすばやく走らせて手術の準備を見守っている……。そばに陣どる一団が小声で交わす会話が、かすかにふたりの耳に届く。見学席の真ん中に、白い服を着た数人の男女がいた――ジャニー医師の職人技を見学するために集まった研修医と看護師たちで、全員がじっと静かにすわっている。エラリーとミンチェンの背後には、病院の制服に身を包んだ男がひとり着席し、やはり白い服を着た華奢《きゃしゃ》な若い女がその男にときおり耳打ちをしている。男のほうは内科部長のルーシャス・ダニング医師。女はその娘で、この病院の社会福祉課につとめる職員だ。ダニング医師の髪は灰色で、顔には驚くほどの皺《しわ》が刻まれ、そこから温厚そうな褐色の目がのぞく。娘は金髪の持ち主で不器量だ。片方のまぶたが震えているのが見てとれた。

見学席は床より高い位置にあり、舞台へと行き来できないよう高い白木の柵《さく》で隔てられている。急勾配《きゅうこうばい》の階段状の座席が後ろへ行くほど高くなっているのは、ちょうど劇場の桟敷《さじき》席と似た作りだ。後ろの壁にドアがひとつあり、そこから出て螺旋《らせん》階段をおりると、下階の北廊下へ直接出ることができる。*

やがて足音が響き、後方のドアが開くと、フィリップ・モアハウスが苛立《いらだ》たしげに見学席へやってきて、何かを探すようにあたりを見まわした。先ほど身につけていた褐色の外套《がいとう》と帽子は消えている。ミンチェンを見つけるや、階段状の通路を駆けおり、腰をかがめて何やら耳打ちをした。

ミンチェンがいかめしい顔でうなずいて、エラリーに向きなおった。「モアハウスくんを紹介するよ、エラリー。こちらはクイーンくん」手を振って示す。「で、こちらはドールン夫人の弁護士だ」ふたりは握手を交わした。エラリーはおざなりに笑みを浮かべ、舞台へ目をもどした。

フィリップ・モアハウスはきまじめなまなざしと頑丈そうな顎《あご》を持つ痩身《そうしん》の男だった。「ハルダ、フラー、ヘンドリック・ドールン――みな下の待合室にいます。あの人たちも手術に立ち会わせてもらえませんか、先生」差し迫った声でささやく。ミンチェンは首を横に振った。そして自分の横の空席を指し示す。モアハウスは顔をしかめたものの、その椅子に身を沈め、眼下の看護師たちの動きにたちまち気をとられた。

白い服を来た老人がのろのろと階段をのぼり、見学席に視線を走らせてひとりの研修医に目を留めるなり、大きくうなずいて姿を消した。ドアの錠が硬い音を立て、入場が締め切られたことを告げる。ドアの向こうで老人が動きまわる音が少しのあいだ聞こえていたが、まもなくその気配も途絶えた。

　劇場型大手術室の舞台は、いまや静まり返って出番を待っていた。エラリーは思った。本物の劇場で幕があがる直前に、観客が固唾《かたず》を呑《の》み、まったき静寂が場内におりてくる瞬間にそっくりだ……。特大の電球三つを合わせた照明が冷ややかで揺るぎない光を煌々《こうこう》と放つ下に、手術台が用意されていた。それはむき出しで、彩りがなく無情だった。そのかたわらにテーブルがあり、包帯や消毒綿、そして薬の小瓶がいくつも載っている。ひとりの研修医が、不気味に輝く鋼鉄の器具をおさめたガラス容器の番をしながら、右側にある小型の装置で順にそれらに滅菌処理を施していく。部屋の一方の側に、白い手術衣を着た助手役の外科医がふたりいて——どちらも男だ——磁器のたらいの上にかがむように立ったまま、青みを帯びた液体で丹念に手を洗っていた。看護師が差し出したタオルのほうへひとりが横柄に腕を伸ばす。そしてすばやく手を拭《ふ》いたのち、すぐにまた、こんどは水に似た液体に手を浸した。

「昇汞水《しょうこうすい》、つぎがアルコールだ」ミンチェンが小声でエラリーに教えた。

　あっという間に手のアルコールが乾き、医師が両腕を突き出すと、看護師が消毒器からゴム手袋を一組出して、医師の両手にするりとはめた。つづいて、もうひとりの医師も同じ手順を踏んだ。

　突然、右側のドアが開き、足を引きずって歩くジャニー医師の痩《や》せた姿が現れた。例の鳥を思わせる目つきで周囲を見まわしたあと、たらいのほうへぎこちなく早足に進む。身につけていた手術衣を脱ぎ、看護師が消毒ずみの新しいものを手際よく着せた。ジャニーがたらいの上にかがんで青い昇汞水でていねいに手をすすぐ横で、その頭に別の看護師が未使用の白い帽子をかぶせ、灰色の髪を注意深くたくしこんだ。

ジャニーは顔をあげもせずに言った。「患者を」そっけない口調だ。ふたりの看護助手が控え室に通じるドアをすばやくあけた。「患者を、プライスさん!」看護助手のひとりが言った。ふたりは控え室に消えたが、すぐにゴムの車輪がついた白いストレッチャーを押してもどってきた。その上に、シーツを掛けられて患者が無言で横たわっている。顔が大きく後ろへのけぞり、ぞっとするほど青白い。肩のまわりにシーツがしっかり差しこまれていた。目は閉じている。三人目――また別の看護師――が控え室から手術室へやってきて、静かに片隅へ寄って待機した。

患者がストレッチャーから持ちあげられ、手術台に置かれた。三人目の看護師がすぐさまストレッチャーを控え室へもどした。そのまま慎重にドアを閉め、姿を消す。手術衣とマスクを身につけた男が、手術台のそばで、さまざまな道具や麻酔用マスクを載せた小型の収納台をいじっている。

「麻酔科医だ」ミンチェンが小声で言った。「手術中にアビーが昏睡《こんすい》から覚めた場合に備えて、そばに控えている」

助手役の外科医ふたりが手術台へ両側から歩み寄った。シーツが剝《は》ぎとられ、代わりに特殊な形の覆いが患者に掛けられた。手術衣と帽子に加えて、手袋も身につけたジャニー医師が、辛抱強く手術台の脇に立ち、看護助手の手で鼻から口もとにマスクをあてがわれるのを待っていた。

ミンチェンが目に奇妙な緊張の色を浮かべて椅子から身を乗り出した。視線は患者の体に釘《くぎ》づけになっている。ひどく張りつめた低い声でエラリーにこう告げた。

「どうもおかしいぞ、エラリー。何かがおかしい！」

エラリーは前を見据えたまま答えた。「硬直のことかい」小声で言う。「ぼくも気づいてた。糖尿病患者というのは……」

「大変だ！」ミンチェンがかすれ声で言った。

助手の外科医ふたりが手術台に覆いかぶさっていた。ひとりが患者の片腕を持ちあげて、また放す。腕は硬くなっていて曲がらない。もうひとりが患者のまぶたに手をあて、眼球をのぞき見た。ふたりの外科医が顔を見合わせる。

「ジャニー先生！」ひとりが体を起こしながら訴えた。

ジャニーが振り向き、目を大きく見開いた。「何事だね」看護師を押しのけ、足を引きずりながらすばやく前へ出た。一瞬のうちにそばへ寄り、ぐったりした患者の体の上にかがむ。手術台から覆いを引きはがし、患者の首に手をふれた。医師の背が何かに打たれたかのようにこわばるのをエラリーは見た。

ジャニー医師は顔をあげないまま、ふたつの単語を発した。「アドレナリン。人工呼吸器」魔法にかかったかのように、ふたりの助手役の外科医と、ふたりの看護師、ふたりの看護助手がにわかに動きだした。ジャニーの声がまだ消えないうちに、大型の細長い筒が到着し、数人が手術台のまわりであわただしく立ち働きはじめる。看護師から光る小さなものを手渡されたジャニー医師が、患者の口をこじあけて、それをかざした。器具の表面――金属の鏡――を一心に見つめる。それから、くぐもった呪いのことばを漏らしながら、鏡をほうり出して腕を伸ばし、看護師の差し出す皮下注射器をつかんだ。老いた夫人の上半身をむき出しにして、心臓の真上に針を突き刺す。

すでに人工呼吸器が装着され、夫人の肺に酸素を送りこんでいる……。

見学席では、看護師と研修医、ダニング医師とその娘、フィリップ・モアハウス、ミンチェン医師、そしてエラリーが身じろぎもせず椅子に前のめりにすわっていた。手術室は静まり返り、人工呼吸器の作動する音が響くだけだ。

十五分後、きっかり十一時五分に――いつもの癖でエラリーは懐中時計を確認した――患者に覆いかぶさっていたジャニー医師が上体を起こして振り返り、人差し指を曲げて激しくミンチェンを招いた。医長は何も言わずに席を立ち、階段を駆けあがって後方のドアから消えた。まもなく、西廊下に面した出入口からふたたび姿を現し、手術台のもとへ走り寄った。ジャニーが後ろへさがりながら、無言で夫人の首を指さす。

ミンチェンの顔が蒼白《そうはく》になった……。それから先ほどのジャニーと同じように、後ろへさがって振り返り、自分が出ていったあとその場で石と化していたエラリーを指で招いた。

エラリーは立ちあがった。眉《まゆ》が吊《つ》りあがる。唇が音もなくひとつのことばを形作り、ミンチェンがそれをとらえた。

ミンチェンはうなずいた。

そのことばはこうだった。

「殺人か？」


（原注）
＊　14ページの平面図を参照。

5　絞殺　STRANGULATION

生ある肉体に対する暴虐の準備を見ているあいだに覚えた胸のむかつきを、エラリーはもはや感じなかった。西廊下からドアをあけて手術室へはいったとき、医師や看護師たちはなおも手当を施していたものの、すでに患者の命が絶えたことをエラリーは確信していた。さっきまで生きていた人間が死んだ。しかも、なんらかの不当な力によって。そのような死なら、探偵小説の作家であり、非公式の犯罪捜査官であり、警視の息子であるエラリーにとって珍しいものではなかった。

エラリーは騒動の中心へあわてず歩み寄った。ジャニーが顔をあげ、眉をひそめた。「離れていたまえ、クイーンくん」そのまま手術台へ向きなおると、エラリーのことはもう頭から消えていた。

ミンチェンが声をかけた。「ジャニー先生」

「なんだね」

ミンチェンは熱心に訴えた。「エラリーは警察本部の一員も同然ですよ。クイーン警視の息子で、多くの殺人事件の解明に力を貸してきました。おそらく――」

「ほう」ジャニーは影を帯びた小さな目をエラリーへ向けた。「それなら話は別だ。まかせるよ、クイーンくん。好きに動いてくれ。わたしは忙しいのでね」

エラリーはただちに振り返って見学席のほうを向いた。いまや全員が立ちあがっている。早くもダニング医師と娘が後方の出口へ向かって階段を急いでいた。

「ちょっと待って」水晶さながらに澄んだエラリーの声が室内に響いた。「見学席から動かないでください――みなさん全員です――警察が到着して、退出許可が出るまで」

「ばかな！　警察だと。なんのために？」ダニング医師が緊張のあまり蒼白な顔で振り向いた。娘が父親の腕に手をかける。

エラリーは声を張りあげることなく答えた。「ドールン夫人は殺害されたんです、先生」ダニング医師は無言で娘の腕をつかみ、もといた見学席の前方へと、たどたどしい足どりでいっしょにおりていく。だれも口をきかなかった。

エラリーはミンチェンに向きなおり、小声だが強い調子で言った。「ジョン、至急頼みたいことがある……」

「なんでも言ってくれ」

「この病院のすべてのドアをただちに閉めて、見張りをつけてもらいたい。できれば、頭の働く部下を使って、この三十分以内に病院から出た人間を調べてくれ。患者も職員も——ひとり残らずだ。大事なことなんだよ。それと、警察本部にいる父に電話をしてくれないか。所轄の分署にも連絡をとって、事の顛末《てんまつ》を知らせるんだ。わかったかい」

　ミンチェンはあわてて出ていった。

　エラリーは前へ進み出て、少し脇へ寄った。そして、医師たちが無駄なくすばやく夫人に処置を施す様子を見守った。しかし、息を吹き返す見こみがないことは、ひと目で見てとれた。大富豪にして無数の慈善団体の後援者でもあり、社会の先導者でも市場の操り手でもあったこの病院の創設者は、もはや人の助けの及ばぬところにいた。

　エラリーはうつむき加減のジャニーの顔に向かって、静かに尋ねた。「助かる望みはありますか」

「微塵《みじん》もない。こんなことをしてもまったく無意味だ。とうに息絶えてる——三十分前に死んでいるよ。この部屋へ運ばれたときにはすでに死後硬直がはじまっていた」

　ジャニーのくぐもった声は、まるで〝陶器職人の畑〟（無縁墓地の意。マタイ伝二十七章）の死骸《しがい》の話をしているかのように感情が欠けていた。

「死因は？」

　ジャニーは背筋を伸ばし、顔からマスクをとった。エラリーの問いにすぐには答えなかった。代わりにふたりの助手へ手ぶりで指示を送り、意味ありげにかぶりを振る。

助手たちが静かに人工呼吸器をはずした。無表情な看護師が患者の老いた肉体をシーツで隠す……。

自分のほうへ向きなおったジャニーを見て、エラリーは驚きをどうにか隠した。ジャニーの唇は震えていた。顔は真っ青だ。

「首を──絞められている」ジャニーは濁った声で言った。「ああ、神よ」

ジャニーは顔をそむけ、震える指を手術衣の下に差し入れて煙草を一本取り出した。

エラリーは死体の上にかがみこんだ。夫人の首のまわりには、細い血の線が深々と刻まれている。かたわらの小さなテーブルに、絵を吊《つる》すのに使う程度の短い針金があり、それには血がついていた。手をふれずに観察したところ、結んだ跡なのか、針金の二か所が折れ曲がっていた。

アビゲイル・ドールンの肌は血の気を失ってかすかに青みを帯び、異様にむくんでいた。唇は固く引き結ばれ、目は深くくぼんでいる。体全体が硬直し、どこか不自然だ……。

廊下側のドアが開いて、ミンチェンがもどってきた。

「すべて手配したよ、エラリー」しゃがれた声で言った。「病院への出入りを調べる作業は、事務長のジェイムズ・パラダイスに頼んだ。じきに報告が届くだろう。きみの親父さんへの連絡もしたよ。いま部下を連れてこちらへ向かってる。所轄署からも応援が数人来るそうで――」

ひとりの制服警官が手術室へ足を踏み入れ、周囲を見まわしてエラリーのほうへやってきた。

「どうも、クイーンさん。署から知らせを受けました。あなたが取りまとめを?」耳障りな声で言う。

「そうなんだ。手を貸してもらえるかな」

エラリーは手術室を見渡した。見学席の人々はその場にとどまったままだ。ダニング医師は物思いにふけっていた。娘のほうは具合でも悪いのか、沈んだ顔をしている……。下では、いつの間にか奥の端へ移動していたジャニー医師が、壁のほうを向いて煙草を吸っていた。看護師と助手たちは所在なげにあたりをうろついている。

「ここから出よう」エラリーはだしぬけにミンチェンに言った。「どこか空いてる部屋はあるかい」

ミンチェンが控え室へ通じるドアを示した。

「ぼくとしてはそろそろ――」

「外にいるドールン夫人の親族に、何が起こったかを知らせたいと?」エラリーはぞんざいにあとを引きとった。「いや。まだだめだ。時間はたっぷりある。この向こうの部屋かい?」

「ああ」

エラリーとミンチェンはドアへ近寄った。エラリーがノブに手をかけて振り返る。

「ジャニー先生」

外科医はゆっくりと向きを変え、引きずりながら一歩足を踏み出したあと、立ち止まった。

「なんだね」ざらついた声には、やはり感情がなかった。

「この部屋から出ないでいただけると助かります。話をうかがいたいので――すぐにもどります」

ジャニー医師は目を瞠《みは》り、何か言いかけた。だが、唇を固く結び、きびすを返して、のろのろと壁際へもどった。

6　査問　EXAMINATION

大手術室の控え室はほぼ四角形だが、一角を区切って小部屋が設けられている。それと同じ壁沿いにまた別の小部屋が区切られ、ドアにこう記されていた。

大手術室用エレベーター（関係者専用）

あとは、エナメルとガラスが光るありふれた整理棚がいくつかあるほか、洗面台とストレッチャーがひとつずつと、金属の白い椅子が一脚置かれていた。

手術室から出ようというとき、ミンチェンは戸口で足を止めて、椅子を何脚か用意するよう言いつけた。看護師たちの手で椅子が運び入れられたあと、ドアが閉まった。

エラリーは部屋の真ん中にじっと立って、何もなさそうな室内を見まわした。

「ありあまる手がかりとはとうてい言えないな、ミンチェン」顔をしかめる。「ドールン夫人は手術室へ運ばれるまで、ここに置いておかれたわけだね」

「そのとおり」ミンチェンが暗い声で答えた。「着いたのは十時十五分ごろだと思う。訊《き》きたければ言うが、そのとき生きていたのはたしかだよ」

「解決すべき初歩の問題が二、三ある」エラリーは小声で言った。「この部屋に運ばれたときに夫人が生きていたかどうかということ以外にもね。ところで、なぜたしかだと言えるんだ。夫人は昏睡《こんすい》状態にあったんだろう？　ここに着く前に殺されていた可能性もじゅうぶんあると思うが」

「ジャニーならわかるはずだ」ミンチェンはつぶやくように言った。「酸素とアドレナリンの投与がおこなわれているあいだ、手術室でずいぶん徹底して調べていたから」

「では、先生にお越し願おう」

ミンチェンは戸口へ移動した。「ジャニー先生」控えめな声で呼ぶ。エラリーの耳は、外科医が足を引きずりながらゆっくりと近づき、いったんためらったのち、急に勢いを取りもどして進むのを聞いた。ジャニー医師は控え室にはいってきて、挑むような目でエラリーを見た。

「さて、何かね！」

エラリーは頭をさげた。「おすわりください、先生。お互い、楽にやりましょう……」ふたりは腰をおろした。ミンチェンは手術室に通じるドアの前を行ったり来たりしている。

エラリーは右の手のひらで膝《ひざ》をなで、自分の靴の先に見入った。それからふっと顔をあげて言った。「先生、ぼくは今回の件の濫觴《らんしょう》――つまり、事の発端からはじめるのが最善だと思います。けさドールン夫人の身に何が起こったのかを話してください。くわしいところをうかがいたい。そうお願いできれば――」

外科医は鼻を鳴らした。「おいおい。ここで病歴を一から説明しろと言うのかね。わたしは忙しいんだ――打ち合わせも――患者の診察もしなくては!」

「しかし、先生」エラリーは微笑んだ。「殺人事件の捜査において犯人逮捕より重要なことがないというのは、よくご存じのはずです。ひょっとすると、新約聖書にあまりなじんでいらっしゃらないのでは? 信心深い科学者はほとんどいませんからね! 〝廃るもののなきように、さきたる余りを集めよ(ヨハネ伝六章十二節より)〟つまり、ぼくはパンの屑《くず》を集めようとしているわけです。そのいくつかをあなたがお持ちだと考えています。お願いしますよ、先生!」

ジャニーは軽快に動くエラリーの唇から視線を動かさなかった。そのまま目の端で鋭い一瞥《いちべつ》をすばやくミンチェンに投げる。

「やむをえんようだな。正確には何を話せというのかね」

「お願いしたいのはひとつだけです。何もかも話してください」

ジャニー医師は脚を組み、落ち着いた手つきで煙草に火をつけた。「けさ八時十五分、外科病棟の一回目の回診中に呼び出されて、三階の主階段の下へ行った。そこにドールン夫人がいた。夫人がそこで見つかった直後のことだ。階段の上から落ちて、着地時に腹部を強打し、胆嚢《たんのう》が破裂したんだよ。予診によると、階段をおりようとしたときに糖尿病患者によくある昏睡の発作に襲われ、当然ながらそれで意識を失って、筋肉の動きを制御できなくなったらしい」

「よくわかりました」エラリーは小声で言った。「それで、すぐに夫人を移動させたんですね」

「もちろんだ！」外科医は声を荒らげた。「三階にある個室のひとつに運び、すみやかに着衣を脱がせて、ベッドに寝かせた。破裂の程度がひどくてね。緊急の外科処置がどうしても必要だった。しかし、糖尿病の合併症があるため、危険を承知でグルコースとインスリンを投与して血糖値をさげざるをえなかったんだ。昏睡に陥ったのは幸運だった――いや、不幸中のわずかばかりの幸いという意味だ。麻酔をすれば危険が増すからな……。そういうわけで、静脈注射を使って夫人の血糖値を正常範囲にまでさげ、わたしが〝A手術室〟で急患の治療を終えたときには、夫人はもう控え室に運ばれていた」

エラリーがすばやく言った。「控え室へ運ばれたとき、ドールン夫人は生きていたと明言できますか、先生」

外科医は歯を食いしばった。「そんなことは明言できんよ、クイーンくん——自分で見たわけじゃないからな。わたしが〝A手術室〟で執刀しているあいだは、同僚のレスリー医師が夫人についていた。レスリーに訊くといい……。だが、遺体の状態から判断して、死亡してから首に針金を巻かれた状態で見つかるまでの時間はせいぜい二十分、おそらくそれより二、三分は短いだろう」

「なるほど……。レスリー先生ですね」エラリーはゴムのタイルが敷かれた床を凝視しながら、何かを考えているふうだった。「ジョン、悪いけど、レスリー先生が取りこみ中でなければ、ここへ呼んでもらえないかな。かまいませんか、ジャニー先生」

「ああ、もちろん、いいとも」ジャニーは白く筋肉質な腕をぞんざいに振った。ミンチェンは手術室に通じるドアから出て、まもなく白い服を着た外科医を連れてもどった——ジャニー医師の助手をつとめていた男のひとりだった。

「レスリー先生ですね」

「ええ、アーサー・レスリーです」その外科医は言った。そして、椅子で煙草を不機嫌そうに吹かしているジャニーにうなずいてみせた。「これは——尋問ですか」

「まあ、そんなところですが……」エラリーは身を乗り出した。「レスリー先生、あなたはジャニー先生が別の手術のためにドールン夫人のそばを離れたあと、夫人が手術室へ運ばれるまでずっと付き添っていらっしゃったんですか」

「ちがいますよ」レスリーは物問いたげにミンチェンを見た。「ぼくに殺人の容疑がかかってるのかい、ジョン……。いや、ずっとついてたわけじゃない。この控え室へ来たあとはプライス看護師にまかせました」

「ああ、なるほど！　でも、ここへ運ぶまでは片時も離れなかったんですね？」

「それはそうです。おっしゃるとおり」

エラリーは指で膝を軽く叩《たた》いた。「レスリー先生、あなたがこの部屋を離れたときにドールン夫人は生きていたと誓えますか」

レスリーは不審そうに眉《まゆ》を吊《つ》りあげた。「ぼくの誓いにどれほど重みがあるかわからないけど——ええ、できますよ。部屋を出る前に、この目でたしかめましたから。まちがいなく心臓は動いてた。生きていましたよ、ええ」

「そうですか！　ようやく見えてきた」エラリーはつぶやいた。「時間が正確に絞られたし、ジャニー先生の見立てたおおよその死亡時刻も裏づけられた。もうけっこうですよ、レスリー先生」

レスリーが笑みを浮かべ、きびすを返す。「ああ、ところで、先生」エラリーはゆっくりと言った。「患者がこの部屋へ運びこまれたのは、正確には何時でしたか」

「もう少し張り合いのある質問を頼みますよ。十時二十分です。ストレッチャーで三階の夫人の病室から、まっすぐそこのエレベーターまで来て」——部屋の反対側にある、〝大手術室用エレベーター〟と記されたドアを指さす――「あそこから直接この部屋へ運び入れました。ご存じのとおり、あのエレベーターは大手術室への患者の出入りにしか使いません。厳密に報告しますと、ここへおりてくるときはプライス看護師とクレイトン看護師がいっしょでしたが、その後はプライスさんひとりが残って患者を看て、ぼくは準備のために手術室へ移り、クレイトンさんはほかの用事でこの部屋から離れました。プライスというのはジャニー先生の助手です」

「ジャニー先生を手伝って、何年もドールン夫人を看護してきた人だ」ミンチェンが口をはさんだ。

「これでおしまいですか」レスリーは尋ねた。

「そうです。すみませんが、プライスさんとクレイトンさんに、ここへ来るよう伝えてもらえませんか」

「いいですよ！」レスリーは機嫌よく口笛を吹きながら退出した。

ジャニーが体を揺すって言った。「ちょっといいかな、クイーンくん。もうわたしに用はないはずだ。わたしも解放してもらおう」

エラリーは立ちあがって、両腕を曲げ伸ばしした。「申しわけありません――先生にはまだお話がありまして……。おや、どうぞはいって！」

ミンチェンがドアを大きくあけ、規定の白い制服を着た若い女ふたりを招じ入れた。

エラリーは慇懃《いんぎん》に頭をさげ、ふたりへ順に視線を移した。「プライスさんと――クレイトンさんですね」

ふたりの看護師の片方が――茶目っ気のあるえくぼが目立つ、金髪で長身の女が――早口で言った。「はい、わたしがクレイトンです。こちらがプライスさん。ほんとうに恐ろしいことだわ。わたしたちには――」

「まったくです」エラリーは後ろへさがって、ふたつの椅子を手で示した。「どうぞおすわりください……。さて、クレイトンさん、ぼくの聞いたところでは、あなたとプライスさんは先ほどレスリー先生といっしょに、ドールン夫人を三階からストレッチャーで運びおろした。まちがいありませんか」

「そうです。その後レスリー先生は手術室へ移動なさり、わたしはG病棟へもどる用があって――三階の端です――プライスさんはここに残りました」長身の看護師が答えた。

「それで合っていますか、プライスさん」

「はい」もうひとりの看護師は、褐色の髪の中背の女で、健康そうな血色のいい肌と澄んだ目の持ち主だった。

「すばらしい！」エラリーは破顔した。「プライスさん、あなたがこの部屋にドールン夫人とふたりきりでいるあいだに何があったか、覚えていますか」

「ええ、何もかも」

エラリーは室内にいるほかの面々をすばやく見やった。ジャニーは相変わらず不機嫌な顔ですわっており、その表情から察するに、鬱々《うつうつ》と考えにふけっているようだ。ミンチェンはドアに寄りかかって、熱心に話を聞いている。クレイトンはうっとりとした目でエラリーを見つめていた。プライスは両手を膝《ひざ》の上で重ねて静かに腰かけている。

エラリーは身を乗り出して言った。「プ、ラ、イ、ス、さ、ん、レスリー先生とク、レ、イ、ト、ン、さ、ん、が、出、て、い、っ、た、あ、と、こ、の、部、屋、に、は、い、っ、た、の、は、だ、れ、で、す、か」

やけに熱のこもったエラリーの口調に、プライスはとまどった様子だった。ためらいながら答える。「ええ、はい――ジャニー先生のほかはどなたも」

「なんだと?」ジャニー医師が怒鳴り、勢いよく立ちあがったが、その動きがあまりに急だったため、クレイトンの口からくぐもった悲鳴が漏れた。「おいおい、ルシール、気でも変になったのか。手術の前にわたしがここへ来たなどと、面と向かって言うつもりかね?」

「ええ、いえ、ジャニー先生」プライスが消え入りそうな声で言った。顔から血の気が引いている。「わたし――わたし、先生を見たんです」

外科医は助手を見据えた。猿のような長い両腕が膝のあたりで滑稽《こっけい》に揺れる。エラリーはジャニーからプライス、さらにミンチェンへと視線を動かし――それから口のなかで小さく舌打ちをした。ことばを発したとき、声は穏やかだが、かすかに震えていた。

「お引きとりくださってけっこうですよ、クレイトンさん」

金髪の看護師は大きく目を見開いた。「はい、でも――」

「どうぞご遠慮なく」

クレイトンはしぶしぶ部屋から出て、名残惜しそうに後ろを振り返っていたが、ミンチェンはかまわずドアを閉めた。

「さて！」エラリーは鼻眼鏡をはずし、そっと円を描きながら磨きはじめた。「話に少々食いちがいがあるようだ。では、先生、手術前にふたたびこの部屋には来なかったとあなたはおっしゃるんですね」

ジャニーは目をぎらつかせた。「むろん、そうだとも！　でたらめもいいところだ！　なぜって、十時三十分ごろ廊下できみ自身と話をしたじゃないか。その直前までわたしは二十分かけて手術をしていたのだし、きみはあのあとわたしが守衛のカッブといっしょに待合室のほうへ歩き去るのを見たはずだ。それでどうしてこの部屋へ来ることができる？　ルシール、ぜったいにきみのまちがいだ！」

「待ってください、先生」エラリーが口を出す。「プライスさん、ジャニー先生がはいってきたのは何時でした？　覚えていますか」

看護師は糊《のり》のきいた術衣をそわそわと指で引っ張っている。「ええ、はい――正確には覚えていませんが――十時三十分ごろ――ひょっとしたらもう二、三分あとだったかもしれません。先生、わたし――」

「それがジャニー先生だとなぜわかったんですか、プライスさん」

看護師はぎこちない笑い声をあげた。「ええ、はい、当然そうだとばかり――ジャニー先生だとすぐにわかったんです――疑いもしませんでした……」

「へえ！　疑いもしなかった？」エラリーが言った。足をすばやく一歩前へ出す。「では、顔は見なかったんですね。もし見ていたら、先生だと断定できたはずですから」

「そうだとも！」ジャニーが割りこんだ。「ルシール、きみとはきのうきょうの付き合いじゃない。どういうことなのか、わたしにはさっぱり――」苛立《いらだ》ちの裏に、当惑が見え隠れする。ミンチェンは茫然《ぼうぜん》と成り行きをながめていた。

「でも、先生は――いえ、その人は、術衣と帽子とマスクを身につけていて」看護師はつっかえながら言った。「それで、目もとしか見えなくて――でも――ええ、その人は足を引きずっていて、背丈も同じくらいだったので――そう、疑いもしなかったというのはそういう意味です。〝なぜ〟なんて、うまく説明できませんよ」

ジャニーが看護師を見据えた。「まいったな、だれかがわたしに化けたんだ！」大声をあげる。「そういうことか！　わたしを真似るのは簡単だ……足を引きずって……マスクをつければいい……クイーンくん、だれかが——何者かがわたしを……」

7　変装　IMPERSONATION

エラリーは小柄な外科医の震える腕に、なだめるように片手を置いた。「落ち着いてください、先生。とにかく、すわって。真相はすぐにわかりますよ……。おや！　どうぞ！」

短いノックの音がした。ドアが開き、私服姿の大男が現れた。肩幅が広く、明るい色の目がごつごつとした顔で光っている。

「ヴェリー！」エラリーは叫んだ。「父さんも来てるのか」

現れたばかりのその男は、濃い眉《まゆ》の下からジャニー、ミンチェン、プライスを見やった……。「まだですよ、クイーンさん。いまこちらへ向かっていらっしゃいます。分署の警察官と地方検察局の刑事たちがもう着いていましてね。中へ入れろと言っています。あなたがいやがると思ったんで――」一同を意味ありげな目で見る。

「それでいいよ、ヴェリー」エラリーは早口で言った。「その連中には外にいてもらおう。ぼくがいいと言うまで、だれも中へ入れないでくれ。父さんが着いたらすぐに知らせてくれないか」

「わかりました」大男は音もなくその場からさがり、外へ出て、やはり音もなくドアを閉めた。

エラリーはふたたび看護師に声をかけた。「さて、プライスさん、自分の命がかかっているつもりで、正確に話していただきたい。レスリー先生とクレイトンさんがあなたひとりを残して出ていってから、ドールン夫人が隣の手術室へ運ばれるまでのあいだに、ここで何があったのかを聞かせてください」

看護師は唇を湿らせたのち、不安げにおどおどとジャニーを見た。外科医は椅子に身を沈めて、うつろな目で見返している。

「わたしが――あの……」無理に笑う。「ほんとうに、何も変わったところはないんですよ――クイーンさん、でしたね……。三階の病室からここへドールン夫人を運び終えると、レスリー先生とクレイトンさんはすぐに出ていきました。そのあと、わたしはすることがなくて。先生はあらためて診察してから出ていかれましたし、何も問題はないように思えました……。麻酔を使わなかったことは、もちろんご存じですね」エラリーがうなずく。「だから、麻酔科医が同席する必要はなかったし、わたしが絶えず脈を診る必要もなかった。夫人は昏睡《こんすい》状態で手術を待っていたんです……」

「ええ、そうです」エラリーはもどかしげに言った。「それは承知していますよ、プライスさん。ここへ来た人物のことを話してください」

プライス看護師は顔を赤らめた。「はい、わかりました……。その――わたしがジャニー先生だと思ったその人は、レスリー先生とクレイトンさんが出ていった十分か十五分後に控え室にはいってきました。その人は――」

「それはどのドアから?」エラリーは訊《き》いた。

「あそこです」プライスは麻酔室へ通じるドアを指さした。

エラリーはすばやくミンチェンに向きなおった。「ジョン、けさ麻酔室にだれがいた? 使用中だったのか?」

ミンチェンはきょとんとしていた。プライスが代わりに答える。「麻酔中の患者さんがひとりいました、クイーンさん。たしか、オーバーマンさんとバイヤーズ先生がついていたかと……」

「なるほど」

「その人は手術衣姿で足を引きずってはいってきて、ドアを閉め――」

「すぐにですか」

「はい。中へはいってすぐにドアを閉め、ドールン夫人の寝ているストレッチャーに近づきました。夫人に覆いかぶさるようにしていましたが、そのうちに顔をあげて、どこか上の空のまま手を洗う動きをしました」

「無言で？」

「ええ、そうです。ひとことも口をきかず――ただ両手をこすり合わせただけ。もちろん、意図はすぐにわかりました。そう、ジャニー先生がよくなさるしぐさなんです。手を消毒したいという意味で――たぶん、手術前にもう一度診察をなさるのだろうと思いました。それで、わたしはそこの消毒室へ行って」――控え室の北東の隅にある小部屋を指さす――「昇汞水《しょうこうすい》と洗浄用アルコールを準備しました。わたし――」

エラリーは満足げだった。「消毒室にいたのはどのくらいでしたか」

プライス看護師は一考した。「そう、三分かそこらです。はっきりとは覚えていませんが……。それから控え室へ引き返して、あの洗面台に消毒液を置きました。ジャニー先生が――いえ、だれだかわからないその人が――両手をすばやくすすいで――」

「いつもよりすばやく？」

「はい、そう見えました、クイーンさん」プライスは答えたが、肘《ひじ》を膝《ひざ》に載せてじっと視線を向けるジャニーから顔をそむけたままだった。「そのあと、わたしが用意しておいた手術用タオルで手をぬぐい、容器を片づけろと手ぶりで指示を出したんです。それでわたし、消毒室へもどしにいったんですが、その人がまたストレッチャーのところへ行って、かがみこんでいたのを見ました。わたしがもどったとき、その人はちょうど体を起こして、もとどおり患者にシーツを掛けているところでした」

「実に明快ですね、プライスさん」エラリーは言った。「二、三、質問させてください……。消毒のあいだそばに立っていたとき、その男の手を注意して見ましたか」

プライスは眉をひそめた。「いいえ――特には。そのときはなんの疑いも持っていませんでしたから、その人のすることが何もかもあたりまえだと考えていたんです」

「手に注目しなかったのは残念だ」エラリーは小声で言った。「手に表れる特徴にぼくは大いに信を置いているんです……。プライスさん、これはどうでしょう。二度目に患者のそばを離れた時間は――片づけのために消毒室へ行っていた時間は――どの程度でしたか」

「一分もかかっていません。ただ昇汞水とアルコールを流して、ふたつの容器をすすぎ、すぐにもどりました」

「あなたがもどったあと、どのくらいしてその男は退出したんですか」

「すぐでした!」

「はいってきたときと同じドア――つまり麻酔室へ出るドアから?」

「はい、そうです」

「なるほど……」エラリーは鼻眼鏡で顎《あご》を軽く叩《たた》いて考えにふけりながら、室内を少し歩きまわった。「プライスさん、あなたの話によると、ことばのやりとりが異常なほど少なかったことになる。ここにいるあいだじゅう、その謎の訪問者は何も言わなかったんですね——ただのひとことも、どうしても必要な単語ひとつすらも」

プライス看護師は少し意外そうな顔をした。澄んだ目が宙をにらむ。「だって、クイーンさん——その人は、ここにいるあいだ、一度も口を開かなかったんですよ！」

「驚くことではありません」エラリーは冷静に言った。「何もかも考えつくされている……。あなたも口をきかなかったんですか、プライスさん。その男がはいってきたとき、挨拶《あいさつ》もしなかった？」

「ええ、しませんでした」プライス看護師は即座に答えた。「でも、最初に消毒室へ行ったとき、声をかけました」

「どんなことばだったか、正確に教えてください」

「どうということもないことばなんですよ、クイーンさん。わたしはジャニー先生のご気性をよく存じておりまして——たまに少々いらいらなさるときがあるもので」唇に微笑が浮かぶ。その笑みは、外科医が鼻を鳴らしたとたんに消えた。「声を——こう声をかけました。〝すぐに準備します、ジャニー先生！〟と」

「たしかに〝ジャニー先生〟と呼びかけたんですね？」エラリーは問いかけるような目を外科医へ向けながら言った。「みごとな化けっぷりと言わざるをえませんね、先生」ジャニーが「ああ、そうだとも！」とつぶやく。エラリーは看護師に向きなおった。「プライスさん、ほかに覚えていることは？　その男がここにいたあいだの出来事は、それで全部ですか」

看護師は考えをめぐらせた。「あの――わたしの記憶がたしかなら、ほかにもありました。でも、些細《ささい》なことなんですよ、クイーンさん」申しわけなさそうに上目づかいでエラリーを見ながら付け加える。

「ぼくは些細なことの鑑定に長《た》けていると言われているんですよ、プライスさん」エラリーは微笑んだ。「その出来事とは？」

「ええ、はい、一度目に消毒室へ行ったとき、控え室でドアが開く音がしました。それから男の人の声が――ほんのちょっとためらったあとに、〝あ、失礼！〟と言うのが聞こえて、そのあとドアが閉まる音も。ドアの音がまた聞こえたのはたしかです」

「どのドアですか」エラリーは尋ねた。

「すみません。ほんとうにわからないんです。ああいうときにどっちから音がしたかなんて、だれにもわかるはずがありません。少なくとも、わたしには無理でした。だって、見えていなかったんですもの」

「では、どうでしょう。その声に聞き覚えは？」

プライス看護師は膝の上で落ち着きなく指をからませた。「あいにく、あまりお役に立てませんわ、クイーンさん。聞き覚えがある気もしますけど、特に注意していなかったので、だれだったかまではわかりません」

ジャニーがくたびれた様子で立ちあがり、失意の目をミンチェンへ向けた。「まったく、ばかばかしいにもほどがある！」怒りの声をあげる。「どう見ても明らかな濡《ぬ》れ衣《ぎぬ》だ。ジョン、わたしが関与しているなどと信じているわけではあるまい」

ミンチェンは白衣の襟の下に指を走らせた。「ジャニー先生、もちろんですよ――信じるはずがありません。ただ、ぼくにも何がなんだかわからなくて」

プライス看護師がさっと立ちあがり、ジャニー医師に歩み寄ると、腕に手をあてて訴えた。「ジャニー先生、どうか――先生を悪者にするつもりはなかったんです――あれが先生だったなんて、とんでもない――クイーンさんもそれはおわかりですわ……」

「おやおや！」エラリーは小さく笑った。「なんとも麗しい光景だ！　さあ、こんなことでメロドラマみたいな真似はやめましょう。どうぞすわってください、先生。あなたもです、プライスさん」

ふたりはいささかぎこちなく腰をおろした。「その男――では、仮に〝偽者〟と呼ぶことにしましょう――その偽者がこの部屋にいるあいだに、おかしいと思った点、いつもとちがうと感じられた点はありませんでしたか」

「そのときは、ありませんでした。もちろん、いまならその人が口をきかなかったこと、それに消毒の件なんかも――変だったなと思いあたりますけど」

「けしからぬ偽者が去ったあと、どんなことがありました？」

「ええ、はい、何もありません。わたしはてっきり先生が患者さんを診察して、なんの問題もないと確認なさったばかりだと思っていました。ですから、ただ椅子にすわって待っていたんです。ほかに訪れた人もなく、何も起こらないまま、やがて手術室から人が来て患者を運び出しました。それで、わたしもそのあとについて手術室へ移動したというわけです」

「そのあいだ、あなたは一度もドールン夫人を見なかったんですか」

「脈をとったりくわしく様子を調べたりするために近寄ったりはしませんでした――ご質問の意味はそういうことですね、クイーンさん」ため息をつく。「もちろん、ときどきそっちへ目をやりましたけど、昏睡《こんすい》状態だと知っていたので――顔が恐ろしく蒼白《そうはく》で――でも、そのときは先生が診察なさったばかりだと思っていたし――あの、おわかりかと……」

「わかります、わかりますとも！」エラリーは重々しく言った。

「とにかく、わたしの役目は、予想外の事態が起こるか、変わった様子にならないかぎり、患者さんを安静に保つことであって……」

「ええ、もちろんです！　もうひとつうかがいます、プライスさん。偽者が体重をかけていたのはどちらの足だったか気づきましたか。足を引きずっていたとおっしゃいましたが」

プライスの体がぐったりと椅子に寄りかかった。「左足が悪いように見えました。全体重を右側にかけていましたから——ちょうどジャニー先生と同じように。とはいえ——」

「ええ」エラリーが言う。「とはいえ、周到に変装を企てる者なら、抜かりがあろうはずがない……。これで質問はおしまいです、プライスさん。大変助かりました。もう手術室へもどっていいですよ」

「ありがとうございます」プライス看護師は小さな声で言い、真剣な目でジャニー医師を見て、ミンチェンに微笑んだのち、ドアを抜けて手術室へ消えた。

ミンチェンがドアをそっと閉めたあと、しばらく沈黙がおりた。ミンチェンは咳払《せきばら》いをしてためらったが、さっきまでプライス看護師のいた椅子に身を沈めた。エラリーはすわったまま別の椅子に片足をかけ、膝《ひざ》に肘《ひじ》を載せて前かがみの恰好《かっこう》で眼鏡をもてあそんだ。ジャニーがそわそわと煙草を一本取り出したが、がっしりした白い指でそれを揉《も》みつぶした……。そして急に立ちあがった。

「聞いてくれ、クイーンくん」声を張りあげる。「もうじゅうぶんだろう？　わたしがここにいなかったのは、きみもよくわかっているはずだ。そう、その偽者こそ、わたしのことにも、この病院の事情にも通じた殺人鬼だったにちがいない！　わたしの脚が悪いのはだれもが知っている。病院にいる時間の四分の三を手術衣で過ごすことも、だれもが知っている。目立つことにかけては妊婦といい勝負なんだよ！　やれやれ！」外科医はむく毛の犬のごとく頭を振った。

「たしかに、先生の善良さにつけこんだというのは、まちがいなさそうです」エラリーはジャニーの顔をじっと見ながら穏やかに言った。「でも、先生も逃れようがありませんね——相手は狡猾《こうかつ》な男です」

「ああ、悪賢いのは認めよう」外科医は不満げに言った。「わたしと何年もいっしょにいる助手のプライスの目を欺いたのだからな。おそらく麻酔室のふたりも同じようにだまされたんだろう……。さて、クイーンくん、わたしをどうする気だね」ミンチェンが居心地悪そうに身じろぎをする。

エラリーの両眉《まゆ》が吊《つ》りあがった。「どうする気かですって？」小さく笑う。「先生、ぼくの専門《メチエ》は〝問答《ディアレクティケー》〟でしてね。ぼくはソクラテスの化身なんです。だから、問いかけをおこないます……。で、これから先生に質問をしますが——真実を答えていただけると信じていますよ——先生、ちょっとした道化芝居が繰りひろげられているあいだ、あなたはどこで何をしていらっしゃったんです？」

ジャニーは背筋を正して、鼻を鳴らした。「おいおい、わたしがどこにいたか、きみは知っているはずだぞ。カップとのひと幕もそばで聞いていたじゃないか。来客と面会するためにカップといっしょに出ていく姿をその目で見送ったはずだ。なんとも子供じみた尋問だな」

「けさのぼくは純真そのものなんですよ、先生……。来客と話していた時間はどのくらいですか。どこにいらっしゃったんです？　そういったことを聞かせていただきたいんです、先生……」

ジャニーはうなるように言った。「きみと別れた直後、さいわいなことに、時計を見たんだよ。きみは覚えているかどうか知らんが、あれは十時二十九分だった。わたしの懐中時計は正確でね――その必要があるから……。カップといっしょに待合室へ行って来客に会い、わたしの部屋へ案内した。そこの廊下を渡った先、玄関のエレベーターの隣だ。これで全部だと思う」

「まだですよ、先生……。その訪問客といっしょに部屋にいた時間は？」

「十時四十分までだ。刻限が迫っていて、面会は早々に切りあげざるをえなかった。準備をしなくてはならなくてね――新しい手術衣に着替えたり――消毒をしたり……。だから、来客が帰ると、わたしは即座に大手術室へ行った」

「西廊下側のドアからはいるのを、ぼくもたしかに見ました」エラリーはつぶやくように言った。「なるほど……。玄関までその訪問客を送っていらっしゃったんでしょうか。その人が出ていくのを見届けました？」

「当然だ」ジャニーはまた落ち着きを失いはじめた。「おい、クイーンくん、つまるところ——きみの訊《き》き方は、まるでわたしが殺したと言わんばかりじゃないか」生気あふれる小柄な外科医はまたしても憤慨していた。声がうわずり、ごつごつした首筋に青黒い血管が浮き出している。

エラリーはさわやかな笑みをたたえてジャニーに歩み寄った。「ところで先生、その訪問客というのはだれですか。いままで何もかも包み隠さず話してくださったんですから、もちろんこれにも答えてもらえますね」

「それは——」顔からゆっくりと怒りが引き、ひどく青ざめていく。ジャニーは唐突に身を起こし、両足の踵《かかと》をかちりと合わせて、舌の先で唇を湿らせた。

手術室に通じるドアを荒っぽく叩《たた》く音が、室内に雷鳴のごとくとどろいた。エラリーはとっさに振り返った。「どうぞ！」

ドアが開くと、濃い灰色の服を着た、髪も口ひげも白い小柄で細身の男が、一同を見て笑みを浮かべていた。その後ろに、いかめしい男たちの一団が立っている。

「ああ、父さん」エラリーは言った。そして急いで前へ出た。ふたりは握手を交わし、じっと顔を見合わせた。それからエラリーはごく小さくかぶりを振った。「なんとも劇的な瞬間にご登場だね。これほど興味をそそられる難事件は、父さんも手がけたことがないはずだよ。さあ、はいって！」

エラリーは脇へ寄った。リチャード・クイーン警視は、背後の部下についてくるよう合図をしながら、軽快な足どりで前進した。視野の広い目をすばやく室内にめぐらせ、ジャニー医師とミンチェン医師に愛想よく会釈したのち、ふたたび軽やかに歩を進める。

「諸君も中へ」警視が告げた。「仕事が待ってるぞ。エラリー――もう取りかかったのかね。目星はついてるのか。ああ、トマス、はいってそのドアを閉めてくれ！　で、こちらのかたがたは？　ああ、医者の先生か！　立派なお仕事ですな……。待て、リッチー、この部屋からは何も見つかるまい。その気の毒なご婦人は、ここに寝かされているときに殺されたそうじゃないか。ひどいな、まったくひどい！」

警視は絶え間なくことばを発しながら、鋭い小さな目で何ひとつ見落とすことなく室内を見まわした。

エラリーはふたりの医師を紹介した。医師たちはだまって頭をさげた。警視に同行してきた刑事たちは、すでに部屋のあちこちに散っていた。ひとりが物珍しげにストレッチャーを押すと、ゴム張りの床の上で台車が数インチ滑った。

「地方検察局の刑事たちかい？」エラリーは険しい表情で訊いた。

「リッチーの一隊は、なんでも嗅《か》ぎまわりたがるんだ」警視は含み笑いをした。「あまり気にするな……。あっちの隅へ行って、その難事件の話を聞こうじゃないか。察するに、ずいぶん手ごわそうだな」

「お察しのとおりだよ」エラリーは苦笑しつつ答えた。無言で移動し、ふたりきりになると、エラリーはそれまでに集めた証言も含めた朝の出来事を、抑えた声でかいつまんで説明した。警視は何度もうなずいた。エラリーの話が終わりに近づくにつれ、表情が深刻になった。警視は首を左右に振って言った。

「悪くなる一方か」嘆きを漏らす。「だが、それこそが警察官の世界だ。単純明快な事件が百件あるごとに、一ダースの大学で鍛えた頭脳を必要とする事件が一件ある。犯罪という大学も含めてだ……。さっそく手をつけるべき仕事がいくつかあるな」

警視は部下のほうを振り返り、顎《あご》のがっしりした長身のヴェリー部長刑事のもとへ歩み寄った。

「プラウティ大先生はなんと言っていたんだ、トマス」警視が尋ねた。「いやいや、すわったままでけっこうだよ、ミンチェン先生。わたしが動いてまわるから……それで？」

「検死官から頼まれた仕事があるそうで」ヴェリーが低音を響かせた。「遅れて来るそうです」

「まあいい。では、諸君……」

警視はヴェリーの下襟をつかみ、口を開いて何やらことばを発した。エラリーは父親の話にほとんど耳を傾けず、目の端でジャニー医師を追っていた。ジャニーはいつの間にか壁際に退き、だまって靴の先を見つめて立っていた。その顔には、まぎれもなく安堵《あんど》の色が浮かんでいた。

8 確証 CORROBORATION

警視は自分よりはるかに背の高いヴェリーに向かって、父親のような態度で話しかけた。

「さて、トマス、おまえに頼みがある」警視は言った。「第一に、パラダイスという男のところへ行って――たしかそういう名前だったね、ミンチェン先生――いいか、トマス、その男がこの病院の事務長なんだが――けさ出入りした者のリストを受けとってくること。事件が発覚した直後、そのパラダイスが調査にあたったそうだ。結果をたしかめてきてくれ。第二に――すべての出入口の見張りを確認して、警察官と交代させること。第三に――その途中で、バイヤーズ医師とオーバーマンという看護師をこちらへよこすこと。急げ、トマス！」

ヴェリーが大手術室へ通じるドアをあけると、おおぜいの制服警官が室内をゆっくりと歩きまわっているのが見えた。エラリーの目は見学席を一瞬とらえた。フィリップ・モアハウスが立ちあがり、何やら激しく抗議をして、たくましい警官に取り押さえられている。そのそばで、ダニング医師と娘が呆気《あつけ》にとられたように無言ですわっていた。

エラリーは鋭い声で叫んだ。「しまった、父さん。親族のことを忘れてたよ！」ミンチェンのほうを向く。「ジョン、面倒な仕事を頼みたいんだ。あの待合室へもどってくれ――そうだ、あのモアハウスという若いやつを連れていくといい。どうやらあそこで揉《も》めているようだから。で、ヘンドリック・ドールンとハルダ・ドールンとフラーのほか、そこにいる全員に知らせてやってもらいたい……。ちょっと待て、ジョン」エラリーは小声で警視と話をした。警視はうなずいて、ひとりの刑事に手招きをする。「おい、リッチー、仕事がしたくてうずうずしているようだな。検察局の人間の働きぶりを見せてもらおう」警視は言った。「ミンチェン先生と待合室へ行って、そっちを取りまとめてくれ。だれも外へ出すなよ――先生、助手が必要でしょう。卒倒したりする者が出ても不思議はありませんね。手伝いの看護師を二、三人連れていくといい。リッチー、わたしが許可を出すまで、部屋からひとりも出すんじゃないぞ」

青々とした下顎《したあご》の目立つ無愛想なリッチーが、ぼそりと返事をしたのち、ミンチェンのあとについて仏頂面で部屋から出ていった。そのとき開いたドアからエラリーがながめていると、ミンチェンが身ぶりで合図を送り、それを見た見学席上方のモアハウスが言い争いをやめて、出口のほうへ駆けあがっていった。

ドアが閉まった。ほとんど間を置くことなくまたドアが開いて、白い服を着た医師ひとりと看護師が現れた。

「やあ――バイヤーズ先生ですか」警視が大声で言った。「さあさあ、中へどうぞ！　早々と来ていただいて助かります。先生にも、そちらの美しいお嬢さんにも、仕事を中断させてしまったのでは？　だいじょうぶでしたか。それは何よりです……。さて、バイヤーズ先生」急に口調が鋭くなる。「あなたはけさ隣の麻酔室にいましたか」

「はい、おりました」

「どのような事情で？」

「ここにいるオーバーマンさんに手伝ってもらって、患者に麻酔をかけていました。いつもわたしの助手についてくれているんです」

「先生とオーバーマンさんと患者のほかに、その部屋にだれかいましたか」

「いいえ」

「その作業をしていた時刻は？」

「十時二十五分から麻酔室を使用し、十時四十五分ごろまでかかりました。虫垂切除の患者で、担当の執刀医はジョーナス先生でしたが、少し遅れていまして。〝A〟と〝B〟の手術室が空くのを待たなくてはならなかったんです――きょうは立てこんでいたもので」

「なるほど」警視は愛想よく微笑んだ。「では、先生、あなたがたが麻酔室にいるあいだに、だれかはいってきましたか」

「いいえ――ああ、ただし」外科医はあわてて付け加える。「部外者は、という意味ですが。ジャニー先生が十時三十分ごろ、いやひょっとするともう一、二分あとかな、麻酔室を通り、そのまま控え室へはいっていきました。その後、十分ぐらい経って出てきた。いや、もう少し短かったかもしれない」

「きみもか」ジャニー医師が恨みがましい視線をバイヤーズ医師へ投げながらつぶやいた。

「え？　わたしが何か――」バイヤーズ医師は口ごもった。そばに立つ看護師も驚いた顔をする。

警視が少し前へ進み出ながら、あわてて言った。「いや――バイヤーズ先生、気にしないでください。ジャニー先生は気分がすぐれないようで――少々動揺していらっしゃる――ええ、無理もありませんよ！……では、バイヤーズ先生、けさ控え室へはいってまた出てきたのはジャニー先生だったと、宣誓のうえで証言してもかまわないということですか」

医師はためらって落ち着きなく体を動かした。「ずいぶんはっきりおっしゃいますね……。いいえ、宣誓まではできません。何しろ」気を取りなおして言う。「顔は見なかったから。その人は手術用のマスクや術衣など一式を身につけていました。体がほとんど隠れていて——ええ、そうなんです！」

「なるほど！」警視は言った。「宣誓はできないとおっしゃる。しかし、ついさっきは、ジャニー先生だと確信している口ぶりでしたが。なぜそう思っていたんですか」

「それは……」バイヤーズはまたしてもためらった。「もちろん、みなよく知っているとおりに、その人が足を引きずっていたからで……」

「ほう！　足を！　つづけて」

「それに、つぎの手術患者が控え室にいるのはわかっていたので、ジャニー先生がいると半ば無意識に予期していたせいもあるでしょう——われわれもあたふたしていて——ほら、ドールン夫人の一件があって……まあ、それで——ジャニー先生だと思った。それだけのことです」

「では、オーバーマンさん」警視は看護師の不意を突き、だしぬけに振り向いて言った。「あなたもはいってきたのはジャニー先生だと思っていたんですか」

「はい、思っていました」顔を赤らめて口ごもった。「理由は——バイヤーズ先生と同じです」

「ふうむ！」警視はうなった。そして室内をひとまわりした。ジャニーはまばたきもせず床を凝視している。「バイヤーズ先生にうかがいます」警視はつづけた。「あなたの患者は、ジャニー先生がはいってきて出ていくのを見ましたか。そのあいだ意識はあったんでしょうか」

「わたしの考えでは」バイヤーズはおずおずと答えた。「まだ麻酔用マスクを着けていなかったし、寝台がドアのほうを向いていたので、患者は、ええと、その――ジャニー先生がはいってくるのを目にしたかもしれません。でも、先生がまた出てきたときは、もうエーテル麻酔が効いていて、当然ながら見ることができなかったはずです」

「ところで、その患者はだれですか」

バイヤーズ医師の唇に笑みが一瞬よぎった。「よくご存じの人物だと思いますよ、クイーン警視。マイケル・カダヒーです」

「だれですって？　まさか！　〝大物マイク〟だと！」叫び声が室内を飛び交った。居合わせた刑事たちはみな驚きに体をわななかせた。警視の目つきが険しくなる。

警視は唐突にひとりの部下へ向きなおった。「マイケル・カダヒーはシカゴへ行ったと、たしかおまえから報告を受けたと思ったがね、リッター」鋭い声で言う。「おまえは夢ばかり見てるにちがいない！」またバイヤーズ医師のほうを向く。「〝大物マイク〟はいまどこです？」さらに訊《き》く。「部屋は？　あの叛賊を調べないと！」

「三階の特別室――三二八号室です、警視」医師は答えた。「でも、会っても意味はありませんよ。意識がないんですから――まだ〝B〟手術室から運び入れたばかりなんです。ジョーナス先生が執刀しました。わたしがあなたの部下につかまったのは、先生が手術を終えてすぐのことでした。患者はいま病室にいますが、ゆうに二時間はエーテルが効いているでしょう」

「ジョンソン！」警視はいかめしい顔で言った。小柄で冴《さ》えない外見の男が前へ歩み出る。「〝大物マイク〟をあとで忘れずに締めあげるから、書き留めておいてくれ。エーテル酔いときたか。そんなのは初耳だよ」

「バイヤーズ先生」エラリーの声が穏やかに響いた。「麻酔室で作業をしているあいだに、この部屋から話し声が漏れ聞こえたりしませんでしたか。思い出してください。あなたはどうです、オーバーマンさん」

医師と看護師はしばらく顔を見合わせた。バイヤーズ医師が目をまっすぐエラリーへ向けて答える。「そう言えば、妙でしたね。プライスさんが〝すぐに準備します〟とかなんとか、ジャニー先生に声をかけたのがたまたま聞こえたんです。それでわたしはオーバーマンさんに、あの親父さん――ジャニー先生のことですが――きょうはいつになくご機嫌が悪いね、返事もしやしないと話しかけたのを覚えています」

「そうですか。すると、ジャニー先生がこの部屋へはいってから、何か言ったり尋ねたりするのをまったく耳にしなかったんですね」エラリーは早口で尋ねた。

「ええ、ひとことも」バイヤーズ医師は言った。オーバーマンもうなずいて同意を示した。

「控え室のドアが開いてまた閉じる音と、〝あ、失礼！〟という人の声を聞いた記憶はありますか」

「ありませんね」

「あなたはどうですか、オーバーマンさん」

「わたしもありません」

エラリーは警視に何やら耳打ちをした。警視は唇を軽く嚙《か》んでうなずき、がっしりした体格のスウェーデン系らしき刑事を手ぶりで呼びつけた。「ヘス！」それを聞いて、刑事が前かがみで歩み寄る。「いまから言うことを、しっかり頭に叩《たた》きこむように。手術室へ行って、医師と研修医たちに、十時三十分から四十五分までのあいだにこの控え室をのぞき見た者はいないか訊くんだ。もしいたら、ここへ連れてきてくれ」

ヘスが使命を帯びて出ていくと同時に、警視はバイヤーズ医師とオーバーマン看護師を解放した。ジャニーはふたりが退出するのをもの憂げな目で見ていた。エラリーが父親と話をしていると、ドアがまた開き、みなと同じ病院指定の白い服に身を包んだ、髪の黒っぽいユダヤ系の若い男が現れた。ヘスがその男を室内へ導く。

「ゴールドさんです」ヘスが手短に紹介する。「ここをのぞき見たそうで」

「はい」若い研修医が小柄な警視に向かってすぐに話しはじめた。「あのドアから中をのぞきました」――西廊下に面したドアを指さす――「十時三十五分ぐらいだったか、診断のことで質問があって、ダニング先生を探していたんです。もちろん、そこにいるのはダニング先生じゃないとすぐにわかりました――ドアをあけたとたんに見えましたから――で、ぼくは中へはいるまでもなく謝って、立ち去りました」

エラリーは身を乗り出した。「ゴールドさん、ドアをどのくらい開きましたか」

「ええ、ほんの一フィートかそこら――顔を差し入れられる程度に。なぜそんな質問を？」

「いや、まあ」エラリーは微笑んだ。「訊きたかったんです。で、あなたが見たのはだれだったんですか」

「医師でしたが――だれかまでは特定できません」

「ダニング先生ではないと、どうしてわかったんですか」

「なぜって、ダニング先生は長身で痩《や》せているのに、その人はどちらかというと背が低くてずんぐりしていて――肩の輪郭もちがっていたし――よくわからないけど――とにかくダニング先生じゃなかったんです」

エラリーは勢いよく鼻眼鏡を磨いた。「その医師はどんなふうに立っていましたか――あなたがドアをあけて見たままを話してください」

「こちらへ背を向けて、ストレッチャーの上にちょっとかがむような恰好《かっこう》をしていましたね。その人の体に隠れて、寝台の上の様子は見えませんでした」

「その男の手は？」

「見えませんでした」

「ほかに人はいませんでしたか」

「見えたのはひとりだけです。もちろん寝台には患者がいたはずですけど、ほかに人がいたかどうか、ぼくにはなんとも言えません」

警視が穏やかに口をはさんだ。「きみは〝あ、失礼〟と言ったかね」

「はい、言いましたよ！」

「返事は？」

「ありませんでした。声をかけたとき、その人の肩がぴくりと動きましたが、こっちを振り返りはしませんでした。いずれにしても、ぼくは後ろへさがってドアを閉め、立ち去りました。そこまで全部合わせても十秒とかかっていません」

エラリーはゴールド研修医に近づいて、肩を軽く叩いた。「もうひとつ質問させてください。その人は――ジャニー先生だったとは考えられないかな」

若い研修医はゆっくりと答えた。「あ、ええ、そうかもしれません。でも、あのぐらい見ただけでは、ほかにも考えられる候補が一ダースはいますから……。どうかしたんですか、先生」首をねじってジャニーを見つめたが、医師は返事をしなかった。

「これで終わりなら、もう行ってもかまいませんか……」

警視は機嫌よく手を振って、研修医をさがらせた。

「カップを連れてこい——守衛の男だ」警視のことばを受けて、ヘスがのっそりと出ていった。

「まいったな」ジャニーが感情のない声で言った。だれもそれには気を留めなかった。

ドアが開いて、ヘスと赤ら顔の〝臨時警官〟アイザック・カップが現れた。カップは頭に気どって帽子を載せていて、ここにいる警察官たちは身内も同然だといわんばかりに悠々と周囲を見まわした。

警視は単刀直入に切り出した。「カップ、わたしがこれから話すことにまちがいがあったら、すぐにそう言ってくれ……。あんたはジャニー先生が廊下でエラリーとミンチェン先生と話をしているところへ近づいた。そして、ジャニー先生に面会客が来ていると告げた。先生ははじめ拒絶していたが、あんたがその男の名刺を——〝スワンソン〟と書かれたものを——渡すと、考えを変え、あとについて待合室へ向かった。そのあと何があったのかね」

「先生はその人に〝やあ〟って声をかけましてな」カップは打ち解けた口調で答えた。「で、ふたりそろって待合室から出て、右手の——そう、ジャニー先生の部屋がそっちにあるんですが——その部屋へはいっていきました。それでおふたりは——いや、先生が——ドアを閉めた。だからわたしは玄関ロビーの持ち場へもどって、そのあとはずっとそこにいましたよ。そこでずっと立ってたら、ミンチェン先生が来て、話を……」

「待て、待て！」警視は気短に言った。「片時も持ち場を離れなかったのなら、もし——」警視がちらりと目をやると、椅子に縮こまっていたジャニー医師が急に緊張して警戒の色を見せた。「もしジャニー先生かその客が部屋から出て、どこか、たとえば手術室へ行こうと思ったら、あんたの目に留まらずに行くことはできたのか」

守衛は頭を掻《か》いた。「もちろん！　できたと思いますな。わたしはずっと中ばっかり見てるわけじゃないから。ときどきドアをあけて、外をながめてることもあるんで」

「それで、けさはどうだったんだ」

「それは——もちろん！　通りに目をやったと思いますよ」

エラリーが割ってはいった。「ミンチェン先生が来て、ドアに施錠するようあなたに命じたという話だね。ジャニー先生の客——スワンソンという男——が病院をあとにしたのは、そのどれくらい前のことかな？　そもそも、その客はほんとうに建物から出ていったのかい」

「もちろんですとも！」カップは満面の笑みをたたえた。「去り際にわたしに二十五セント硬貨を渡しま——いや、渡そうとさえしました。けど、受けとりませんでしたよ——規則に反しますから……。そう、あの人が玄関から通りへ出ていったのは、ミンチェン先生がわたしのところへ来る十分ほど前だったと思います」

「だれかほかに」エラリーがつづけた。「スワンソンが去ってから、あなたがドアを施錠するまでのあいだに、玄関から出た者は？」

「いいえ、ただのひとりも」

エラリーがジャニー医師の前に立つと、医師は体をまっすぐに起こして、視線を宙へそらした。「先生、ささやかながら」エラリーは柔らかな口調ではじめた。「時間切れでうやむやになった問題があります。さっき警視が到着したとき、あなたはちょうど客がだれだったかを話そうとしていましたが……」そのときドアが大きな音を立てて開き、ヴェリー部長刑事がふたりの刑事を両側に従えてはいってきたため、エラリーはいったん話を打ち切って口を閉ざした。

「おや、どうやら」エラリーはかすかに笑いながら言った。「肝心な質問はまたもや先延ばしになる運命らしい……。どうぞ、父上。知らせを持ってヴェリー殿がお出ましだ」

「どうだった、トマス」警視が尋ねた。

「十時十五分以降、ジャニー医師宛《あて》の来客を除いて、病院からはだれも出ていません。スワンソンのことは、数分前に廊下でカップから話を聞きました」ヴェリーがざらっいた声で言った。「その時間内に、けさ病院へやってきた人物の名簿を入手しましたが、それを見るかぎり、不審な者は見あたりませんでした。なお、全員を病院内に足止めし――ひとりも外へ出していません」

警視は笑顔で言った。「よくやった、トマス、みごとだ！　聞いたか、エラリー」息子のほうを見ながら叫ぶ。「おまえは女王《クイーン》の恵みを賜ったらしいな。われわれの探す殺人犯はまだこの建物のなかにいる。逃げられるはずがない！」

「たぶん逃げる気なんてないさ」エラリーは冷静に言った。「ぼくは運に期待しすぎないようにしてる……。それで、父さん――」

「なんだね」警視は急に不機嫌な声になった。ジャニーが目に奇妙な輝きをたたえて顔をあげる。

「ある考えがどうしても頭から離れなくてね」エラリーが夢を見ているような口調で言った。「議論を進めるため、そして――」外科医に会釈をする。「なんと言ってもジャニー先生のために、こう仮定しようじゃないか。この奸策《かんさく》を弄《ろう》したのはジャニー先生ではなく、悪辣《あくらつ》でふてぶてしい偽者だったと」

「ようやくまともな議論になったな」ジャニーが苦々しげに言う。

「仮説をさらに進めて」エラリーは体を揺らして天井を凝視しながらつづけた。「抜け目のない犯人が、邪悪ながら確たる理由から、身につけていた服をできるだけ自分から遠ざけたいと考え、犯人であることを示す血染めの上衣を脱いで、どこかへ隠したと仮定する……。いまわれわれは、その犯人がこの病院から出ていないことを知っている。〝病院内を徹底して探せばひょっとして〟って考えは、都合がよすぎるかな……」

「リッター！」警視が声を張りあげた。「いまのエラリーの話を聞いたか。ジョンソンとヘスを連れて、ただちに取りかかれ！」

「こういう厳粛な場で」エラリーはにやりと笑った。「文学を引き合いに出すのは、本意じゃないが――ロングフェローの詩が、ぼくの気持ちをみごとに言い表している。覚えてるかな？〝予見するすべてを見いだすまで……〟って一節だ。リッター、きみがそれを見いだすことを、ぼくは切に願ってる――それでジャニー先生の心の平安が得られるならね！」

9　関連　IMPLICATION

「ではふたたび」エラリーは、三人の刑事が退出してドアが閉まると同時に、ジャニー医師に恭しく一礼しながら言った。「知識の源へもどりましょう。先生……あなたを訪ねてきたのは、ずばりだれなんです？」

クイーン警視が椅子のほうへ移動した。魔法が解けるのを恐れているかのように、部屋を横切るその足どりはしのびやかだった。エラリーは立ったまま微動だにしなかった――室内をゆっくり歩きまわっている、現実主義で想像力の乏しい男たちでさえ、エラリーの口からさらりと発せられた質問に緊迫したものを感じていた。

ジャニー医師はすぐには返事をしなかった。自分だけが知る深遠な問題を熟考しているかのように、唇をすぼめて眉根《まゆね》を寄せる。やがて口を開いたとき、眉間《みけん》の皺《しわ》は消えていた。

ジャニーははっきりと言った。「瑣末《さまつ》なことで騒ぎすぎだよ、クイーンくん。訪ねてきたのは友人で……」

「スワンソンという名前のご友人ですね」

「そうだ。金に困って、貸してくれないかとわたしを頼ってきた」

「実にすばらしい！」エラリーは小声で言った。「金が必要で、借りにきた……。たしかに、それなら何も不可解なところはない！」また微笑む。「もちろん、貸したんですね」

ジャニーは体をこわばらせた。「ああ――小切手で五十ドル」

エラリーは屈託のない明るい笑い声をあげた。「その金額ならたいした痛手ではありませんね、先生！　その点はさいわいでした……。ところで、そのご友人のフルネームは？」

ごく当然の質問だと言わんばかりに、エラリーは無頓着《むとんちゃく》にことばを切った。クイーン警視はジャニーに目を据えたまま、ポケットを探って褐色の古い嗅《か》ぎ煙草入れを取り出した。鼻へ運ぶ手を途中で止めて――答を待つ……。

ジャニーはにべもなく言った。「答える気はない！」クイーン警視の手が移動を再開し、目的を達してもとの位置へもどる。警視は鼻をひくつかせて立ちあがり、温和な顔に物問いたげな色をうっすらと浮かべて足を踏み出した。

ところが、機先を制し、エラリーが落ち着いた口調で言った。「ぼくはまさにそれを知りたかったんですよ、先生……。そんなふうにひたすら隠すなんて、そのスワンソンという人はあなたにとってよほど重要な人にちがいない。もちろん、昔からの仲なんですね」

「いや、ちがう！」ジャニーがあわてて言った。

「ちがう？」エラリーの両眉が吊《つ》りあがる。「あなたの態度とまったく矛盾しますね、ジャニー先生……」小柄な外科医へ歩み寄り、のしかかるように立つ。「ただひとつの質問に答えてください。そうすれば、永遠にぼくをだまらせることができます……」

「きみが何を言いたいのか、わたしにはわからんよ」ジャニーは一歩あとずさりながらつぶやいた。

「それでも」エラリーは柔らかな口調で言った。「お答えください……。そのスワンソンという男が特別に親しい友人でないなら、なぜあなたはけさ、十分間余りの貴重な時間をその人のために割いたんです？　恩人の女性が重篤な病で昏睡《こんすい》状態に陥って、あなたのたぐいまれな技術による執刀を待っているというのに……。答えてください。時間はいくらかけてもかまいません」

「きみたちの捜査にかかわりのありそうなことは、何ひとつ知らん」目に浮かぶ反抗の光をしだいに強め、ジャニーが冷たく言ったが、エラリーは途中で背を向けた。

　エラリーは、さっきまで父親がすわっていた椅子へゆっくり歩み寄って腰をおろし、〝どうぞ反対尋問を〟とでも言うように手を振った。

警視のごく小さな笑みがさらに柔和になった。警視がジャニーの前を行ったり来たりすると、敵意のこもった外科医の小さな目がそれを追った。

「申しあげるまでもないことですが、ジャニー先生」警視は丁重に切り出した。「この件に対するあなたの態度を容認するわけにはいきません。むろん、おわかりでしょう……」そして挑みかかる。「わたしの顔を立てて、ごまかすことなく率直に答えてくださいますね」ジャニーは無言のままだ。「よろしい、では、はじめましょう……。あなたとスワンソンさんがふたりで部屋にいた十分余りの時間に何があったんです？」

「わたしは別に意地を張っているのではない」ジャニー医師は態度を一変させた。疲れた表情で、椅子の背に体を預ける。「さっきも言ったとおり、スワンソンがわたしに会いにきたのは、五十ドルを借り受けるためであり、至急必要なのに当面ほかのあてがないという話でした。最初はことわりましたよ。すると、先方が事情を説明しはじめてね。その内容を聞き、良識で考えて訴えに応じるべきだと思いました。だから小切手を渡し、相談に乗ったうえで、帰したんです。それだけですよ」

「非常に筋の通ったお話です、先生」警視はおごそかに応じた。「しかし、おっしゃるとおり何も後ろめたいところがないなら、なぜその人物の名前を――住所も――話してくださらないんですか。われわれがいくつか決まった質問をしなくてはならないこと、あなたの話を裏づけるためにご友人の証言が必要だということをご理解ください。こちらの求める情報を提供してもらえれば、それで片がつくんです！」

ジャニーは髪の乱れた頭をもの憂げに振った。「あいにくですが、警視……。わたしの友は不運の人であり、境遇の犠牲者であることを――傷つきやすい性格で、育ちのよい人間であることをわかっていただきたい。特にいま、少しでも悪評が立てば、友人の体面は傷つく。そもそもドールン夫人殺害にかかわりがあるはずなどないんだ」声がかすかに高くなり、鋭くなる。「いったい、なぜそんなにこだわるんですか」

 エラリーは思案しながら鼻眼鏡を磨いたが、そのあいだもジャニー医師の顔から一度も目を離さなかった。

「スワンソンの人相をお訊《き》きしても、やはり無駄なんでしょうな」警視が尋ねた。すでに顔から微笑は消えている。

ジャニーは固く口を閉ざした。

「それならけっこう！」警視はぴしゃりと言った。「あなたの話を裏づけるスワンソンの証言がなければ、ご自分がひどく危うい立場に立たされるのをおわかりですね、ジャニー先生」

「何も話すことはありません」

「もう一度だけチャンスを差しあげましょう、ジャニー先生」いまや警視の声は抑えきれぬ怒りのために辛辣《しんらつ》な響きを帯び、唇はかすかに震えていた。「スワンソンの名刺を見せてください」

一瞬、息詰まる沈黙が落ちた。「えっ？」ジャニーがうなるように言った。

「名刺だよ、名刺！」警視はじれて怒鳴った。「スワンソンの名前が記された名刺、つまり、ミンチェン先生とエラリーが廊下で話をしていたとき、守衛があなたに渡した名刺です。どこにありますか」

ジャニーは疲れた目を警視へ向けた。「持っていません」

「どこなんだ！」

ジャニーは墓石のように微動だにしない。

すぐさま警視は、部屋の隅でにらみをきかせているヴェリーに顔を向けた。「体を調べろ！」

ジャニーは息を呑《の》み、狩り出された獣さながらの目で周囲を睥睨《へいげい》しながら壁際へあとずさった。エラリーは椅子から半分立ちあがったが、ヴェリーが小柄な医師を隅へ追いつめ、淡々とこう声をかけるのを見て、また腰をおろした。「名刺を渡してください。さもないと、強引に取りあげざるをえませんが」

「なんだと！」憤怒《ふんぬ》に青ざめたジャニーがあえいだ。「わたしに手をふれてみろ――こちらにも……」無力感から声がしだいに消え入る。

ヴェリーは太い腕を華奢《きゃしゃ》な外科医の体にまわして、子供を扱うようにやすやすと腕のなかにおさめた。ジャニーは一度激しく身もだえしたものの、あとは抵抗しなかった。怒りの色がまず顔から消え、やがて目からも徐々に引いていった……。

「何もありません」ヴェリーが片隅へさがった。

警視は不本意ながらも感心したようなまなざしで、小柄な医師をまじまじと見つめた。そのまま視線をそらすことなく、さりげない口調で命じた。「トマス、ジャニー先生の部屋を調べろ」

ヴェリーは刑事をひとりともなって、控え室から出ていった……。

エラリーは渋い顔をしていた。引きしまった体を椅子から起こす。そして、声をひそめて何やら警視に話をした。警視が疑わしげに頭を振る。

「ジャニー先生」エラリーの声は小さかった。外科医は力なく壁にもたれて立ち、床を凝視している。顔は血がのぼって赤黒く、息づかいが不規則で荒い。「ジャニー先生、こんなことになってほんとうに残念です。でも、あなた自身が招いた結果だ……。こちらはあなたの立場を理解しようと懸命につとめているのに……。いま必死でかばおうとなさっているスワンソンという男が、同じだけあなたに友情を感じているとしたら、みずから名乗り出て証言を裏づけたいと望むのが当然でしょう？　いかに不運な人物であろうと……。そう思いませんか」

「あいにくだが……」ジャニーの声は、エラリーが大きく首をかしげないと聞こえないほどかすれていた。だが、もはや抵抗の響きはない。外科医は疲れ果てた様子だった。

「わかりました」エラリーは厳然と言った。「それでは、もうひとつだけ訊きます。どうしても答えろとは言いませんが……。ジャニー先生、あなたがスワンソンといっしょにご自分の部屋へはいってから別れるまでのあいだに、どちらかが一瞬でも部屋から出ましたか？」

「いいえ」ジャニーは顔をあげ、エラリーの目をまっすぐに見据えた。

「ありがとうございます」エラリーは退いて、また腰をおろした。煙草を取り出して火をつけ、思案げに一服した。

クイーン警視がひとりの刑事に短い指示を与え、送り出した。しばらくすると、その刑事がアイザック・カッブを連れてもどった。守衛は自信に満ちた態度で赤ら顔を輝かせている。

「カッブ」警視は前置きなしにはじめた。「あんたはジャニー医師の客が病院にはいるところも、外へ出ていくところも見たと言っていたな。その男の人相を教えてくれ」

「いいですとも！」カッブは笑顔で言った。「わたしは人の顔をぜったいに忘れないんです……ええ、ほんとに。背の高さはちょうど中くらいで、どちらかと言えば金髪だったか、ひげはきれいに剃《そ》ってあって、なんとなく黒っぽい感じの服装でした。黒いオーバーコートを着ていたのはたしかです」

「あなたの見たところ」すかさずエラリーが言った。「裕福そうだったかな——つまり、着ているものから判断すると」

「いやいや、ちがいますね！」守衛は激しくかぶりを振って、語気を強めた。「みすぼらしいってのか……。ええ、そう言っていいと思いますよ——そう、歳は三十四、五、まあ、そんなところかと」

「ここで働いて何年になるんだい、カップさん」エラリーは尋ねた。

「なんと十年近くになります」

警視が冷ややかに言った。「で、スワンソンという男を前に見かけたことはあるのかね、カップ」

守衛はすぐには答えなかった。「ううん、そうだな」ようやく言う。「どうも見た覚えがある気もしますけど——よくわかりません」

「ふうむ」警視は嗅《か》ぎ煙草をひとつまみとった。「カップ」粉末を鼻から吸いこみながら息苦しそうに言う。「その男のファーストネームは？　知っているはずだぞ！」

煙草入れを閉めてポケットにしまいつつ、強い口調で付け加えた。「ジャニー医師に名刺を運んだんだから！」

守衛は怯《おび》え顔になった。「いや、知——知りません。わたしは見なかった——ただ先生のところへ運んだだけなんで」

「ねえ、カッブさん」エラリーがもの憂げに口をはさんだ。「ご立派なものだな。チップは受けとらない、むやみな穿鑿《せんさく》はしないなんて。ぼくにはとうてい理解できないよ！」

「つまりあんたは」警視がすごみを利かせて言った。「その男から名刺を受けとり、はるばる廊下を歩いてジャニー医師に届けたが、そのあいだに一度も名刺を見もしなかったと言うんだな」

「ええ――わ、わたしは――見ませんでした」カッブはすっかり震えあがっている。

「ばかばかしい！」警視は背を向けてつぶやいた。「話にならない。出ていきたまえ、カッブ！」

カッブは何も言わず、こそこそと退出した。カッブの尋問中にひそかに控え室にもどっていたヴェリー部長刑事が、静かに前へ進み出た。

「なんだ、トマス」警視が成果を期待していないのは明らかだった。ヴェリーを苛立《いらだ》たしげに見る。エラリーは横目でこっそりジャニー医師の様子をうかがった。医師はわれ関せずのていで物思いに浸っている。

「部屋にはありませんでした」ヴェリーが言った。

「そうか！」警視はゆっくりとジャニー医師の前へ歩を進めた。「さあ、名刺をどうしました？　答えなさい！」怒鳴りつける。

ジャニーはくたびれた声で答えた。「燃やしました」

「上出来だよ！」警視は荒々しく言った。「トマス！」

「はい」

「さっそくかかってくれ。スワンソンという男を今夜までに本部へ連れてくるんだ。中背、金髪、黒っぽくみすぼらしい服装で、歳は三十五前後の貧しそうな男だ。さあ行け！」

エラリーがため息をついて言った。「ヴェリー」戸口へ向かう途中で、部長刑事が足を止める。「ちょっと待って……」エラリーはジャニー医師へ向きなおった。「先生、あなたの小切手帳を見せていただくことはできますか」

ジャニーはびくりと身を震わせた。ふたたび目に怒りがみなぎる。だが、口を開くと、やはり疲労の響きが声に強く漂った。「かまわんよ」ふたつ折りにした小切手帳を尻《しり》ポケットから取り出し、何も言わずにエラリーに手渡した。

エラリーが表紙をすばやくめくると、一枚目の小切手が現れた。左側のページに控えを記入する欄がある。その最後の欄に、ただ〝現金〟と書かれていた。

「なるほど！」エラリーは微笑して小切手帳を返した。「ジャニーは顔の筋肉ひとつ動かさず、ポケットにしまう。「ヴェリー、この小切手の行方を突き止めるんだ。まず

〈オランダ銀行〉へ行くといい。それから手形交換所だ。小切手の番号は一一八六。ジャニー医師の個人名義の口座から本日付けで五十ドルが振り出され、換金されているはずだ。それを調べれば、スワンソンの署名を確認できる」

「わかりました」ヴェリーがそう言って退出しかけた。

「もうひとつ！」エラリーの声が鐘のごとく響いた。「ジャニー先生の部屋を調べたとき、住所録に〝スワンソン〟の名がないかを調べたかい？」

ヴェリーの唇に冷ややかな微笑がよぎった。「もちろん調べました。無駄骨でしたよ。そんな名前はなかった。机のガラス板の下にあった電話番号表にも記載はなし。それだけですか」

「そうだ」

「さて」警視がジャニーに歩み寄った。「立ちっぱなしの必要はありませんよ、先生」前よりやさしい声で言った。「まあ、すわりましょう……」外科医が意外そうな顔で見返す。「何しろ」警視は無情につづけた。「まだ当分ここにいるんですから……」

ジャニーは椅子に身を沈めた。しばしの沈黙ののち、西廊下に面したドアをノックする音がし、ひとりの刑事が部屋を横切って応対に出た。

リッター刑事が、形の崩れた大きな白い包みを脇にかかえて飛びこんできた。後ろにつづくジョンソンとヘスは、リッターより落ち着いて、大きな笑みをたたえている。

クイーン警視がそちらへ突進した。エラリーも立ちあがり、もどかしげに歩きだした。ジャニーは顔を胸に沈むほどさげ、眠っているかのように見える。

「これはなんだ」警視は包みを奪いとりながら叫んだ。

「衣類です、警視」リッターが声を張りあげる。「殺人犯が着ていたものを見つけました！」

クイーン警視は、アビゲイル・ドールン夫人の魂の抜け殻が先刻まで置かれていたストレッチャーの上に、包みの中身をひろげた。「ようやく手がかりをつかんだぞ」小声で言う。そして、喜びに満ちた目ですばやくエラリーを見た。

エラリーはストレッチャーの上に身をかがめ、白く長い指で包みをつついた。「燃料が多いほど火はよく燃える！」そうつぶやいたのち、ジャニーの様子をこっそりとうかがった。外科医は張りつめた顔をして、台上の様子を見ようと首を伸ばしている。

「ぼそぼそと何を言ってるんだ」警視がせわしなく衣類を突きながら尋ねた。

「燃え殻だよ」エラリーは謎めかして言った。

10　徴候　MANIFESTATION

一同はストレッチャーのまわりに集まって額を寄せ、クイーン警視が包みの中身のさまざまな品をひとつずつ手にとるさまを見守った。

ジャニー医師は苛立たしげなそぶりを見せた。半分腰をあげたかと思うと、椅子に身を預け、また立ちあがる。やがて好奇心に負けたのか、ストレッチャーへ歩み寄り、ふたりの刑事の肩越しに目を注いだ。

警視が染みひとつない丈長の白衣を手に持ち、全体が見えるように掲げた。「ふむ。手術衣らしいな」急に灰色の眉《まゆ》を寄せて、おどけた目で横ざまにジャニーを見た。「あなたのものですか、先生」

ジャニーはささやくように答えた。「わたしに訊《き》かれても困る」そう言いながらも、ふたりの刑事のあいだに体を割りこませて、指で手術衣にふれた。エラリーが「寸法は合いますか」と尋ね、警視が術衣をジャニーの前にあてる。丈が踝《くるぶし》まであった。

「わたしのものじゃない」ジャニーはきっぱりと言った。「長すぎる」

手術衣は皺《しわ》だらけだったが、汚れてはいなかった。見たところ、洗濯したばかりのようだ。

「新品じゃないね」エラリーは言った。「ほら、そこのふちがすり切れてる」

「クリーニング店のしるしは……」警視が唐突に術衣の向きを変え、後ろ襟の内側を指で探った。小さな穴がふたつあいていて、しるしが剝《は》ぎとられたことを暗に物語っていた。

警視は手術衣を脇へ置いた。

そして、左右の上端に紐《ひも》のついた、赤ん坊の前掛けに似たリネンの小さな布を手にとった。皺はあるものの汚れていないのは術衣と同じで、以前使われた形跡もはっきりと見てとれた。

「だれのものでもおかしくない」ジャニーがみずから弁護のことばを発した。

その布は手術用のマスクだった。

つぎに手術用の帽子を取りあげた。けれども、たいした手がかりはない。新品ではなく、汚れてもいないが、皺が多い……。エラリーはそれを父親から受けとり、裏返した。鼻眼鏡の位置を注意深く調整してから、帽子を目もとへ近づけ、へりの細かな溝に指先を這《は》わせる。

エラリーは軽く肩をすくめ、帽子を台へもどした。そしてただこう言った。「犯人はきわめて運がよかった」

「それは——髪の毛が付着していないということかね」ジャニーがすぐさま尋ねた。

「そんなところです。鋭いですね、先生……」エラリーは警視が手にとった第四の品をよく見ようと身を乗り出した。警視がそれを光にかざす。しっかり糊《のり》のきいた白いズック地のズボンだった。

「おや！　これはなんだ」警視が叫んだ。ズボンを台にひろげ、腿《もも》のあたりを人差し指で一心に示した。左右とも、少々ゆとりのある膝《ひざ》の部分の二インチ上に、太い折り襞《ひだ》がある。

エラリーはなぜか満足げだった。ヴェストのポケットから銀の繰り出し式鉛筆を取り出して、折り襞の端を慎重に持ちあげる。鉛筆の先に引っかかるものがある。さらに顔を近づけて見ると、折り襞をズボンに留めている仕付けの縫い目がいくつかあった。太めの白い糸で粗く縫ってある。ズボンの後ろ側にも同様の縫い目が見つかった。

「どうやら、にわか仕込みの仕立師による」エラリーはつぶやいた。「当座しのぎの仕事だろうね。ほら」軽快に言う。「しばらくもたせるだけの仮縫いだ……」

「トマス！」警視がさっと周囲を見渡した。

ヴェリーがストレッチャーの向こう側から現れた。

「この木綿糸の出所を突き止められるか」

「無理でしょうね」

「やるだけやってみてくれ」

ヴェリーはペンナイフを出して、右脚の折り襞の仕付け糸を二インチ切りとった。殺人犯の髪を扱うかのように、用心深くグラシン紙の封筒におさめる。

「これを体に合わせてみてください、先生」警視はにこりともせずに言った。「いや、穿《は》かなくていい。上からあてるだけでけっこうです」ジャニーがだまってズボンを受けとり、腰の部分を自分のベルトに合わせて体の前にあてた。裾《すそ》の折り返しがちょうど靴の先にかかった。

「この折り襞を延ばしたらどうか」エラリーは声を出しながら考えた。「襞で四インチほど短くしてあるから……。先生、身長は？」

「五フィート五インチだ」ジャニーは警視にズボンを投げ返した。

エラリーは肩をすくめた。「重要なことではありませんが、このズボンのもとの持ち主の身長は——現在そうなのか、かつてそうだったのかはわかりませんが——五フィート九インチです。でも」——冷ややかに微笑む——「そんなことは手がかりとは言えない。市中に何百とある病院のどれか、何千といる医者のだれかから盗んだものかもしれないし、あるいは……」

エラリーは途中でことばを切った。術衣とマスクと帽子とズボンを脇へ押しやった警視が、ちょうど白いキャンバス地の靴――オックスフォードの短靴――を恭しく持ちあげようとしているところだった。警視の腕が前へ伸びる……。

「ちょっと待って!」エラリーは声を張りあげた。「父さん、手にとって調べる前に……」

エラリーはじっと靴を見て無言で考えたのち、声をかけた。「リッター」呼ばれた刑事がぼそりと返事をする。「ここへ持ってくるまでに、この靴に手をふれたかな」

「いいえ。見つけたときのまま、包みを持ちあげただけです。靴が真ん中あたりにあるのは、手ざわりでわかりました」

エラリーはふたたび身をかがめて、銀軸の鉛筆を使った。こんどは右の靴、白い紐の先をつつく。

「よし《アロール》――そうこないとな!」体を起こしながら言った。「ようやく手がかりをつかんだ」父親に何やら耳打ちをする。警視は疑わしげにうなずいた。

三番目の紐通しの穴から出ている靴紐《くつひも》に、半インチの長さの医療用粘着テープが巻きついていた。テープの表面には汚れひとつない。中ほどに奇妙なへこみができているのが、警視の目に留まった。警視は問いかけるようにエラリーを見た。

「紐が切れたんだろう。クッキーを一枚賭《か》けてもいい」警視が言った。「そのくぼみは、切れた紐をつないだところだ。紐の両端がぴったり接していないんだな」

「肝心なのはそこじゃない」エラリーはささやいた。「粘着テープ――テープだよ！　とてつもなく重要な手がかりだ」

ジャニー医師が目を見開いた。「ばかな！」よく通る大きな声で言う。「とてもそうは見えんね、現象の分析に通じたわたしに言わせれば……。そんなのは、切れた紐をつなぐのに粘着テープを使っただけの話だ。注目すべきはただ一点、その靴のサイズだよ。わたしの靴より小さいのは、だれの目にも明らかだ」

「そのようですね。あ、さわらないで！」ジャニーが靴をつかもうと手を伸ばしたのを見て、エラリーは大声をあげた。外科医は肩をすくめ、訴えるようなまなざしで周囲を見た。そしてゆっくりと部屋の隅へもどって腰をおろし、感情を殺した目で成り行きを見守った。

エラリーは粘着テープの角を少しめくり、人差し指の先で接着面に軽くふれた。「あの、すみません、先生」ジャニーに声をかける。「腕の立つ優秀な医師を差し置いて、僭越《せんえつ》ながらいまからぼくが外科手術をさせてもらいますよ。ヴェリー、きみのペンナイフを貸してくれ」

エラリーは粘着テープの両端をめくって離した。一方の端は奇妙なほどふぞろいだった。角をつまんで引っ張ると、テープは簡単にはがれた。「まだ湿り気が残ってる」得意げな声で言う。「証拠だ――確証だよ！　気づいてたかい、父さん――」急いで警視に言い、途中で身ぶりを交えてヴェリーに命じる。「――おい、封筒を頼むよ！　――テープをあわてて貼ったのは明らかだね。片方の端はもう一方の表面に張りついてさえいない。なかなかの粘着力だよ」さっきとは別のグラシン紙の封筒に粘着テープをおさめ、そのままコートの胸ポケットへしまった。

エラリーはあらためて台にかがみこむと、切れた靴紐の上のほうの一本を下へ引き――紐はまだ靴についたままだ――四分の一インチも無駄にしないよう細心の注意を払って、切れた両端を結び合わせた。そのためには、上の紐をずいぶん引っ張らなくてはならず、結局、いちばん上の通し穴から垂らすぶんがわずか一インチしか余らなかった。「魔術師でなくともわかるさ」エラリーは警視へ向きなおって微笑んだ。「残りの紐の長さが足りなくなるってことはね。そこで――粘着テープだ。神の投じたもうた、名もなき靴紐職人に感謝しようじゃないか」

「しかし、エラリー」警視が異を唱えた。「それがどうしたというんだ？　浮かれる理由がわたしにはわからないが」

「信じていいよ、父さん。ぼくが浮かれるには、これ以上ない正当な理由があってのことだから」エラリーはにやりとした。「まあ、そう言うなら、わかったよ。仮に、靴紐が切れて――それも最も都合が悪いときに切れて――切れた端と端とを結ぶと紐が短くなりすぎ、上で留め結ぶことができなくなるとする。父さんだったらどうする？」

「そうか！」警視は灰色の口ひげを引っ張った。「たぶん、ほかのもので間に合わせようとするだろうな、犯人がしたのと同じように。だが、それにしても――」

「それでじゅうぶんだよ」エラリーは諭すように言った。「それだけで、心がうずくような興味が湧いてくる……」

ピゴット刑事が、注意を引こうとわざとらしく咳払《せきばら》いをした。警視がいらいらと振り返る。

「なんだ？」

ピゴットは顔を赤らめた。「ちょっと気になったことがありまして」おずおずと言う。「この靴の舌革はいったいどこへ消えたんでしょう」

エラリーは思わず笑い声を漏らした。ピゴットは、なぜ笑うのかと言いたげな目で見つめた。だが、エラリーは鼻眼鏡をはずして磨きはじめた。「ピゴット、給料をうんとあげてもらうといいよ」

「えっ？　どういうことだ」警視は少し気を悪くした様子だった。「わたしをからかっているのか」

エラリーは顔をしかめた。「では、靴紐のことはさておき、この件は――〝消えた舌革の驚くべき謎〟と呼ぶことにしようか――この事件の捜査においては絶対不可欠の要素となる。舌革はどこにあるのか。さっき靴を調べたとき、見つけたんだよ――

ここだ！」

エラリーはすばやく靴を手にとって、紐の下へ指を差し入れ、そのまま爪革の奥、足先のあたりまで深く突っこんだ。しばらく何かを掻《か》き出そうと奮闘したすえ、隠れていた舌革を引っ張り出した。

「ほら、これ」エラリーは言った。「重要なのは、ぎゅっと押しつぶされて、爪先の上側に張りついていたことだ……。そして、ここで非常に有力な、あるちょっとした仮説を踏まえれば……」

エラリーは左の靴の先を探った。やはり舌革は爪先の上側に張りついて見えなくなっていた。

「妙だな」クイーン警視がつぶやいた。「リッター、この靴にあれこれさわっていないのはたしかなんだな」

「ジョンソンに訊《き》けばわかりますよ」リッターは心外だと言いたげな口調で答えた。

エラリーは鋭い視線を警視からリッターへ移したが、その鋭さは内面の思考から生じたものだった。ストレッチャーから目をそらし、頭を垂れて考えこむ。

「この靴は慎重に扱わなくては」控え室のなかを歩きまわりながら、上の空で言った。そして急に足を止めて呼びかけた。「ジャニー先生」

外科医は目を閉じた。「なんだね」

「あなたの靴のサイズは？」

ジャニーはとっさに自分のキャンバス地の靴にちらりと目を落とした——台上の靴とそっくり同じ型なのは明らかだった。「ありがたいことに」ゆっくりと言った。「それからびっくり箱の人形のように突然立ちあがる。「まだ疑われているらしいな」自分の顔をエラリーの顔へ近づけ、目を合わせてにらんだ。「だが、クイーンくん、今回はきみの見こみちがいだ。わたしのサイズは6½だよ」

「ずいぶん小さいですね」エラリーは一考した……。「ところが、ご覧のとおり、この靴のサイズはもっと小さな6です！」

「たしかに6だ」警視が口をはさむ。「しかし——」

「ちょっと静かに！」エラリーは微笑した。「犯人が——まちがいなく——この靴を履いていたことがわかって、ぼくがどれほど満足しているか、おわかりになりますまい……。そして、ぼくの満足は、ジャニー先生、あなたとはなんのかかわりもありません。リッター、その包みをどこで見つけたんだい」

「南廊下と東廊下の角にある電話室の床に転がってました」

「そうか！」エラリーは唇を指で引っ張ってもてあそび、長々と眉《まゆ》をひそめた。「ジャニー先生、あなたはぼくが靴からはがした粘着テープを見ましたね。あれはこの病院で使われているのと同じ品ですか」

「そうだ。それが何か？　市内のほぼすべての病院で同じものを使っている」

「だからって、ぼくは落胆のあまりうなだれたりはしませんよ」エラリーが言う。「そこまで楽観はしていませんでしたから……。当然、その品々はどれもあなたの持ち物ではないんですね、先生」

ジャニーは両手をひろげた。「さあ、それに答えて、わたしになんの得があるんだね？　どれもわたしのものではなさそうだ。しかし、この目でロッカーを調べてみないかぎりは、たしかなことは言えない」

「帽子とマスクはあなたのものでもおかしくありませんね」

「だれのものでもおかしくないさ！」ジャニーはきつく締まっていた術衣の首紐を引きちぎらんばかりにほどいた。「きみも見たとおり、あの上衣は長すぎる。ズボンは──下手な偽装にすぎん。靴もわたしのものではないと確信している」

「そこまで言いきれないでしょう」警視が挑むように話した。「先生のものじゃないという根拠がない」

「いや、それがあるんだよ、父さん」エラリーがきわめて穏やかな声で言った。「これを見て」

エラリーは靴をふたつともひっくり返して、踵《かかと》を指さした。黒いゴムでできている。長く使った跡が認められ、歩行の摩擦で踵がすり減っている。右足の踵は右側が大きくすり減り、同じように左足の踵は左側が減っている。エラリーはふたつを並べて置き、踵を指さした。

「よく見て」ゆっくりと言う。「両方の踵がほぼ同じくらいすり減ってる……」

警視の視線が床をたどり、小柄な外科医の左脚へ達した。医師の体重は右脚にかかっている。

「ジャニー先生の言い分は」エラリーはつづけた。「まったく正しい。この靴は先生のものじゃないんだ！」

11　尋問　INTERROGATION

ジョン・ミンチェン医師の重んじる規律の精神は、アビゲイル・ドールンの死による混乱の朝のあいだ、繰り返し打撃を受けつづけた。病院は秩序を失っていた。研修医たちは廊下にたむろし、平然と規則を破って煙草を吸いながら、専門用語を活発に交わして今回の事件について論じ合った。女性たちは、こんな悲劇があったのだからいっさいの決まりが無効になるとでも思ったのか、仲間同士でひたすら談笑に興じ、見かねた古参の看護師たちによって、持ち場の病棟や特別室へ追い返される始末だった。

一階は私服刑事と制服警官でいっぱいだった。渋面のミンチェンが、廊下のそこかしこにある人の群れのあいだを縫って進み、ようやく控え室のドアの前へやってきた。ノックをすると、噛《か》み煙草を口に含んだ刑事がドアをあけた。

ミンチェンはすばやい一瞥《いちべつ》で、その場の様子を把握した——ジャニーはこわばった蒼白《そうはく》な顔で、追いつめられたように部屋の中央に立っている。それと向かい合う位置にはクイーン警視がいて、なめらかな顔に困惑と苛立《いらだ》ちの皺《しわ》が見てとれた。エラリー・クイーンはストレッチャーに身を乗り出して、白いキャンバス地の靴を指でさわっている。私服の刑事たちが部屋のあちらこちらに立ち、無言で目を光らせていた。ミンチェンは咳払いをした。警視が振り返ったあと、部屋を突っ切ってストレッチャーのそばに立った。ジャニーの頬にかすかに赤みが差し、空っぽの麻袋のように体が椅子にくずおれた。

エラリーは笑みを浮かべた。「どうした、ジョン」

「邪魔してすまない」ミンチェンは落ち着かない様子だ。「待合室のほうがちょっと深刻な状態になっていてね、ぼくの考えでは――」

「ハルダ・ドールンか？」エラリーはすかさず訊いた。

「そうなんだ。いまにも倒れそうでね。家へ帰したほうがいい。なんとかならないかな」

エラリーと警視が声をひそめて話し合った。警視が心配そうに尋ねる。「ミンチェン先生、きみはほんとうにそのお嬢さんを帰宅させるべきだと……」急に考えを変える。「いちばんの近親者はだれだね」

「ドールン氏――ヘンドリック・ドールンです。ハルダの叔父《おじ》で――アビゲイルのただひとりの弟です。ハルダには女性の付き添いをひとりつけたほうがいい――たとえばフラーさんとか……」

「ドールン夫人の世話係だね」エラリーがゆっくりと言った。「いや、それはだめだな。いまはまだ……。ドールン嬢とダニング嬢は仲がいいのか、ジョン」

「かなり親しいと思う」

「それは大変な問題だ」エラリーは爪を噛んだ。ミンチェンは〝問題〟の意味がよくわからないといった表情で、エラリーを見つめた。

クイーン警視がじれて口をはさんだ。「つまるところ、エラリー……その娘さんはこの病院にとどまることがどうしてもできないわけだ。それほど具合が悪いなら──気の毒にな！　──家へ帰したほうがいい。さっさと帰して、つぎの仕事へ移ろう」

「そうだね」エラリーは眉間《みけん》に皺を刻んだままだった。上の空でミンチェンの肩を叩《たた》く。「ドールン嬢と叔父の付き添いは、ダニング嬢に頼もう。でも、帰す前に──ああ、それがいちばんだな。ジョンソン、ここにドールン氏とダニング嬢をちょっと連れてきてくれ。長く手間はとらせない。ジョン、いまドールン嬢に看護師はついているんだろうね」

「もちろんだ。モアハウスもそばにいる」

「セアラ・フラーは？」

「いっしょだ」

「ジョンソン。ついでにフラーさんを手術室の見学席へ連れていって、こちらが呼ぶまでそこで待機させてくれ」

冴《さ》えない外見の刑事があわてて部屋を出た。

白衣姿の研修医がひとり、おそるおそるあたりをうかがいながら、廊下に面したドアの見張りの脇をすり抜け、ジャニー医師に近づいた。

「おい！」警視が怒声をあげた。「そこの若いの、どこへ行くつもりだ」

見るからに意気消沈した研修医のそばへヴェリーがのっそりと歩み寄る。ジャニーが立ちあがった。

「いや、だいじょうぶですよ」ジャニーは疲れた声で言った。「なんの用だね、ピアスン」

若い研修医は息を呑《の》んだ。「ホーソーン先生がお呼びです、ジャニー先生。例のアンギナの診察の件です。急いではじめたいとのことで……」

ジャニーは額を叩いた。「しまった！」大声で言う。「すっかり忘れていたよ！　頭から完全に抜け落ちていた。さて、クイーンくん、わたしを解放してもらわないとな。深刻な事態なんだ。稀《まれ》な症例でね。口腔底蜂窩織炎《ルードヴィヒ・アンギナ》という。恐ろしい死亡率で……」

クイーン警視が目をやると、エラリーはぞんざいに腕を振った。「われわれには治療の奇跡がなされるのを阻む権利はありませんよ、先生。必要ならそちらへ行ってください。ではまた《オー・ルボワール》！」

ジャニー医師はすでにドアの前まで行って、若い研修医を追い立てていた。ノブに手をかけて立ち止まり、茶色い歯を見せながら、妙にすがすがしい笑みを浮かべて振り返った。「わたしは死んだ者のためにここへ来て、死が近い者のために出ていくわけだ……。では失礼！」

「そうあわてないで、ジャニー先生」警視はじっとその場に立っていた。「いかなる事情があろうと、この町から出ないように！」

「神よ、なんたることだ！」外科医は室内へ足をもどしてうなり声で言った。「それは無理だよ。今週シカゴで学会があって、あす出発する予定でいたんだ。死んだアビーだってそんなことを望みは――」

「わたしは」警視は断固とした口調で繰り返した。「この町から出るなと言ったんです。本気ですよ。学会であろうとなかろうと関係ない。約束できないなら――」

「おお、神よ！」外科医はそう叫ぶと、音を立ててドアを閉め、部屋の外へ走り出ていった。

ヴェリーがたくましい体つきのリッター刑事を引き連れて、三歩で部屋を横切った。

「あとを尾《つ》けろ！」大声でリッターに命じる。「見失うなよ。へまをしたら尻叩《しりたた》きだ」

リッターはにやりと笑って、廊下へ走り出ると、ジャニーのあとを追って消えた。

エラリーは愉快そうに言った。「あの外科医の先生がやたらと主の御名を唱えるのは、医者の無神論をあざけっているわけじゃないだろうな……」そのとき、ジョンソンが大手術室に面したドアをあけて脇へよけ、イーディス・ダニングともうひとり、背が低くて胴まわりが恐ろしく大きい男を中へ通した。

クイーン警視が前へ出た。「ダニングさん？　それにドールンさんだな。はいって、はいって！　長くはかかりませんから」

イーディス・ダニングが金髪を乱して、縁の赤く腫《は》れた目に冷たい光をたたえ、戸口で立ち止まった。「手短にすませてくださいね」まさしく金属的な声で言う。「ハルダの具合が悪いもので、帰らせないと」

ヘンドリック・ドールンが重たげな足どりで二歩進んで中へはいった。警視は愛想よく見守ったものの、驚かずにはいられなかった。ドールンの腹は脂肪が幾層にも重なって張り出していて、歩くというよりにじり進んでいるように見える。のっそりと歩を運ぶたびに、ゼラチン状の腹が揺れる。月に似た丸顔は脂ぎって光り、いたるところに小さな薄紅の斑点《はんてん》が散っていて、それが大きくなった赤い球が鼻の頭にひとつついている。髪はすっかり禿《は》げあがり、不健康そうな白い頭皮に照明が反射していた。

「そう、そう」外見に劣らず特徴のある声だった。高音ながら、妙にきしんだり、かすれたりする。「そう、そう」甲高い声で言う。「ハルダを、自分の、ベッドで、休ませんと。この、ばかげた騒ぎは、何事だね。さっぱり、わけが、わからん」

「すぐです。すぐにすみますから」警視がなだめた。「どうぞはいって。ドアを閉めなくてはいけませんから。さあ、すわってください！」

イーディス・ダニングの険しい目は、警視の顔にずっと据えられていた。イーディスはジョンソンの差し出した椅子に機械のようにぎこちなく腰をおろし、両手をきちんと重ねて膝《ひざ》の上に置いた。ヘンドリック・ドールンは別の椅子へよろよろと近づき、うめき声をあげながら腰を沈めた。大きな尻が椅子の両側からはみ出してだらりと垂れている。

警視はたっぷりと嗅《か》ぎ煙草を吸い、すぐにくしゃみをした。「では」丁重な口調で話しだす。「質問はひとつ。それでお帰りいただきましょう……。お姉さんを殺す動機がありそうな人物に心あたりはありませんか」

ヘンドリックは絹のハンカチで頰をぬぐった。小さな黒い目が警視の顔から床へ移動し、また警視へもどる。「ああ――そうか！　われわれ、みなにとって、これは、ひどい、恐ろしい。だれに、わかるものか。アビゲイルは、変わった、女だった――とっても、変わって、いた……」

「いいですか」クイーン警視はきびしく迫った。「お姉さんの私生活について、何かご存じのはずですね――敵とか、そのたぐいを。捜査をどちらへ進めればいいか、教えてくださいませんか」

ヘンドリック・ドールンは重い腕を小刻みに動かして顔をぬぐいつづけていた。豚に似た小さな目を休むことなくさまよわせている。頭のなかで何やら自問自答しているふうだ。「そう、まあ――」ついに弱々しい声で言った。「知ってる、ことが、あるには、ある……。しかし、ここでは、話せん！」椅子から体を持ちあげる。「ここでは、だめだ！」

「おや、では何かご存じなんですね」警視は声を和らげた。「大変興味深いお話にちがいない。さっそくうかがいましょう、ドールンさん――打ち明けてください。さもないと、お帰しできません」

ヘンドリックの隣にすわるイーディス・ダニングがしびれを切らして体を揺り動かした。「ああ、お願いです、ここから出してちょうだい……」

ノブが荒々しい音を立て、つづいてドアが蹴《け》りあけられた。いっせいに振り返った目が、長身の娘を支えてよろけながらはいってくるモアハウスの姿をとらえた。娘は目を閉じてうなだれ、体が少しふらついている。看護師がひとり、反対側から娘を支えていた。

青年弁護士の顔は怒りで深紅に染まっている。娘を控え室へ運び入れるのを手伝おうと警視とエラリーが進み出たのを見て、青年の目に炎が燃えあがった。

「おやおや！」警視が興奮した声で言った。「では、こちらがドールン嬢ですね。いまちょうど――」

「ちょうど、どうしたと言うんですか――くだらない！」モアハウスは怒鳴った。「もういいでしょう。いったいこれはなんだ――スペインの異端審問だとでも？　ぼくはハルダ・ドールンの帰宅許可を要求する！　これは不法行為だ！　犯罪ですよ！　おい、きみ、どいてくれ！」

モアハウスはエラリーを乱暴に脇へ押しやり、意識を失った娘を看護師とふたりで半ば持ちあげるようにして椅子にすわらせた。そのまま娘を見おろすように突っ立って、手で娘の顔をあおぎながら、わけのわからないことをつぶやく。看護師がモアハウスを無造作に押しのけ、娘の鼻に薬壜《くすりびん》をあてがった。すでに立ちあがっていたイーディス・ダニングが娘の上に身をかがめ、頬を軽く叩《たた》いた。

「ハルダ！」苛立《いらだ》たしげに呼ぶ。「ハルダ！　だめじゃないの。しっかりなさい！」

ハルダはまばたきをして目を開いた。薬壜から身を遠ざける。ぼんやりした目でイーディス・ダニングをながめ、それから少し首をめぐらせてモアハウスを見た。

「ああ、フィル！　お母さま――お母さまが……」先がつづかなかった。話し声が嗚咽《お えつ》に変わる。ハルダはモアハウスのほうへやみくもに腕を伸ばし、声をあげて泣きはじめた。看護師とイーディス・ダニングとエラリーは後ろへさがった。モアハウスの表情は魔法のように和らいでいた。ハルダに身を寄せ、何やら早口で耳打ちをする。警視が鼻をかんだ。椅子の前にじっと立っているヘンドリック・ドールンは、姪《めい》が介抱されているあいだも、ちらりと目をやって巨体を震わせただけだった。

「帰らせて、もらおう」耳障りな声で言う。「この、子も――」

エラリーはすばやくヘンドリックの前に立ちふさがった。「ドールンさん、さっき何を言おうとしていたんですか。夫人を恨んでいた者に心あたりが？　復讐《ふくしゅう》を望む人がいたと？」

ヘンドリックは体を揺すった。「話したく、ない。自分の命が、危うい。わたしは……」

「ほう！」警視がつぶやいて、エラリーのそばへ寄った。「内密の話かね。だれかに脅されたんですか、ドールンさん」

ヘンドリックの唇が震えた。「ここで、話す、つもりはない。きょうの、午後――それなら、いいだろう。わたしの、家で。いまは――だめだ」

エラリーとクイーン警視は目配せをした。エラリーが退き、警視は愛想よくヘンドリックに微笑んで言った。「わかりました。きょうの午後、ご自宅でですね……。では、そちらでお会いしましょう。おい、トマス！」ヴェリーが低い声で応じる。「ドールン氏とドールン嬢とダニング嬢の付き添いをだれか手配しろ――護衛役だ」

「ぼくが同行します」モアハウスがいきなり振り向きつつ叫んだ。「こそこそ嗅ぎまわる刑事なんてお呼びじゃない……。ダニングさん、ハルダをしっかりかかえて！」

「いや、きみはだめだ、モアハウスくん」警視がとびきり穏やかな声で言った。「しばらく残ってもらう。きみに用があるんだ」モアハウスが警視をにらみ、ふたりの視線がぶつかる。それから弁護士は、自分を取り巻くいくつものいかめしい顔を見まわした。肩をすくめたのち、むせび泣くハルダに手を貸して立ちあがらせ、廊下へ出るドアまで連れだって歩いていく。ヘンドリック・ドールンとイーディス・ダニングが背後に刑事ひとりをともなって戸口で追いつくまで、ハルダは弁護士の腕にしがみついていた。最後にそっと手を握り合ったあと、ハルダは姿勢を正して歩きだし、モアハウスはひとりその場に立ち止まって、小さな一団がゆっくりと廊下を遠ざかるのを見送った。

　静寂が訪れるなか、モアハウスはドアを閉めて振り返り、室内の面々と向かい合った。

「さて」苦々しげに言う。「残りましたよ。用というのはなんですか。さっさと解放してください——長引いては困る」

　クイーン警視の合図を機に、地方検察局と分署の刑事たち数人が控え室から出ると、残った一同は椅子に腰をおろした。ヴェリーが廊下に面したドアに巨大な背中をもたせかけて腕を組む……。

「モアハウスくん」警視は椅子にゆったりと身を落ち着けたのち、小ぶりな両手を膝の上で組んだ。エラリーは煙草に火をつけて、深く吸いこんだ。そしてその燃える先端に見入った。

「モアハウスくん。ドールン夫人の弁護士になって長いのかね」

「もう何年もです」モアハウスがため息とともに答えた。「ぼくの前には、父がその任をつとめていました。ドールン夫人はわが一家の得意客と言えるでしょう」

「法律だけでなく、夫人の私的な問題についても知っているね」

「ええ、立ち入ったところまで」

「ドールン夫人と弟のヘンドリックとの関係は？　うまくいっていたのかね。ヘンドリックについて知っていることを残らず話してもらいたい」

モアハウスは不快そうな渋面を作った。「そのうち、いやというほど聞かされる羽目になりますよ、警視さん……。ご理解いただきたいのですが、これからお話しすることのなかには、もちろん、まったくの私見もあるわけで――家族ぐるみの友人として、おのずと目や耳にはいってきたものでして……」

「つづけたまえ」

「ヘンドリックですね。十八金の寄生虫ですよ。生まれてこのかた、いっさい仕事をしたことがない。たぶん、だからあんなにぶざまに太っているんでしょう……。あのヒルは血を吸うばかりか、養うのにひどく金がかかる。ぼくは請求書を見たから知っているんです。それにあの放蕩者《ほうとう》は、あらゆる性質《たち》の悪い遊興に手を出しています。賭博《とばく》、女──お決まりのものに」

「女もですか」エラリーは目を閉じて、うっすらと笑みを浮かべた。「それは信じがたいな」

「そういう女もいるんですよ」モアハウスは険しい顔で答えた。「あの人はたぶん自分でも覚えていないくらい多くの女たちに対して〝ブロードウェイのやさしい太っちょのおじさま〟を気どってきたんです。あまり表沙汰《おもてざた》にはなっていませんが──それは、アビゲイルがうまく取り計らってきたからで……。アビゲイルは年に二万五千ドルをあの人に渡してきて、ふつうに考えれば、実に悠々と暮らせるはずなんです。ところが、ヘンドリックにはそれができない！　あの人はつねに金に困っています」

「自分の財産はないのか」警視が尋ねた。

「一セントもありません。ご存じのとおり、アビゲイルは巨万の富のすべてを自身の才覚だけで築きあげました。あの一家はもともと、世間が考えているほど裕福ではなかった。しかし、アビゲイルは蓄財の天才でした……。魅力のある女性でしたよ、アビーは。ほんとうに残念です」

「法律がらみの揉《も》め事は？　不法な取引は？　何か後ろ暗いところはなかったのかな」警視は訊《き》いた。「ヘンドリックが性悪女に口止め料を払わざるをえないこともあったのでは？」

モアハウスはためらった。「それは……ぼくには答えられません」

警視は微笑んだ。「ふむ……では、ヘンドリックとドールン夫人の仲はどうでしたか」

「冷めた関係でした。アビーは人にだまされるような愚か者ではありません。何が起こっているか、すべて知っていたんです。家名に対する強い誇りがあって、ドールンを名乗る者が世間の噂の種になるのがどうしても許せなかったから、耐え忍んでいただけでね。ときには断固とした態度をとり、諍《いさか》いになったりもしました……」

「では、ドールン夫人とハルダの関係は？」

「この上なく深い愛情で結ばれていました！」モアハウスは即座に答えた。「ハルダはアビゲイルの誇りであり喜びでした。アビーの持っているもので、ハルダがひとこと言って手に入れられないものはなかった。けれども、ハルダの好みは昔からひどく地味で――世界有数の富豪の跡取り娘にふさわしい暮らしぶりでなかったのはたしかです。もの静かで慎ましくて――ああ、さっきご覧になったでしょう。ハルダは――」

「なるほど、たしかにな！」警視は早口で言った。「で、ハルダ・ドールンは叔父《おじ》の評判を知っているんだね」

「はい、おそらく。でも、ずいぶん心を痛めているのか、その話はけっして口には出しません。たとえ――」いったん間をとる。「たとえ、ぼくの前でも」

「ひとつ教えてください」エラリーが尋ねた。「令嬢の年齢は？」

「ハルダですか。ああ、十九か二十です」

エラリーは顔の向きを変え、部屋の片隅で静かに腰かけて一部始終を見守るミンチェン医師に話しかけた。「ジョン！」

ミンチェンはびくりとした。「つぎはぼくの番かい？」苦笑しつつ尋ねる。

「いや、そうじゃない。ぼくはただ、きみたち医者がいつも話題にする、ありふれた婦人科領域の現象に行きあたったらしいと言おうとしただけだ。けさ絞殺事件が起こる前にぼくとしゃべっていたとき、アビゲイルは七十歳を超えていると言わなかったか」

「ああ、言ったさ。それがどうかしたのか。当然だが、婦人科というのは女性の疾病に関連するものであって、別にアビゲイルは――」

エラリーは涼しい顔で指を鳴らした。「ああ、それはそうさ」小声で言う。「でも、ある年齢を過ぎてからの妊娠には、病理学上の原因があるかもしれないだろう？ ドールン夫人はたしかにいろいろな点で際立った女性だったようだが……。ところで、故ドールン氏、つまりアビゲイル・ドールン夫人の連れ合いはどんな人だったのかな。せわしなきこの世を去っていったのはいつのことだ？（『ハムレット』第三幕第一場より）知ってのとおり、ぼくは社会記事の編集者とは付き合いがなくてね」

「十五年ほど前です」モアハウスが言った。怒りをこめてつづける。「それにしても、クイーンさん、どういうつもりでそんな下劣なあてこすりを――」

「モアハウスさん」エラリーは微笑んだ。「事実として、母親と娘の歳がそこまで大きく隔たっているのはやはり少々変でしょう。それに対してぼくが少しばかり眉《まゆ》を吊《つ》りあげたからといって、責めないでください」

モアハウスは困惑顔になった。警視が割ってはいった。「まあまあ！　これでは埒《らち》が明かない。隣の部屋の見学席にいるフラーという女性のことを聞かせてもらおう……。ドールン家で正式にはどんな立場にあるんだね。そこがよくわからなくてね」

「アビーの世話係で――もうかれこれ四半世紀はアビーについています。おまけに、あの人も変わっていましてね。気まぐれで傲慢《ごうまん》、それに宗教かぶれで、まちがいなくあの家のほかのみんな――つまり使用人たちから毛ぎらいされていることでしょう……。セアラ・フラーとアビーがどうして長年いっしょにいられたのか、とうてい信じられませんよ。しじゅう喧嘩《けんか》ばかりでしたから」

「喧嘩か」警視がうなるように言った。「それはどんな理由で？」

「モアハウスは肩をすくめた。「だれにもわからないでしょうね。たぶん、ちょっとした言い争いですよ。アビーはよく腹立ちまぎれに〝あの女、追い出してやる〟とぼくに言ったものですけど、どういうわけか一度も実行に移さなかった。口癖だったんでしょう」

「では、使用人たちは？」

「ごくふつうです。執事のブリストルに、家政婦がひとり、女中が数人——あなたがたの関心を引くような者はいませんよ」

「われわれはどうやら」エラリーが脚を組み、息を深くついてつぶやいた。「殺人事件の捜査で避けて通れない厄介な段階に達したようです。そう——神よ、救いたまえ！——遺言についてお尋ねしなくてはなりません……。最上級の遺言話をお願いしますよ、モアハウスさん。さあ、どうぞ」

「あいにく」モアハウスが応じた。「ふつうの場合よりずっと退屈ですよ。不吉なところも、謎めいたところもない。どこまでも公明で型どおりのものです。長年行方知れずだったアフリカ在住の親戚《しんせき》に遺贈するとか、その手のたわごとはいっさいありません……。

遺産の大部分はハルダに渡ります。ヘンドリックには潤沢な信託資金が与えられ——

――その額はあの腹のたるんだ与太者《よたもの》にはもったいないくらいで――それだけあれば、ニューヨークの酒の年間供給量をひとりでまるごと飲みほしでもしないかぎり、死ぬまで金には困らないでしょう。

セアラもそれなりの遺産を受けとることになる――セアラ・フラーのことですが――遺産として多額の現金と、終生の収入が保証され――それはおそらく使いきれない額になるでしょう。むろん、使用人たちにもじゅうぶんな額が分配されます。病院へは、長年にわたっての存続を約束してくれる途方もない大金が基金として遺されます。いまでも採算のとれている病院なんですが」

「整然と定められているようだな」警視がつぶやいた。

「ええ、申しあげたとおりですよ」モアハウスは椅子の上で体を揺り動かした。「では、これを片づけておきましょう――驚かれるかもしれませんが、ジャニー先生は遺言状に二度名前があがっています」

「なんだって?」警視は背筋を伸ばした。「どういうことだ」

「二重に遺産を受けるんですよ。ひとつは個人として。ジャニー先生ははじめてひげを剃《そ》ったころからずっとアビーの被後見人でしてね。もうひとつは、クナイゼル氏と共同で進めている研究の維持資金です」

「ああ、ちょっと」警視は言った。「待ってくれ。クナイゼルというのはだれなんだ。

はじめて聞く名前だが」

ミンチェン医師が椅子を前へ動かした。「ぼくからお話ししましょう、警視さん。モリッツ・クナイゼルは科学者で——たしかオーストリア人だと思いますが——ジャニー先生といっしょに革新的な研究に取り組んでいます。何か金属関係の研究だとか。ジャニー先生の特別な計らいで、この階に専用の研究室が設けられ——そこに昼も夜もこもって精を出している。まさにモグラですよ」

「正確に言うと、どういう種類の研究なんだ」エラリーが尋ねた。

ミンチェンは困った顔をした。「クナイゼル氏とジャニー先生以外、だれもくわしくは知らないと思う。ふたりともそれについて何も言わないんだ。あの研究室は病院じゅうの冗談の種でね。ふたりのほかには、あの壁のなかにだれも足を踏み入れたことがない。ドアには巨大な安全錠がついていて、壁は補強され、窓がひとつもない。内側のドアには鍵《かぎ》がふたつあるだけだが、その前に、外側のドアをあけるのに組み合わせ番号が要る。むろん、ふたつの鍵を持っているのは、クナイゼル氏とジャニー先生だけだ。ジャニー先生は研究室への出入りをきびしく禁じているんだよ」

「秘中の秘か」エラリーはつぶやいた。「いよいよ中世めいてきたな」

警視がモアハウスのほうへぐっと顔を寄せた。「この件について何かほかに知っていることは？」

「研究そのものについては何も知りません――でも、みなさんが興味を持ちそうなちょっとした情報ならありますよ。ごく最近の話なんですが、実は……」

「その前にいいかな」警視はそう言って弁護士を制しつつ、ヴェリーを手招きした。「だれかをやって、クナイゼルという男を連れてきてくれ。話がしたい。わたしが呼ぶまで、手術室で待たせておくように……」ヴェリーが廊下にいるだれかに指示を出す。「さて、モアハウスくん、どこまで聞いたんだったか――」

モアハウスはそっけなく答えた。「みなさんが興味を持ちそうな話があると……。さて、アビーは寛大な心と聡明《そうめい》な頭脳の持ち主でしたが、やはり女性でした。ひどく気まぐれだったんですよ、警視さん……。だから、二週間前に、新しい遺言書を作成したいと言われたときも、ぼくはたいして驚きませんでした」

「こんどはモーセの五書か！」エラリーはうなった。「この事件にはさまざまな分野の専門用語があふれているよ。最初は解剖学、つぎは冶金《やきん》学、こんどは法律だ……」

「どうか最初の遺言に問題があったなどとは思わないでくださいね！」モアハウスがあわててさえぎる。「ある遺贈について、アビーの心変わりがあって……」

「ジャニー先生のぶんですね？」エラリーが言った。

モアハウスは驚いた目でエラリーを見た。「ええ、そうです。しかし、ジャニー医師個人への遺贈ではなく、クナイゼル氏との研究資金のほうです。その条項を完全に削除したいとのことでした。新しい遺言状を作る必要は特になかったんですが、前のは二年前に作成したものなので、その後、使用人や二、三の慈善事業などへの遺贈の追加がありまして」

エラリーはすわったまま姿勢を正した。「で、新しい遺言書はできあがったんですか」

「はい。書面は作成しました――しかし、署名はまだでして」モアハウスが顔をしかめて答えた。「そこへ今回の昏倒《こんとう》騒ぎ、さらには殺害事件が起こったわけです。まったく、こんなふうに亡くなるとわかっていたら！　しかしもちろん、こんな事態はだれひとり考えもしませんでした。実は、あすアビーに遺言書を渡して署名をもらうつもりでいたんです。いまとなってはかなわない。もとの遺言書が引きつづき効力を有することになります」

「さっそく調べなくては」警視がうなるように言った。「遺言は殺人事件においてつねに厄介の種だよ……。ドールン夫人はジャニー医師のその金属の事業に大金をつぎこんでいたのかね」

「文字どおり〝つぎこんで〟いましたね」モアハウスが返した。「ジャニーの謎めいた実験のためにアビーの出した金があれば、われわれ全員が何不自由なく暮らせると思いますよ」

「あなたは」エラリーが言った。「どんな研究なのか、ジャニー先生とクナイゼルさん以外だれも知らないと言いましたね。それはドールン夫人もですか。やり手の事業家として評判の高い夫人が、すべてをじゅうぶんに把握しないうちに投資を決めるとは考えにくいんだが」

「堅固な構造物にも、かならず瑕《きず》はあるものです」モアハウスは説教めかして言った。「アビーの弱点はジャニー医師だった。ジャニーの言うことにはよく耳を傾けました。ジャニーはいけ好かない男ですが、ぼくの知るかぎり、一度も夫人の愛情に付け入ったことはありません。ともかく、夫人が研究について、細かい科学の知識までは理解していなかったのはたしかですよ。そして、なんであれその研究を、ジャニーとクナイゼルはもう二年半もつづけている」

「やれやれ！」エラリーがにやりと笑った。「アビーはあなたたちが考えるほど鈍くはなかったにちがいない。穴あき金貨がドーナッに化けたわけだ。あまりに研究が長引くので、新しい遺言書では研究資金を削除しようとしたのでは？」

モアハウスは眉《まゆ》を吊《つ》りあげた。「ご明察ですよ、クイーンさん。まさにそのとおりです。もともと六か月で完成する約束だったのに、長引いて五倍も時間がかかっている。ジャニーへの溺愛《できあい》ぶりは以前と変わらないにしても、アビーはこんなふうに言っていました――これは本人のことばそのままです――〝わけのわからない実験的な事業にお金を出すのはもうやめるわ。近ごろはお金に余裕がなくて〟」

警視がだしぬけに立ちあがった。「ありがとう、モアハウスくん。ほかに訊《き》くこともなさそうだ。お引きとりください」

思いがけず拘束を解かれた囚人さながら、モアハウスは椅子から跳びおりた。「ありがたい！　ドールン家へ向かいます」振り返って叫んだ。戸口で足を止めて、少年のような笑みを浮かべる。「ぼくには町から出るなとわざわざ忠告くださらなくてもけっこうですよ、警視さん。その手のことには慣れていますから」

モアハウスは出ていった。

ミンチェン医師がエラリーに何事かささやいたのち、警視に一礼して、そっと部屋を出た。

廊下が急に騒がしくなって、ヴェリーがすばやく振り返った。ドアをあけて、大きな頭を振る。

「地方検事です！」ヴェリーは大声をあげた。警視は小走りにそちらへ向かった。エラリーは鼻眼鏡をもてあそびながら立ちあがった……。

三人の男が控え室にはいってきた。

地方検事のヘンリー・サンプソンは、屈強そうながっしりした体つきの男で、歳のわりに若々しい。そのかたわらにいる、真っ赤な髪の痩《や》せてまじめそうな中年の男は、地方検事補のティモシー・クローニンだ。そのあとから、鍔《つば》広のソフト帽をかぶった年嵩《としかさ》の男が、鋭い目を動かして葉巻を吹かしながらゆっくりと歩いてきた。帽子が後ろへずれており、乱れた白髪が垂れて片方の目にかかっている。

　白髪の男が室内に足を踏み入れたとき、ヴェリーがコートの袖《そで》をつかんで止めた。「おい、ピート」すごみの利いた声で言う。「どこへ行く気だ。どうやってはいりこんだ？」

「まあまあ、落ち着いて、ヴェリー」白髪の男は部長刑事の大きなこぶしを振りほどいた。「おれは地方検事じきじきの招きに応じて、アメリカじゅうの記者を代表してここへ来てるんだ。さあ――通してくれ！　どうも、警視。事件はどんな具合なんです？　やあやあ、エラリー・クイーンくん！　きみがここにいるってことは、きっと大変な事件にちがいない。卑劣な人でなしをもう見つけ出したのかい？」

「だまってろ、ピート」サンプソンが言った。「やあ、Q。どんな調子だ？　はっきり言って、われわれはひどく混乱してるよ」地方検事は椅子に腰をおろし、ストレッチャーに帽子を投げながら、室内を珍しそうに見まわした。赤毛の検事補はクイーン父子と力強く握手をした。新聞記者は空いている椅子へ歩み寄り、満足げに息をつきながら身を沈める。

「こみ入っていてね、ヘンリー」警視が穏やかに言った。「まだなんの光明もない。

ドールン夫人が昏睡《こんすい》状態で手術を待つあいだに絞殺された。何者かが執刀医に化けたらしいが、偽者の正体はわからない。捜査は行き詰まっている。まったくひどい朝だったよ」

「この事件をいつまでも伏せておくことはできんぞ、Q」地方検事は苛立《いらだ》たしげに眉をひそめた。「だれの犯行であれ、殺されたのはまさしくニューヨーク市随一の有名人だ。外で記者たちが大騒ぎしている——病院内への立ち入りを封じるのに、分署の人員の半分を割いたよ——このピート・ハーパーは特別な人物だ、仕方がない！　三十分前に州知事から電話がかかってきたんだ。何を言われたか、きみにも想像はつくだろう。一大事だぞ、Q。背後に何があるんだ——個人の恨みか、頭のおかしな人間か、それとも金か」

「それがわかれば苦労はしないよ……。ところで、ヘンリー」警視はため息をついた。「記者向けに公式の声明を出す必要があるんだが、あいにく話すことがない。おい、ピート」白髪の男へ向きなおりながら、いかめしい口調でつづける。「あんたは特別に許されてここにいるわけだ。こちらの信頼を裏切ったら、痛い目に遭うぞ。ほかの記者が入手していない情報はいっさい公表しないように。それができないなら出ていってくれ。わかったかね」

「言われなくてもわかってますよ、警視」記者はにやりと笑った。

「では、ヘンリー。ここまでの状況を説明しよう」警視は地方検事に、朝の出来事と発見と混乱ぶりを控えめな声で早口に語った。その説明が終わると、紙とペンを持ってこさせ、病院の外にひしめく記者たちへの声明の草稿を、地方検事の助けを借りて短時間で書きあげた。看護師がひとり呼ばれて、タイプ打ちされた写しを何部か作り、サンプソンが署名をした。ヴェリーが部下を送り、それを記者たちに配らせた。

クイーン警視は大手術室へ通じるドアまで行き、大声でひとつの名前を呼んだ。すぐさま、長身で痩せたルーシャス・ダニング医師の姿が戸口に現れた。顔は紅潮し、目で怒りがくすぶり、皺《しわ》が震えている。

「ようやくわたしを呼ぶ気になったわけか！」ダニング医師がしゃがれ声で言った。灰色の頭を突き出して左右に動かしつつ、突き刺すような視線でだれかれとなくにらみつける。「どうやらこのわたしのことを、老婆か二十歳の若造のように外にすわって、あんたたちの気が向くのを待つよりほかにすることがないと決めつけているようだな！　はっきり言わせてもらおう」――勢いよく歩み寄り、警視の頭上に痩せたこぶしを振りかざす――「こんな真似をしてただですむと思わんことだ！」

「さあ、ダニング先生」警視は静かに言い、ダニングの振りあげた腕の下からするりと逃れて、ドアを閉めた。

「落ち着いてください、ダニングさん」地方検事が法廷さながらのきびしい態度で割ってはいった。「本件の捜査には、ニューヨークきっての有能な者たちがあたっています。隠すところがないなら、あなたは何も恐れる必要はない。それでも」つっけんどんに付け加える。「何か不服があれば、わたしにおっしゃってください。わたしはこの郡の地方検事です」

ダニングは白い上衣のポケットに両手を突っこんだ。「たとえあんたが合衆国大統領でも、知ったことではない」怒気を含んだ声で言う。「あんたたちのせいで仕事が滞っている。大至急で診なくてはいけない重症の胃潰瘍《いかいよう》患者がいるんだ。外にいるあんたの部下に、手術室を出るのを五回も止められた。まったく、とんでもない！　患者を診なくては！」

「おすわりください、先生」エラリーがなだめるような微笑を浮かべて言った。「抗議が長引けば、そのぶん長くここにいる羽目になります。二、三の質問に答えるだけで、胃潰瘍の患者はあなたのものだ……」

ダニングは気が立った雄猫のように周囲をにらみ、しばらく自分の舌と格闘していたが、やがて唇を固く閉ざして、痩せた体を椅子に投げ出した。

「あすまで質問攻めにするがいい」骨ばった胸の前で両腕を組みながら、挑むように言う。「だが、時間の無駄だ。わたしは何も知らん。あんたたちの助けになりそうなことは、わたしからは何も引き出せまい」

「それは考え方しだいでしょう、先生」

「まあまあ！」警視があいだにはいった。「言い争いはほどほどにして。ちょっと話を聞かせてもらえますか、先生。けさの行動をくわしく説明してください」

「それだけかね？」ダニングは辛辣《しんらつ》な口調で言った。引きつった唇を舌でなめる。「九時に病院に着いて、十時ごろまで自分の部屋で患者を診た。十時から手術の時間まで、そこで症例記録を見なおしていた。病歴や処方を書いたものだ。十時四十五分の少し前に、北廊下を渡って大手術室の後方のドアから見学席にはいり、そこで娘に会って、それから――」

「そこまでけっこうですよ。十時以降に来客はありましたか」

「なかった」ダニングはいったん口をつぐみ、それからつづけた。「フラーさんを除けばという意味だが――フラーさんというのは、ドールン夫人の世話係だ。夫人の容態を尋ねに少し立ち寄ったんだ」

「では」エラリーが椅子にすわったまま身を乗り出し、膝《ひざ》のあいだで両手を組んで尋ねた。「先生はドールン夫人と懇意になさっていましたか」

「いや――特に親しくはなかった」ダニングは答えた。「むろん、わたしは創立当初からこの病院につとめているから、職務上、ドールン夫人と付き合いはある。ジャニー先生とミンチェン先生のほか、数名の先生がたとともに、わたしも理事に名を連ねているからな……」

サンプソン地方検事がダニング医師に人差し指を向けて言った。「お互い、率直に話をしましょう。ドールン夫人はいわば世界に名だたる大人物で、殺されたことが世間に知れたら、どんな騒ぎになるかはおわかりでしょう。たとえば、株式市場にはまちがいなく影響が出る。なるだけ早く解決して早く忘れ去ることが、だれにとっても望ましいわけです……。一連の出来事について、あなた自身はどうお考えですか」

ダニング医師はゆっくりと立ちあがって、室内を行き来しはじめた。歩きながら指の関節を鳴らす。エラリーは顔をしかめ、すわったまま背をまるめた。

「さっき何か言いかけましたね……」エラリーはぶしつけとも言える口調でつぶやいた。

「なんだと?」ダニングはうろたえた様子を見せた。「いや。何も知らんよ。わたしにはまったくの謎だ……」

「驚くほど何から何まで謎だらけですよ」エラリーはすかさず返し、うんざりした様子でダニングを見た。「質問はこれで全部です、先生」

ダニングはひとことも言わず、足早に出ていった。

エラリーは立ちあがり、うろうろと歩きはじめた。「まさに迷宮だ!」大声をあげる。「ここまでなんの手がかりもない。ほかに外で待ってるのはだれだった? クナイゼルとセアラ・フラーか。すませてしまおう。ほかにもすべきことがある……」ピート・ハーパーが両脚をゆったりと伸ばして、含み笑いをした。「見出しは〝名探偵、腹痛に襲われる。血行不全による癇癪《かんしゃく》か……〟」

「おい」ヴェリーが怒鳴った。「だまれ」

エラリーは微笑んだ。「あんたの言うとおりだ、ピート。たしかにまいったよ……。つづけよう、父さん。つぎの犠牲者を呼んでくれ!」

ところが、つぎの犠牲者は、そのまま忍耐強く出番を待つことになった。西廊下から激しく言い争う声が途切れ途切れに聞こえたあと、ドアが勢いよく開くと、リッチー警部補につづいて、三人の怪しげな風体の男が、三人の制服警官に背後から追い立てられるようにはいってきた。

「なんの騒ぎだ」警視がすばやく立ちあがって訊《き》いた。「おや、おや、おや」嗅《か》ぎ煙草入れを手探りしつつ、落ち着いた声で言う。「ジョー・ゲッコーに、リトル・ウィリーに、スナッパーじゃないか! リッチー、どこでこいつらを拾ったんだ」

警官たちが三人の捕虜を中へ押し入れた。ジョー・ゲッコーは痩《や》せた死人のような男で、ぎらぎらした目と、骨の形のいびつな鼻が印象的だ。スナッパーはそれとは正反対の——小柄で智天使を思わせる男で、薔薇色《ばらいろ》の頰と艶《つや》のあるふっくらとした唇を持っている。リトル・ウィリーが三人のなかでいちばん凶悪に見えた。禿《は》げあがった三角形の頭に不気味な褐色の染みがある。締まりのないでっぷりとした巨漢だが、堂々たる体軀《たいく》にひそむ力が、落ち着きのない態度と不安げなまなざしの陰に隠れている。ぼんやりしていて、愚鈍にさえ見えるものの、その愚かさのなかに、人をぞっとさせるまがまがしい何かがあった。

「ポンペイウス、ユリウス、クラッススか」エラリーはクローニン地方検事補に小声で言った。「それとも、第二回三頭政治のアントニウス、オクタウィアヌス、レピドゥスかな。前にどこで見かけたんだったか」

「おそらく面通しのときだろう」クローニンがにやりとした。

警視は渋い顔をして三人の前に立った。「おい、ジョー」毅然《きぜん》とした口調で言う。「こんどは何を企《たくら》んでる? あちこちの病院で強盗でも働く気か。リッチー、この連中をどこで見つけた」

リッチーは自分の手柄に満足げだった。「上の特別室──三二八号室のあたりをこそこそうろついてました」

「大物マイクの部屋か!」警視が叫んだ。「すると、こんどは大物マイクの看病ごっこをしているわけか。てっきりアイキー・ブルーム一味とつるんでるのかと思っていたよ。つきを変えようとでもしたのか? さあ、吐け──何をやらかした」

三人の悪党は不安げに顔を見合わせた。リトル・ウィリーがかすれた声で小さな忍び笑いを漏らす。ジョー・ゲッコーは目つきを険しくして、ぎこちなく踵《かかと》を後ろへ引いた。返事をしたのは、薔薇色の頬に微笑をたたえたスナッパーだった。

「よう、ちっと待ってくれねか、警視さん」舌足らずに話す気どった声に、不審な響きはなかった。「おれたちを叩《たた》いたって何も出てこねよ。ただボスを待ってただけだ。はらわたや何やら抜きとられたってからさ」

「ああ、そうだろうとも！」警視は愛想よく返した。「それでボスの手を握って、眠りに就くまでおとぎ話を聞かせていたわけだ」

「そうじゃね、ボスは本物の病人だって」スナッパーが真顔で言う。「おれたちは上の病室の近くをぶらついてた。わかっだろ――ボスが寝てて、そのボスを目の敵にしてるやつがごまんといやがんで……」

クイーン警視は強い口調でリッチーに言った。「こいつらの身体検査はしたのか」

突然、リトル・ウィリーが大きな足を小刻みに動かし、戸口へにじり寄りはじめた。ゲッコーが「おたおたするな！」ととがめ、大男の腕をつかんだ。警官たちが三人を取り囲み、ヴェリーが相好を崩した。

「ちっぽけな銃が三挺《ちょう》見つかりました、警視」リッチーが満足げに言った。

警視は楽しそうに笑った。「ついに尻尾《しっぽ》をつかんだ！　古きよきサリヴァン法のおかげだ。スナッパー、おまえには驚いたよ……。さて、リッチー、こいつらはきみの獲物だ。連行して、銃器所持の容疑で逮捕しろ……。その前に、スナッパー、おまえがここに着いたのは何時だ」

小柄な悪党が口ごもりつつ答えた。「朝からずっといたさ。ただ見張ってただけだ。なんだよ、ちくしょう……」

ゲッコーが怒鳴った。「だから言ったろ、スナップ……」

「どうやらおまえたちは、けさここでドールン夫人が殺されたことについては何も知らないようだな」

「殺しだと！」

悪党たちは身を硬くした。リトル・ウィリーの口もとが震えはじめる。異様な顔つきになり、いまにも泣きだしそうだ。三人の視線がドアのほうを向き、腕が細かく震えた。それでも口は閉ざしたままだった。

「では、もういい」警視はそっけなく言った。「連れていけ、リッチー」

リッチーは警察官たちとよろめき歩く悪党たちをてきぱきと追い立てた。一行が退出したあと、ヴェリーがかすかな失望の色を目に浮かべてドアを閉めた。

「さて」エラリーが疲れた声で言った。「こんどは、さぞ待ちあぐねているにちがいないセアラ・フラーに会わないとな。三時間も隣室で待たせてる……。すんだら、本人には治療が必要になるかもな。ぼくのほうは、いま栄養補給が必要だ。父さん、サンドイッチとコーヒーを調達してきてもらったらどうだろう。腹ぺこなんだ……」

クイーン警視は口ひげを噛《か》んだ。「もうそんな時間か……。あんたはどうする、ヘンリー。昼食にするか」

「ああ、いいですね」横からピート・ハーパーが主張した。「この手の仕事は腹が減るもんだ。勘定は市が持つんですね」

「よし、ピート」警視が応じた。「いいことを言う。市が持つかどうかはさておき、使いを頼むよ。隣の街区にカフェテリアがある」


ピート・ハーパーが出ていくと、ヴェリーが黒い服を着た初老の女を呼び入れた。女が首をひどくこわばらせ、あまりに荒々しい目つきをしていたので、サンプソン地方検事が声を落としてクローニンに何事か言い、ヴェリーは女にいっそう近寄った。

はいってきた女を、エラリーは一瞬流し見ただけで、開いたドアの向こうへすぐに目を移した。研修医たちが取り囲む中心に手術台があり、その上にシーツで完全に覆われたアビゲイル・ドールンの死体が載っている。

エラリーは父に手ぶりで合図を送りながら、大手術室へはいっていった。

先刻の騒ぎはおさまっていたものの、大手術室には混乱と迷いの醸し出す異様な空気が漂っていた。看護師と研修医たちは、粛々と見張りに立つ制服の警官や私服の刑事をあえて無視して、無遠慮なほど陽気な声で話をしながら歩きまわっている。そのやりとりの奥に、わずかに感情の高ぶった響きがあり、それは終始ひっそりと漂っているものの、唐突に会話から際立ち、またすぐに重苦しく影をひそめた。

手術台のまわりに群がる人々を除くと、シーツにくっきりと輪郭を浮かびあがらせる死体に目をやる者はいなかった。

エラリーは手術台へ向かった。自分の登場によって周囲がかすかに静まるなか、数人の若い医師たちに何か短いことばをかけると、相手はわかったというふうにうなずいた。エラリーはそのまま控え室へもどり、そっとドアを閉めた。

セアラ・フラーは部屋の真ん中に陰鬱《いんうつ》な面持ちで立っていた。青い血管の浮き出た痩せた手を、体の横で握りしめている。石のように固く唇を引き結んで、警視をにらみつける。

エラリーは父親の横へ行った。「フラーさん!」唐突に言う。

瑪瑙《めのう》を思わせるフラーの淡い青色の目が、エラリーの顔に向けられた。苦々しげな笑みで唇の両端がゆがむ。「また別の男ね」フラーは言った。地方検事が小声で悪態をつく。この女にはどこか気味の悪いところがあった。顔と同じく、声もきびしく冷淡で緊張を漂わせている。「寄ってたかって、わたしをどうしようというの?」

「どうぞすわってください」警視がいらいらと言った。椅子をひとつ押しやると、フラーはためらい、鼻を鳴らして、棒のようにぎこちなく腰をおろした。

「フラーさん」警視はさっそく言った。「あなたは二十五年間にわたってドールン夫人に仕えたんですね」

「五月で二十一年ね」

「あなたと夫人はうまくいっていなかった。そうですか」

エラリーはその女が何か言うたびに、突き出た喉仏《のどぼとけ》が上下するのに気づいて、少し驚きを覚えた。フラーが冷ややかに言う。「そうです」

「理由は?」

「あの人は吝嗇家《りんしょくか》で不信心者でした。貪《むさぼ》りは人の心より出《い》でて人を汚すなり（マルコ伝七章二十から二十三節より）。それに、暴君でもあった。悪しき者は残忍をもてその憐《あわ》れみとす（箴言十二章十節より）、ってことね。あの人は世間に対しては美徳の声でも、家人や使用人には悪の息吹だった。一日の苦労は一日にて足れり（マタイ伝六章三十四節より）……」

フラーの驚くべき口上は、きわめて淡々と述べられた。クイーン警視とエラリーは視線を交わした。ヴェリーはうなり、刑事たちは意味ありげにうなずく。警視は両手をあげ、エラリーにあとをまかせて腰をおろした。

エラリーは穏やかに微笑んだ。「フラーさん、あなたは神を信じますか」

フラーは目をあげてエラリーを見据えた。「主はわれの牧者なり（詩篇二十三篇一節より）」

「わかりました。とはいえ」エラリーは返した。「天のことばから少し離れて答えていただきたい。あなたはいつも神の真理ばかりを話すのですか」

「われは道なり、真理なり、命なり(ヨハネ伝十四章六節より)」

「崇高なお考えだ。ご立派ですよ、フラーさん。さて、ドールン夫人を殺したのはだれですか」

「愚かなる者よ、いずれのときにか賢からん(詩篇九十四篇八節より)」

エラリーの目が冷たい光を帯びた。「犯人逮捕につながる答とは言えませんね。犯人の心あたりがあるのか、ないのか」

「おこないというものは――いえ、ないわ」

「ありがとうございます」エラリーは内心愉快に思い、唇が震えるのを感じた。「アビゲイル・ドールン夫人とよく喧嘩《けんか》をしましたか、しませんでしたか」

黒衣の女は身じろぎもせず、表情ひとつ変えなかった。「しましたよ」

「理由は?」

「さっき話したとおり。あの人が邪悪だったから」

「しかし、われわれが耳にした話から判断すると、ドールン夫人は善良な女性でした。それがあなたにかかると、ゴルゴンさながらの怪物だ。吝嗇家で暴君だったとおっしゃいましたね。それはどんなふうに? 家庭内でのことでしょうか。些細《ささい》なことなのか、重大なことなのか。はっきり答えてください」

「わたしたちはそりが合わなかったの」

「質問に答えてください」

フラーは左右の指をきつくからめた。「お互いに深く嫌悪し合っていたわ」

「ほう！」警視が椅子からすばやく立ちあがった。「ようやくわかってきたよ。しかも二十世紀のことばだ。顔を見るのも耐えられなかったということかね？ヤマネコ同士のようにやり合っていたわけだ。しかし、それなら」——指を突きつけて迫る——「いったいなぜ二十一年もいっしょにいたのか」

フラーの声がしだいに熱を帯びた。「愛は万物を忍ぶ（コリントの信徒への手紙一、十三章七節より）……。わたしは貧乏人で、あの人は孤独な女王だった。習慣は身につくものよ。わたしたちは血のつながりにも劣らぬ強さで結ばれていた」

エラリーは当惑顔でフラーを見た。クイーン警視はうつろな表情になり、肩をすくめて、地方検事に目で懸命に訴えた。その思いをヴェリーの唇が形にする。〝まともじゃない〟。

静寂のなかでドアがきしんだ音を立てて開き、数人の研修医が、アビゲイル・ドールン夫人の遺体を載せた手術台を運んできた。目に怒りをたぎらせた警視に向かって、エラリーはたしなめるように微笑んだ。そして後ろへさがりつつ、セアラ・フラーの顔を観察した。

　奇妙な変化が訪れていた。フラーは幅も厚みもない胸を片手でつかみながら立ちあがった。両頬に鮮やかな薄紅色が魔法のごとく浮かびあがる。無情にも首まであらわになった女主人の死に顔に、フラーは珍しいものでも見るような目をじっと注いだ。ひとりの若い医師が、青くふくれた死人の顔を弁解がましく指さした。「残念ながらチアノーゼが出ています。どうしてもずいぶん見苦しくなりますね。でも、ぼくはただ指示どおりに――」

「だまって！」エラリーは邪険に手を振ってその医師を退け、セアラ・フラーの動きを一心に見守った。フラーがゆっくりと手術台へ近寄る。そしてこわばった死体の輪郭をゆっくりと観察した。視線が死人の全身をなぞって顔までたどり着いたとき、フラーは大いに勝ち誇って動きを止めた。

「罪を犯せる魂は死ぬべし（エゼキエル書十八章二十節より）」フラーは叫んだ。「平安のときにも滅ぼす者、これに臨む（ヨブ記十五章二十一節より）！」声が高くなって悲鳴になる。「アビゲイル、警告したのに！　わたしはたしかに警告したよ、アビゲイル！　罪の報いは死なり（ローマ人への手紙六章二十三節より）……」

　エラリーはおおげさに詠唱した。「汝《なんじ》らは主の汝を撃つなるを知らん（エゼキエル書七章九節より）……」

その冷ややかで断固たる声の響きを耳にして、フラーが憤然と振り返った。黒い目に炎が燃えている。「愚かなる者は罪を軽んず（箴言十四章九節より）！」と絶叫した。それから声を落とす。「見るべきものはもう見たということよ」押し殺しながらも誇らしげな口調で、少し落ち着いて言った。ついさっきの激しいことばを早くも忘れたかのようだ。薄い胸を張って、深呼吸をする。「もう帰ってかまわないわね」

「いやいや、だめだ」警視が応じた。「すわってください、フラーさん。まだしばらくここにとどまってもらう」フラーの耳には届いていないようだった。女のいかめしい顔に恍惚《こうこつ》とした表情がひろがる。「おい、頼むよ！」警視は叫んだ。「芝居はやめて、現実へもどりなさい。ここは――」部屋を突っ切り、フラーの腕を荒々しくつかんで体を揺さぶった。フラーは相変わらず、うっとりと遠くを見るような目をしている。

「教会じゃない――目を覚ますんだ！」

フラーは警視に導かれるまま椅子まで移動したものの、警察の人間が危害を加えることはできないと思っているのか、心ここにあらずのていだった。死体へは二度と目をやらない。思案しながら様子を見ていたエラリーは、研修医たちに合図を送った。白い服を着た研修医たちが、見るからにほっとした様子で控え室の右手にあるエレベーターまで急いで手術台を押し運び、ドアをあけて中へ消えた。エラリーの目は、格子で隔てられた箱の向こうに、東廊下に出ると思われるドアがあるのをとらえた。

エレベーターのドアが閉まると、箱の動くかすかな音が薄い壁を通して響き、それがゆっくり地下の遺体安置所へおりていった。

警視が声をひそめてエラリーに言った。「なあ、この女から聞き出せることは何もなさそうだ。頭がいかれている。この女のことはほかの連中から聞くほうが賢明じゃないかな。おまえはどう思う？」

エラリーが目をやると、フラーは体をこわばらせて椅子にすわったまま、どこか遠くを見ていた。「いずれにせよ」エラリーが顔をしかめて言った。「この人は精神医学の申し分ない研究材料だね。ぼくがもう一度反応を見てみるよ……。フラーさん！」

夢うつつの目がぼんやりとエラリーのほうを向いた。

「ドールン夫人を殺す動機がありそうな人はだれですか」

フラーは身を震わせた。目にかかっていた靄《もや》が消えはじめる。「わたし――わかりません」

「あなたはけさ、どこにいましたか」

「家にいたわ。そのうちに電話がかかってきて。事故があったと聞き……。おお、復《ふく》讐《しゅう》の神よ(詩篇九十四篇一節より)！」フラーの顔が赤らむ。つづいてことばを発したときには、平板な口調でそれまでより明晰《めいせき》な物言いだった。「わたしはハルダといっしょにここへ来た。そして、手術を待っていたの」

「ハルダさんとずっといっしょでしたか」

「はい。いいえ」

「どっちなんです」

「いいえ。廊下の向かいの待合室にハルダを残して、部屋から出たから。気が気じゃなくて。そこらへんを歩いたの。だれにも呼び止められなかった。歩いて、歩いて、それから——」女の目がしだいに狡猾《こうかつ》な光を帯びる。「それからハルダのところへもどった」

「だれとも話さなかったんですか」

フラーはゆっくり視線をあげた。「情報がほしくて。それでお医者さまを探したの。ジャニー先生か。ダニング先生か。お若いミンチェン先生か。見つかったのは、部屋にいらしたダニング先生だけだった。だいじょうぶだと請け合ってもらって、おいとましたのよ」

エラリーは小声で言った。「確認をとろう！」それからフラーの前を行き来しはじめた。頭のなかで思案をめぐらせているふうだ。セアラ・フラーはぼんやりとすわって待っていた。

エラリーが口を開いたとき、声には威嚇の響きがこもっていた。体をフラーのほうへ向ける。「ゆうべ、インスリン注射をするようジャニー医師から電話があったことを、なぜハルダさんに伝えなかったんですか」

「きのうはわたしも具合が悪くて。ほとんど一日じゅう臥《ふ》せっていてね。言伝《ことづて》があって、わたしがそれを受けた。でも、ハルダが帰宅したときには、わたしはもう休んでいた」

「なぜけさハルダに話さなかったんですか」

「忘れていたの」

エラリーはフラーにのしかかるように立ち、目を見据えた。「不幸にも伝え忘れたことで、ドールン夫人の死に対してあなたに道義上の責任があるというのはおわかりですね」

「なぜ――どうしてそんな――」

「あなたがジャニー医師のことばを伝えていたら、ハルダさんはドールン夫人にインスリンの注射をしたはずだ。夫人はけさ昏睡《こんすい》に陥らず、したがって手術台に寝かされて殺人者の意のままになることもなかった。どうです？」

フラーの視線は揺らがなかった。「御心のおこなわれんことを（マタイ伝六章十節より）……」

エラリーは背筋を伸ばして低い声で言った。「聖書のことばを巧みに引用なさいますね……。フラーさん、なぜドールン夫人はあなたを恐れていたんですか」

フラーははっと息を呑《の》んだ。それから奇妙な笑みを浮かべ、唇を固く結んで、ふたたび椅子に体を預けた。不機嫌そうな老けた顔に、薄気味の悪い表情が浮かんでいる。まなざしはなおもとげとげしく冷淡で、どこか怪しい気配があった。

エラリーは引きさがった。「もうけっこうです!」

フラーは立ちあがり、慎ましく衣服を整えて、振り向きもせず無言で漂うように部屋から出ていった。警視の合図を受けて、ヘス刑事があとを追う。警視は少しのあいだ、落ち着きなく室内を歩きまわった。エラリーはその場にたたずんで物思いに沈んだ。

洒落《しやれ》た山高帽をかぶった黒い顎《あご》ひげの男が、ヴェリーの脇を通って控え室にはいってきた。火の消えた、いやなにおいのする葉巻を口にくわえている。黒い医療鞄《かばん》をストレッチャーの上へほうり投げ、体を揺らして立ったまま、少人数の陰気な一団をひやかすように見渡した。

「やあ、諸君!」ついに男がタイル張りの床に葉巻を吐き捨てながら言った。「わたしが来たのに気がつかなかったのかな。弔いはどこだね」

「ああ、どうも、先生」警視は上の空で握手をした。「エラリー、プラウティ先生に挨拶《あいさつ》を」エラリーが恭しく頭をさげる。「遺体はもう安置所なんだ、先生」警視は言った。「いましがた地下へ運ばせたばかりでね」

「ほう、じゃあ、そちらへ向かうとするか」プラウティは言った。そしてエレベーターのドアの前まで歩を運んだ。「ここかい?」その問いに応《こた》え、ヴェリーがボタンを押すと、エレベーターがきしりながらあがってくる音がした。「ところで、警視」プラウティはドアをあけながら言った。「今回は検死官がみずからお出ましになるかもしれない。この検死官補のことを信用できんらしい」低く笑う。「なんと言っても、あのアビー・ドールンがついに逝ったわけだからな。とはいえ、これが最初というわけじゃないし、最後になるわけでもない。気を落とさんように!」プラウティはエレベーターのなかへ消え、箱はふたたび硬い音を響かせて階下へおりていった。

サンプソンが立ちあがって、大きく伸びをした。「あああ!」とあくびをして、頭を掻《か》きながら言う。「お手あげだよ、Q」警視が悲しげにうなずく。「あの頭のおかしい女は、話をよけいに混乱させただけだ……」サンプソンは鋭い目をエラリーへ向けた。「きみはどう考えているんだね」

「ほんの少しですが」エラリーは大きな脇ポケットから煙草をつまみだして、指で大事そうにいじった。それから顔をあげた。「ええ、なんとか二、三、導き出しましたよ――興味深い点を」にやりと笑う。「ぼくの意識の奥底にかすかな光が差していますけど、まだ満足のゆく完全な解決とは言えません。例の衣類にしても……」

「すぐわかる特徴が二、三あったが、そのほかは……」サンプソンは言った。

「すぐわかるもののことではありません」エラリーは重々しく言った。「たとえば、あの靴——あれこそが光明なんです」

赤毛のティモシー・クローニンが鼻を鳴らした。「すると、あの靴から何かわかったっていうのかい。わたしの頭はよほど鈍いんだな。さっぱり見当もつかない」

「それは」サンプソンがためらいがちに言った。「あの衣類のもとの持ち主が、ジャニー医師よりゆうに数インチ背が高いということだな……」

「きみが来る前に、エラリーがそう言っていたよ。大きな手がかりだ」警視がそっけなく言った。「衣類を盗んだ人間を見つけるよう、これから指示を出すが、あらかじめ言っておくと、これは干し草の山から一本の針を探せと命じるに等しい……。トマス、おまえが仕切ってくれ」巨体のヴェリーに向かって言う。「まず病院内の捜索からはじめるんだ。突破口を開けるかもしれない」

ヴェリーはジョンソンとフリントと細かく打ち合わせたのち、ふたりを送り出した。

「たいして期待はできませんが」よく響く声で言う。「手がかりが残されているとしたら、きっと見つけ出してくるでしょう」

エラリーが煙草を深く吸い、小声で言った。「フラーという女だが……あの宗教への執着ぶりには意味がある。何かに心を乱されているんだ。死んだドールン夫人とのあいだには、まぎれもなく大きな遺恨があった。そのきっかけは？　理由は？」肩をすくめる。「実に興味深い存在だよ。あの女の奉じるエホバの神がわれらとともにいてくださるなら、しかるべきときにはきっと叫びをあげよう（詩篇四十六篇七節「主はわれらとともにおられる」より）」

「なあ、Q、あのジャニーという医師も」サンプソンが顎をさすりながら言った。「まだじゅうぶんに調べて――」

地方検事が何を言おうとしていたにせよ、その声はハーパーが控え室にもどった騒ぎに掻き消された。記者は廊下のドアを蹴《け》りあけ、大きな紙袋を両腕でかかえて意気揚々とはいってきた。

「白髪男、大いなる食料とともに帰る！」声を張りあげる。「みなさん、召しあがれ。そこの大男、ヴェリーくんも。あんたの胃をいっぱいにできるかはわからんがね……。コーヒーと、うまいハム、それからピクルスとクリームチーズ、あとは神のみぞ知る……」

一同はだまってサンドイッチを食べ、コーヒーを飲んだ。ハーパーはその様子をじっと見ていたが、何も言わなかった。ようやく会話が再開されたのは、エレベーターのドアがふたたび開いて、陰鬱《いんうつ》な面持ちのプラウティ医師が現れたときだった。

「どうだったね、先生」サンプソンがハムサンドイッチにかぶりつくのを中断して言った。

「やはり絞殺だな」プラウティは鞄から手を放し、ストレッチャーの上に置かれたサンドイッチの山から、ひとつを無造作にとった。派手に歯を鳴らしてパンにかじりつき、深くく息をつく。「ひどいものだ」口いっぱいにほおばったまま、くぐもった声で言う。「いとも簡単に殺害したらしい。針金をひとひねりで、哀れなばあさんはこと切れた。蠟燭《ろうそく》でも吹き消すみたいに……。あのジャニーという男だが、あれは腕のいい外科医だ」抜け目なく警視をうかがう。「腕を振るう機会がなかったのが残念だよ。重度の胆嚢《たんのう》破裂だな。糖尿病もあったらしい……。まあ、最初の見立てどおりだ。検死解剖もまず必要あるまい。皮下注射の跡が腕じゅうにあってね。硬くこわばった腕だ。けさの静脈注射はさぞかし大変な仕事だったにちがいない……」

プラウティは話しつづけた。あちこちで雑談がはじまった。エラリー・クイーンが昼食をとるあいだ、周囲で推論や憶測が渦を巻いた。エラリーは椅子を傾けて壁にもたせかけ、天井を凝視しながら、引きしまった顎を力強く動かして咀嚼《そしゃく》をした。

警視がハンカチで上品に口をぬぐった。「さて」つぶやくように言う。「あとはもうクナイゼルという男が残っているだけだ。ほかの連中と同じで、外で待たされて苛《いら》ついているにちがいない。食事はすんだか、エラリー」

エラリーは腕をあいまいに振った。しかし、とたんに目つきを鋭くして、椅子の脚を床へおろした。「ああ、そうか」そう言って、笑い声を漏らす。「こんなことを見落とすとは、まったくぼんやりしてる！」それを聞いていた者たちは、わけがわからず顔を見合わせた。エラリーが張りきって立ちあがった。「父さんの言うとおり、われらが友である、そのオーストリア人科学者にお目にかかるとしよう。その謎の天才パラケルススが、興味深いことを明らかにしてくれるかもしれない……。いずれにせよ、錬金術師には心引かれずにはいられないよ。〃かすかな声が聞こえる――荒野にて呼ばわる者の声が……〃というところだ」笑みを浮かべる。「ルカ、ヨハネ、イザヤの三つの聖なる書からことばを借りればね……」

エラリーは大手術室に面したドアへ駆け寄った。

「クナイゼルさん！　クナイゼル博士はいらっしゃいますか」大声で言った。

12　実験　EXPERIMENTATION

プラウティ医師が膝《ひざ》の上に散ったパン屑《くず》を払って立ちあがり、大きくあけた口に人差し指を突っこんでサンドイッチの残滓《ざんし》を慎重に探りあてたあと、得意げにそれを吐き出し、それからようやく黒い鞄を手にとった。

「帰るよ」全員に告げる。「お先に」ポケットの葉巻をまさぐって、調子はずれの口笛を吹きながら、プラウティはドアから廊下へ出ていった。

エラリー・クイーンはにこりともしないで室内へもどり、大手術室からモリッツ・クナイゼルを招じ入れた。

クイーン警視はモリッツ・クナイゼルについて、ひとことで言えば〝奇人〟の部類にはいるとその場で無言のうちに判断をくだした。その科学者の特徴ひとつひとつは目立つものではない。ところが、それらがひとりの人間のうちで結びついたとたんに、奇怪な印象に変じる。背が低い。肌と髪の色が黒っぽくて、中央ヨーロッパ人らしい風貌《ふうぼう》。すり切れたぼろ布に似た、まばらでみすぼらしい黒い顎《あご》ひげ。まるで女性のように柔和で深みのある目――どれをとっても、特に珍しくはない。ところが、自然の錬金術によってそれらが混じり合ってできたモリッツ・クナイゼルは、アビゲイル・ドールン殺しの捜査中にクイーン父子が出会ったなかでいちばんの変わり者だった。

クナイゼルの指は漂白され、また褐色の染みや、化学薬品の汚れややけどの跡が認められた。左手の人差し指の先はつぶれて、皮がむけている。身につけている仕事着は、化学薬品の洪水を耐え抜いてきたかと見まがうばかりで、大小の染みが全体を覆い、あちらこちらに穴があいていた。染みは白いズック地のズボンの折り返しやキャンバス地の靴の先にまで飛び散っている。

エラリーは細めた目でクナイゼルを直視し、意味ありげにドアを閉めたのち、椅子を指さした。

「おすわりください、クナイゼル博士」

科学者はだまって従った。周囲をとまどわせるほどの自我への没頭の気配を発している。クイーン警視、地方検事、クローニン、ヴェリーからの冷たい視線にも目を合わせない。一同は、クナイゼルが超然としているわけをすぐに悟った。この男には恐れも警戒心もなく、言い逃れるつもりもない。ただ自分を取り巻くものに対して、ひたすら耳をふさぎ、目を閉じているだけだ。

星から星へ高遠な冒険をする似非《えせ》科学物語から抜け出してきた、この風変わりな小男は、おのれの世界に坐《ざ》していた。

　エラリーはクナイゼルの前に堂々と立ち、視線で相手を刺し貫いた。張りつめた時間を経たあと、科学者は自分に注がれる強いまなざしに気づいたのか、曇りの消えた目をエラリーへ向けた。

「これは失礼」クナイゼルは異国の訛《なま》りがほとんどない、歯切れのよい正確な英語で言った。「そう、わたしに質問があるんだったね。ドールン夫人が絞殺されたことは、たったいま外で聞いたよ」

　エラリーは緊張を解いて腰をおろした。「それまでご存じなかったんですか、博士。ドールン夫人が亡くなったのは、もう何時間も前ですよ」

　クナイゼルは首の後ろをぼんやりと叩《たた》いた。「ここでのわたしは隠遁《いんとん》者のようなものでね。研究室には別の世界がある。科学の精神は……」

「なるほど」エラリーは脚を組んで、砕けた口調で言った。「ぼくはつねづね、科学とは虚無主義の別の形態であると主張しているんです……。知らせを聞いても動揺なさっていませんね、博士」

　クナイゼルの柔和な目に、奇妙な驚きの色がひろがった。「おいおい！」反論をはじめる。「死とは科学者に激情をもたらすものではない。わたしは当然ながら、この不慮の死に関心を持っているが、感傷に浸るには至らない。結局のところ──」──

肩をすくめて、唇に奇妙な笑みを浮かべる——「死に対する科学者の態度は、俗人とは異なるということだ。〝安らかに眠れ《レクイエスカト・イン・パーケ》〟とか、そういったたぐいとはね。わたしなら、むしろ皮肉の利いたこんなスペインの警句を引用するね。〝死んで葬られれば、どんな女も善良で敬われる〟」

エラリーの眉《まゆ》が、猟犬の尾がいざというときまっすぐ突き出るように、たちまち吊《つ》りあがった。目にユーモアの色が輝き、何かを期待するような光が躍る。

エラリーは親しみをこめて言った。「あなたの博識に敬意を表しますよ、クナイゼル博士。では、こんなことばをご存じですか。〝死という御者は、気のない客を新たに乗せるとき、荷の釣り合いをとるために、ときに別の客をおろす……〟。むろん、ここでぼくが言っているのは、死後の遺産贈与という通俗な慣行のことです。書き換える前のアビゲイル・ドールンの遺言に興味深い記載がありましてね、博士……。もうひとつ警句を加えてもかまいませんか——〝死人の靴を待つ者は、裸足《はだし》で行く危険を負う〟。おもしろいことに、これはデンマークの格言なんです」

クナイゼルは重厚な美声で応じた。「たしか、フランスにもあったと思う。共通の起源から多数の格言が生まれるものだ」

エラリーは満足げに笑い、いかにも感心した様子でうなずいた。「それは知りませんでした」さらに言う。「あなたのことをよく調べておかなくてはね。ところで—

――」話を聞いていた警視が含み笑いをする。

「知りたいのでしょうね」クナイゼルは優雅とも言える口調で応じた。「わたしがけさ、どこでどのように過ごしていたかを……」

「差し支えがなければ」

「ここへはいつもどおり七時に着いた」クナイゼルは膝の上でそっと手を組んで説明をはじめた。「地下の共同更衣室でこの恰好《かっこう》に着替え、研究室へ行った。研究室はこの階の、大手術室の北西の角から廊下を隔てた斜め向かいにある。まあ、そんなことはすでに知っているんだろうが……」

「もちろんですとも《メ・セルテヌマン》！」エラリーはフランス語で言った。

「部屋に鍵《かぎ》をかけてずっとこもっていたところへ、先ほどきみたちの使いが呼びに来た。言われたとおり、すぐに手術室へ向かい、そこではじめて、ドールン夫人がけさ殺されたことを聞いた」

クナイゼルは口をつぐみ、身じろぎひとつしなかった。エラリーは強い輝きを放つ隙のない目をじっと据えたままだ。

クナイゼルが話を再開したとき、その声は冷静で力強かった。「けさはだれの邪魔もはいらなかった。言い方を変えれば、七時ちょっと過ぎからついさっきまで、わたしはひとりで研究室にいて、だれに妨げられることもなかった。邪魔する者がなかった——それはつまり証人がいないということだ。ジャニーも姿を見せなかったのは、ドールン夫人の事件があって、それにまつわる雑事に追われていたからだろう。ジャニーは毎朝かならず顔を出すんだよ……。これで」考えながら話を結ぶ。「全部話したと思う」

エラリーの目はクナイゼルに釘《くぎ》づけのままだった。ふたりの様子をまばたきひとつせずに見つめていたクイーン警視は、エラリーが表向きは如才なく進めているものの、実はかつてないほどとまどっているのを、不本意ながら認めざるをえなかった。

警視は息子を思って苦い顔になった。わけのわからぬ荒々しい怒りが湧きあがる。

エラリーは笑みを浮かべた。「大変けっこうです、クナイゼル博士。ぼくが何を訊《き》くつもりか、正確にわかっていらっしゃるようなので、どうでしょう、つぎの質問はぼくからは何も言わないで、答えていただくというのは！」

クナイゼルは思いをめぐらせながら、薄汚い顎ひげをなでた。「さしてむずかしい問題ではないよ、ええと——クイーンくん、だったね……。きみが知りたいのは、ジャニーとわたしが進めている研究の内容だろう。あたりかい？」

「そのとおりです」

「科学的思考の訓練には数えきれぬ利点があるよ」クナイゼルは上機嫌で説いた。向かい合っていかにも楽しそうに微笑むふたりは、まるで旧友同士だった……。「そう。

ジャニーとわたしはこの二年半――いや、ちがう、つぎの金曜日で二年七か月になるか――ある合金の開発を進めてきた」

エラリーはあくまで厳粛な口調で応じた。「博士――少し文法を無視して、フランス風に修辞を凝らして言えば――聡明《そうめい》なあなたの透視力《クレアボイアンス》をもってしても、それではまだじゅうぶんに澄明《クレア》ではありません……。ぼくが知りたいのは、それだけじゃない。合金の性質を正確に教えていただきたい。その実験にどれだけの金が費やされたのか。あなたの経歴、それからジャニー先生と共同研究に踏み切ったいきさつ。それにドールン夫人が研究への助成を打ち切ると決めた理由も……」エラリーはことばを切り、口もとをゆがめた。「もちろん、だれがドールン夫人を殺したのかも知りたいのですが、それをお尋ねしても……」

「それはつまらない質問ではないよ――けっして」クナイゼルは微笑しながら答えた。「科学的思考の修練から、わたしは物事の分析に携わる者が問題を解決するにあたって何が必要かを学んだ。第一に、労を惜しまずすべての事象を集めること。第二に、徹底した粘り強さ。第三に、偏りのない斬新《ざんしん》な想像力をもって問題の全容をつかむ能力……。だが、これでは質問の答にはならないか。

合金の性質を正確に知りたいとのことだったな。残念だが」慇懃《いんぎん》に言う。「教えるわけにはいかない。その第一の理由は、数ある事実のなかで、それを知っても、おそらく事件解決の役には立たないから。第二の理由は、この研究はジャニーとわたしのふたりだけが知る機密事項だからだ……。ただし、これだけは言える。この研究が目論見《もくろみ》どおり実を結んだら、地球上から鋼鉄を一掃する合金ができる！」

地方検事と補佐官は無言で視線を交わし、それから顎《あご》ひげの小柄な科学者をあらためて値踏みするように見た。

エラリーは小さく笑った。「返答を強いるつもりはありませんが」さらに言う。「鋼鉄より安価で質のいい合金を市場に送り出すことができたら、あなたとジャニー先生は一夜にして大金持ちになりますね」

「そのとおり。だからこそ研究室を頑丈に作り、壁を補強してドアに安全錠をつけたほか、あらゆる予防策を講じて穿鑿《せんさく》の目や窃盗に備えた。つまり」いくぶん自慢げにつづける。「できあがる合金は、鋼鉄よりずっと軽くて、伸張性、可鍛性、耐久性の点でそれをしのぎ、強靭《きょうじん》さについても引けをとらず、そのうえ製造コストは著しく低く抑えられる」

「ひょっとして賢者の石につまずいたのでは？」エラリーは大まじめにつぶやいた。

靄《もや》がかかっていたクナイゼルの目が急に険しくなった。「わたしがいかさま師に見えるかね、クイーンくん」直截《ちょくせつ》に訊く。「ジャニーが手放しで信用して協力していることこそ、わたしが清廉潔白な科学者である証拠だと言えるだろう。

いいかね」クナイゼルの声がやや高くなる。「わたしたちは未来の建築材料を完成させたんだ！　それによって航空科学に革命が起こるだろう。天体物理学者を悩ませている大きな問題のひとつが解決する――鋼鉄の強度を具《そな》えた、信じられないほど軽い金属の建築素材によってね。人類は宇宙に橋を架け、太陽系を征服する。この合金は、ピンや万年筆から超高層ビルまで、あらゆるものに使われるようになる……。そして」最後に言う。「それはほぼ既成事実になりつつあるんだよ」

しばしの沈黙がおりた。あとから考えれば、まったく荒唐無稽《むけい》な話だ。しかし、小柄な学者の沈着かつ淡々とした態度のせいか、いかにも実現しそうな話に聞こえた。

エラリーはほかの面々ほど感心した様子ではなかった。「ガリレオを迫害し、パスツールをあざ笑った衆愚の仲間入りをするのは本意ではありませんが、同じく分析に携わる者として――お聞かせ願えませんか。つまり、なんと言うか……これまでにかかった費用はどのくらいなんです、クナイゼル博士」

「正確にはわからないが、八万ドルをゆうに超えていると思う。金のことはジャニーにまかせているんだよ」

「こぢんまりとした」エラリーはつづけた。「簡素な実験のはずですが……。クロム、ニッケル、アルミニウム、カーボン、モリブデン――これらの鉱石を貨車単位で注文しないかぎり、すべて合わせてもさほど大きな金額にはなりません。そこをもっとくわしく説明していただく必要がありますね、博士」

クナイゼルは控えめな微笑を浮かべるのをみずからに許した。「どうやら実験用鉱石について、まったくの素人ではないようだね。きみが言わんとしたのは、輝水鉛鉱《モリブデナイト》、水鉛鉛鉱《ウルフェナイト》、灰重石《シェーライト》、水鉛華《モリブダイト》など、モリブデン元素の原鉱のことだろう。ところが、誓ってもいいが、わたしはモリブデンを使っていないんだよ。ふつうとはまったくちがう角度からこの問題に取り組んでいる……。

また、費用に関して、きみは重要な点を見落としている。研究室の設置費と、装置の購入費だ。特殊な換気装置や、製錬用の炉、精錬のための設備――タービン、電解装置、陰極管など――にどれほど金がかかるかわかるかね？」

「失礼しました。ぼくはまったくの門外漢なものですから。では、先生の経歴を教えていただけますか」

「ドイツのミュンヘン大学、フランスのソルボンヌ大学、アメリカのマサチューセッツ工科大学を出た。ウィーンではユーブリク教授のもとで、パリでは兄のほうのシャルコー教授のもとで特別演習と研究に勤《いそ》しんだ。アメリカの市民権を得たあと、国立標準局の冶金《やきん》部門に三年間勤務し、それからアメリカ大陸屈指の大手製鉄会社に五年つとめた。そのあいだ独自の研究に取り組むうちに、いまの着想が徐々に芽を出してきたわけだ」

「ジャニー先生と知り合ったいきさつは？」

「少しばかり心を許していた同僚の科学者がいて、その男が引き合わせてくれたんだ。わたしには金がなかった。実験を金銭の面で保証でき、なおかつ技術の面でも支えてくれる協力者が必要だった。そして何よりその相手は、信頼できる人物でなくてはならない……。ジャニーはすべての条件を満たしていた。あちらも大いに乗り気になってね。あとはご想像のとおりだ」

エラリーは小さく身じろぎした。「なぜドールン夫人は資金援助の中止を決めたんですか」

クナイゼルの眉間《みけん》にうっすらと白い縦皺《じわ》が一本現れた。「愛想を尽かされたんだ。二週間前、わたしとジャニーを自宅へ呼び出してね。最初に取り決めた実験期間は六か月だったのに、二年半経っても、なお完成していない。興味が失《う》せたと夫人は言った。いたって穏やかにそう言い渡されて、こちらがなんと言おうと翻意を促すことなどできそうもなかった。

それで、わたしたちは意気消沈してその場を辞した。まだいくらか金は残っていてね。それを使い果たしたら研究をやめる、それまでは物惜しみせず、何事もなかったつもりで研究をつづけようと決めた。そのあいだに、ジャニーが新たな資金の調達先を探すことにしたんだ」

サンプソン地方検事が盛大に咳払《せきばら》いをした。「ドールン夫人はあなたを呼び出したとき、弁護士に新たな遺言書を作成させていることを話しましたか」

「ええ」

クイーン警視が科学者の膝《ひざ》を軽く叩《たた》いた。「あなたの知る範囲で、その新しい遺言書はすでに作成されて署名もすんでいましたか」

クナイゼルは肩をすくめた。「さあ、わたしにはわかりませんね。まだだとほんとうに助かるんですが。はじめの遺言書が有効のままなら、事は簡単ですから」

エラリーが穏やかに言った。「新しい遺言書に署名されていたかどうか、気になりませんか」

「俗事に頭を悩ませて、研究を疎《おろそ》かにすることはけっしてない」クナイゼルは顎ひげを静かになでた。「わたしは冶金学者であると同時に、ちょっとした哲学家でもあってね。物事はなるようにしかならないものだ」

エラリーは椅子から体を持ちあげて、疲れた顔で立ちあがった。「信じられないほどご立派ですね、博士」手で髪を梳《す》き、クナイゼルを凝視する。

「ありがとう、クイーンくん」

「でも、ぼくにはやはり、あなたはご自分で装っておられるほど無感情な人ではないように思えるんです。たとえば！」エラリーは小柄な男の前に立ち、椅子の背に親しげに片手をかけた。「いま、科学者の殻をかぶったあなたに心臓計をとりつけて、こう申しあげたら、鼓動はきっと速くなるでしょう。〝アビゲイル・ドールンは新しい遺言書に署名をする前に殺された……〟と」

「とんだ見当ちがいだよ、クイーンくん」――クナイゼルの浅黒い顔のなかで白い歯が輝く――「わたしはうろたえたりしない。きみのやり口と目的があまりに見え透いているからね。もっと言えば、こんなあてこすりは、聡明《そうめい》なきみにはふさわしくないと思う……。質問はこれで終わりかな」

エラリーは急に背筋を伸ばした。「まだです。あなたは、ジャニー先生が研究資金とは別にドールン夫人の遺産を受けとることになっていると知っていましたか」

「じゅうぶんに知っていたとも」

「では、お引きとりくださってけっこうです」

クナイゼルは椅子から滑りおり、エラリーにヨーロッパ風の優雅な辞儀をした。それから体の向きを変え、警視、地方検事、クローニン、ヴェリーに挨拶《あいさつ》をしたのち、落ち着き払って控え室から出ていった。

「まあ」エラリーは空いた椅子に身を沈めながらうなった。「神の御恵みがなかったら、このエラリー・クイーンもああなっていただろうね……ついでながら、自分がいま好敵手に出会ったことを白状するよ」

「何をばかな！」警視が嗅《か》ぎ煙草を一服し、苛立《いらだ》たしげに立ちあがった。「あの男は人間の形をした試験管だ」

「いや、魚だな」サンプソンが不満げに言う。

新聞記者のハーパーは部屋の奥の片隅で、帽子を目深にかぶって椅子にうずくまっていた。クナイゼルの尋問中は一度も声を出さず、科学者の顔から目を離しもしなかった。

そのハーパーがいま立ちあがって、部屋をゆっくり横切った。エラリーが顔をあげて、ふたりはだまって視線を交わした。

「やあ、きみ」しまいにハーパーが言った。「熱々の手がかりをつかんだようだね。たとえて言わせてもらえば」にやりと笑う。「〝人間氷山を溶かす熱い足がかり〟だ」

「うまいと言いたいところだけど、ピート」エラリーは両脚を伸ばしながら弱々しく微笑んだ。「それだと、氷山はふつうその九分の八が海面下に没して見えないという科学上の事実をごまかしきれていないよ……」

13　監理　ADMINISTRATION

ヴェリー部長刑事が太い腕をドアの側柱にかけ、廊下にいる部下のだれかと熱心に話をしていた。

エラリー・クイーンは精神を集中して一種の忘我状態で坐《ざ》していたが、暗い表情から察するに、実りのないいきびしい考えをめぐらせているようだった。

クイーン警視、サンプソン地方検事、ティモシー・クローニン地方検事補の三人は、複雑なこの事件の輪郭をつかもうと、額を集めて手ぶり交じりの議論をしている。

ピート・ハーパーはただひとり、胸につくほど頭を垂れて両足を椅子の横桟にからませた恰好《かっこう》で、この世もわが身もいたって平穏といった風情だ。

しばらくすると、うつろな静けさを破って、警察の写真係と指紋係の一団が騒々しく登場した。

部屋はたちまち捜査関係者でいっぱいになった。

サンプソンとクローニンは無造作に椅子にほうり投げてあった外套《がいとう》と帽子を手にと

り、かたわらへ退いた。

写真班の責任者が〝別の仕事〟について言いわけらしきものをつぶやき、それ以上はなんのやりとりもなく、警察本部の鑑識班が作業に取りかかった。おおぜいが手術控え室とその隣の麻酔室、さらに大手術室にも人がなだれこんだ。ふたりの男が控え台に群がるかたわらで、遺体とその傷の具合を写真に撮るために、ふたりの男が手術室のエレベーターで地下へおりていった。ざわめく一階のそこかしこで、ときおり青白い閃光《せんこう》が走り、くぐもった爆発音が響く。閃光粉の鼻を突くにおいが、廊下や室内の刺すような薬品臭と混じり合い、強烈な悪臭となって漂っていた。

エラリーはコーカサス山につながれたプロメテウスのごとく、みずからの思考の鎖によって椅子に縛りつけられ、情景も音もにおいもほとんど意識することなく、混乱の渦のなかですわっていた……。

警視が短い指示を与えてひとりの制服警官を送り出すと、その警官はいくらも経たないうちに、いかにもまじめそうな、中年と言うにはまだ若い薄茶色の髪の男をともなってもどった。

「連れてきました、警視」

「ジェイムズ・パラダイスさんだね、この病院の事務長の」警視が尋ねた。

白い服を着たその男は、息を呑《の》んでうなずいた。目が潤んでいるため、涙もろい夢見がちな男に見える。極端な団子鼻で、鼻孔が角張っていて、鼻翼にまるみがほとんどない。耳は大きくて赤い。

小妖精《ようせい》を思わせる顔は、愛嬌《あいきょう》がないわけでもなかった。ごまかしを言うにはまじめすぎで、嘘をつくには怯《おび》えすぎているようだ。

「わ、わ、わたしの妻が……」男がつっかえながら話しはじめた。顔は死人さながらに蒼白《そうはく》で、耳たぶだけが真っ赤だ。

「え？　なんだって」警視が大声を出した。

事務長はどうにか弱々しい微笑を浮かべた。「わたしの妻のシャーロットが」小さな声で言う。「よくお告げを聞くんです。たしかにけさ、わたしにこう言いました。夜のうちに警告があり――内なる声が――〝きょうは災難が起こる〟とはっきり告げたと。不思議な話でしょう？　わたしたちは――」

「実に不思議だね、たしかに」警視は苛立たしげに言った。「いいかい、パラダイスさん。あんたはけさ大いに役に立ってくれたし、見た目ほど鈍くもなさそうだ。こちらも忙しいから、手短に質問するが、手短に答えてもらいたい。

事務長室は、東廊下のまっすぐ突きあたりにあるんだね」

「はい、そうです」

「けさはずっと部屋にいたのかね」

「はい。朝がいちばん忙しいもので。ミンチェン先生が駆けこんでいらっしゃるまで、机から離れませんでした」

「なるほど。たしかあんたの椅子と机はドアに対して斜めに置かれているね。朝のあいだずっと、ドアは開いていたのか」

「ええと——半分あけていました」

「その半分開いたドアから、電話室を見ることはできるのかい——というより、実際のところ見たのか」

「いいえ、見ませんでした」

「残念だ、実に残念だよ」警視はつぶやいた。腹立たしげに口ひげを嚙《か》む。「まあいい、では——十時三十分から四十五分までのあいだに、だれか医師がきみの視界を横切っただろうか」

パラダイスは思案しながら、団子鼻の頭を掻《か》いた。「さあ——わたしには——わかりません。すごく忙しくて……」目に涙があふれた。それを見た警視が当惑してひるむ。「それに先生がたは一日じゅうひっきりなしに廊下を行き来していて……」

「ああ、もう、わかった。頼むから、泣くのはやめてくれ!」警視は事務長に背を向けた。「トマス! すべてのドアに見張りをつけたな? ここまでのところ、何も問題はないのか——抜け出そうとした者は?」

「何も面倒は起こっていません、警視。いまも部下たちが目を光らせています」大男は低い声を響かせた。そして縮みあがっている事務長をにらみつけた。

警視はパラダイスを横柄に差し招いた。「しっかり目を見開いておくんだ」強い口調で言う。「警察と力を合わせてもらいたい。ドールン夫人を殺した犯人を見つけ出すまで、この病院は引きつづき監視下に置かれる。全面的に協力してくれ、そうすればあんたに悪いようにはしない。いいな？」

「は、は、はい、でも――」パラダイスの耳が危険なくらい赤くなる。「こ、こ、この病院では、殺人事件など一度も経験がありません……。病院の秩序を乱さないでいただきたいと、警視さん――それに部下のみなさんに、お願いしたく――」

「そんな心配は要らんよ。さあ、もう行って！」警視はパラダイスの震える背中を、親しみをこめて叩《たた》き、戸口へと押しやった。「出ていきなさい！」

事務長は退室した。

「あともう少し待ってくれ、ヘンリー」警視が声をかけ、サンプソンが辛抱強くうなずく。「さて、トマス」警視はヴェリー部長刑事に言った。「あと始末を頼む。手術室とこの控え室、それから隣の麻酔室に見張りをつけろ。だれも中へ入れるな。ひとりもだ。

それといっしょに、麻酔室から廊下へ出たと思われる犯人の足どりを突き止めてもらいたい。目撃者がいないか調べるんだ。どこへ行ったにせよ、犯人はおそらくずっと足を引きずる真似をつづけていたはずだ。あとは、全員の——看護師、医師、研修医、外来者などの——名前と住所をまとめること。それからもうひとつ……」

サンプソンがすばやく口をはさんだ。「経歴だろう、Q」

「そのとおり。いいか、トマス。何人かを使って、ここでわれわれが会った関係者全員の経歴をひとりの例外もなく調べさせろ。まずはまとめるだけでいい。クナイゼル、ジャニー、セアラ・フラー、それから医師と看護師たち——少しでも名前の出てきた者すべてだ。おかしな点でも見つからないかぎり、長たらしい報告は必要ない。わたしが知りたいのは、これまでの証言では裏づけられなかった事実、あるいは証言から抜けている事実だけだ」

「わかりました。見張りの手配、犯人の逃走経路の確認、関係者の住所氏名と経歴調査ですね。了解です」ヴェリーは手帳に走り書きをしながら答えた。「ところで警視、大物マイクの件ですが、まだ麻酔が効いています。あと数時間は話ができないでしょう。部下を数人、上に張りこませてあります」

「ああ、それでいい！　では、トマス、仕事にかかれ！」警視はドアから手術室へ走り出て、私服の刑事と制服警官たちに大声でてきぱきと指示を与え、すぐにもどってきた。

「手配はすんだよ、ヘンリー」コートに手を伸ばす。

「撤収するのか」サンプソンは大きく息をつき、帽子を耳のあたりまで引きさげた。

ハーパーとクローニンが戸口へ向かって歩く。

「まあ、そんなところだ。ここでさしあたりできることは、すべてやった。さて……おい、エラリー――目を覚ませ！」

エラリーの物思いの霧に父の声が染み透った。数分前から周囲がめまぐるしい動きを見せるなか、エラリーは一度も視線をあげず、しかめ面を崩さなかった。それがようやく顔をあげ、父親、サンプソン、クローニン、ハーパーが帰り支度をしている図をとらえる。

「おや……。がらくたはすっかり燃やしたのかい」すわったまま思いきり伸びをする。額の皺《しわ》が消えた。

「さあ、出かけるぞ、エラリー。これからドールン家のほうを片づけにいく」警視はせっかちに言った。「ぐずぐずするな――することが山ほどある」

「コートはどこに置いたっけ？　そうだ、だれか頼むよ――ミンチェン先生の部屋にあるから」エラリーは椅子から立ちあがった。警官がひとり、使いに走る。

ずっしりとした黒いアルスターコートがふたたび背にかけられるまで、エラリーは口をきかなかった。ステッキを脇にはさみ、物思いに沈みながら長い指で帽子の鍔《つば》をひねる。

「ところで」エラリーは、全員で控え室の外へ出るとき、制服警官がひとりドアにもたれているのを確認しながら小声で言った。「アビゲイル・ドールンはローマ皇帝ハドリアヌスの向こうを張ったにちがいないよ。かの皇帝が自分の墓碑になんと彫らせたか知ってるかい？」一行が麻酔室を抜けると、また別の男がドアの見張りについた。

「〝おおぜいの医者が余を滅ぼした……〟」

警視がはたと足を止めた。「エラリー！　おまえ、まさか――」

エラリーのステッキが小さな弧を描いたのち、音を響かせて大理石の床を突いた。

「いや、だれかを責めてるわけじゃない」穏やかに言う。「碑文の話だよ」

14　愛慕　ADORATION

「すまなかった、ハルダ。一時間前に病院からここへ来たんだけど、きみは休んでるとブリストルから聞かされてね。イーディス・ダニングが付き添ってるのも知ってたし、ヘンドリックのこともあったから……。きみを起こしたくなかったんだ。それに、行くところがあってね。事務所に用が――火急の用があったんだ……。だけど、こうしてまたやってきた。ハルダ、ねえ――ハルダ――」

「フィル……」

「とても疲れてるの」

「わかるよ、わかるとも。ハルダ――どう言えばいいのか――ハルダ、ぼくは……」

「フィル、やめて」

「何をどう言えばいいかわからない。最愛の人。これで伝わるかい？　愛《いと》しいきみ。ぼくの気持ち、わかるだろう。きみをこんなに思ってる。だけど、もしきみが――いや、ぼくたちが結婚したら、世間が――新聞が――なんと言うか……」

「フィル！　わたしがそんなことを気にすると思ってるの？」

「世間のやつらは、ぼくがアビー・ドールンの大金と結婚すると言うさ！」

「いま、結婚の話はしたくありません。そもそも、どうしてそんなことが頭に浮かぶの……」

「でも、ハルダ。おお、ハルダ！　愛しい人。きみを泣かせるなんて、ぼくは獣《けだもの》だ……」

15　紛糾　COMPLICATION

　パトカーは路肩へ寄っていき、ドールン邸の堂々たる鉄門の前で止まった。その邸宅と敷地は、五番街に面し、六十何丁目かの二本の通りにはさまれた街区全体を占めている。風雨にさらされて苔《こけ》むした高い石塀が、花崗岩《かこうがん》の古い外套《がいとう》さながらに屋敷と庭を包む。芝生の向こうの奥まったところに邸宅があり、下のほうの階は石塀に隠れて見えない。

　付近の通りを走る車の音に耳を貸さなければ、大理石の彫像や石のベンチや曲がりくねった散歩道のある、古《いにしえ》の城館や庭園にいる思いがするだろう。

　通りをはさんだ向かいにはセントラル・パークがある。五番街の上手に、メトロポリタン美術館の白いドームといかめしい外壁が輝いている。澄みきった空気のなか、公園の木々の裸の枝越しに、セントラル・パーク西通りに立ち並ぶ建物の小塔や箱型のファサードが玩具《おもちゃ》のように小さく精巧に見えている。

　クイーン警視、サンプソン地方検事、エラリー・クイーンは、煙草を吸う三人の刑事をパトカーに残して、あわてるでもなく鉄門をくぐり、急な勾配《こうばい》の石敷きの道をのぼった。たどり着いたのは、縦溝のある大理石の円柱に支えられた古風な造りの玄関だ。

制服に身を包んだ痩《や》せた老人が玄関のドアをあけた。クイーン警視はその男を押しのけて、丸天井を頂く広々とした空間へ足を踏み入れた。「ドールン氏を頼む」強い口調で告げる。「あれこれ言わずに取り次いでもらおう」

執事は抗議のために口をあけ、ためらったのち言った。「しかし、どなたがいらっしゃったとお伝えすれば――」

「クイーン警視。エラリー・クイーン。サンプソン地方検事だ」

「かしこまりました……。では、こちらへどうぞ」三人は執事のあとについて、タペストリーで飾られた廊下と豪華な部屋をつぎつぎと通り抜けた。執事が両開きのドアの前で足を止め、それを押しあけた。

「先にお越しのお客さまといっしょに、こちらでお待ちください……」執事は一礼して、もと来たほうへゆっくりと歩き去った。

「先客だと？」警視は小声で言った。「だれだ――おや、ハーパーじゃないか！」

三人が茶色の薄暗い室内に目を凝らすと、片隅にピート・ハーパーがいて、革の安楽椅子に深々と身を沈めてにやりと笑いかけていた。

「おいおい」警視が声をかけた。「たしかさっき、新聞社へもどると言っていたはずだが。抜け駆けする気だったのか」

「不測事態というやつですよ、警視」古株の記者は陽気に手を振った。「放蕩《ほうとう》者のヘンドリックに会おうと試みたが、かなわなかった――だから、あなたがたを待ってたんですよ。まあ、おすわりください、みなさん」

　エラリーが何かを思案しながら室内を歩き、書棚を観察していった。四方の壁は、床から古めかしく高々とした天井まで、ぎっしり本が並んでいる――数千冊はある。エラリーは崇敬の目を本の背に走らせた。やがて目から畏敬《いけい》の色が消え、エラリーは独特の微笑を浮かべながら、棚から本を一冊引き抜いた。上質の子牛革で豪華な装丁を施した大型本だ。試みにページを繰る。ページはひと綴《つづ》りごとにまとまってめくれた。

「ふむ」エラリーはそっけなく言った。「またしても金持ちの秘めた悪癖に出くわしたらしい。ここに数ある美しい本には父も母もいない」

「どういう意味だね」興味深そうに見守っていたサンプソンが尋ねた。

「これは最高に豪華な作りのヴォルテールの著作であり、みごとな意匠、みごとな印刷、みごとな装丁ながら――みごとに未読なんですよ。気の毒なアルエ（ヴォルテールの本名）！　袋綴《ふくろと》じ本なのにページを切ってもいないんです。ここにある本の九十八パーセントは買ってから手つかずでしょうね、賭《か》けてもいい」

すでに警視はうめきながらモリス式安楽椅子に体を沈めていた。「早くあの肥満男が来ないかと願うばかりだよ……」

どうやらその肥満男は、願いをかなえる魔物であったらしい。神経質な笑みをこれ見よがしに頬に刻んで、両開きのドアのあいだからだしぬけに巨体を現した。

「よ、ようこそ！」男はきしり声で言った。「よく、お越しに、なりましたな。おかけ、ください！」

男はアザラシのように前へにじり寄った。

サンプソンは勧められるままゆっくりと腰をおろしつつ、嫌悪に顔をゆがめてアビゲイル・ドールンの弟を凝視した。エラリーは現れた男に少しも注意を向けず、相変わらず部屋を歩きまわって、書物をながめていた。

ヘンドリック・ドールンは幅の広い長椅子にくずおれるように腰をおろし、じっとりと湿った太い指を組み合わせた。部屋の反対側で手脚をゆったりと伸ばしてすわっているハーパーの姿を目に留めると、顔から笑みが消えた。

「あの男は、記者だな」甲高い声を出す。「警視さん、記者の前で、話す、つもりは、ない。おい、記者は消えろ《ラウス》！」

「そっちこそ、消えろ《ラウス》！」ハーパーが言った。なだめるようにつづける。「まあ、落ち着いて、ドールンさん。おれは新聞記者としてここへ来てるんじゃない――そうですよね、サンプソンさん。こちらの地方検事に尋ねてみるといい。おれはこの事件の捜査を手伝ってるだけなんだ。いわば、味方ですよ」

「ハーパーのことは心配要りません、ドールンさん」サンプソンがきっぱりと言った。

「この男の前でも、われわれに対するのと同じように、なんでも話してください*」

「でも……」ヘンドリック・ドールンが記者を疑いの目で見た。「内密でと、頼んだ、ことを、記事に、したりは、しないでしょうな」

「まさか――おれが？」ハーパーは憤慨した様子だった。「いいかい、ドールンさん、それは侮辱だよ。おれは元来、貝みたいに口が堅いんだ」

「あなたは病院で言いましたね」警視が割ってはいった。「話があると。それを打ち明けるのは命を懸けるほどの一大事だとほのめかした。それで、お話というのは？」

ヘンドリックは悪戦苦闘のすえ、念入りにすわり心地を整えた。顔をあげずに注意深く言った。「しかし、その、前に、約束して、もらおう」声を落とす。「どうか、内密に！」陰謀でも持ちかけるかのように、すばやくひとりひとりに視線を注いだ。

クイーン警視は目を閉じた。つねに携帯している古い褐色の嗅《か》ぎ煙草入れに指を突っこむ。どうやら機嫌が直ったらしい。「条件をつけようというわけですか」小声で言った。「警察と協定を結びたいと？　いや、ドールンさん」目をあけて、急に姿勢を正す。「話していただきましょう。それも、交換条件なしで」

ヘンドリックは禿《は》げ頭を狡猾《こうかつ》そうに振った。「いや、だめだ」か細い裏声で言う。

「脅しは、効きませんよ、警視《マインヒア・インスペクトル》さん。約束して、くれたら、話します。でないと——だめだ」

「こうしましょう」警視は唐突に言った。「ドールンさん、あなたは身の安全を気にしていらっしゃるようだ。護衛が必要なら、手配すると請け合いますよ。それならどうです?」

「警察が、刑事さんが、守って、くれるんですか」ヘンドリックが熱っぽく尋ねた。

「安全のために必要ならそうしましょう」

「それは、いい」ヘンドリックは身を乗り出して、小さな声で口早に話しはじめた。「わたしは、借金を、しているんだ——ある吸血鬼に。何年も、その男から、金を、借りてきた。それは、大変な、金額だ!」

「ちょっと待って!」警視はさえぎった。「少しばかり説明していただかないと。われわれは、あなたにはそれなりのまとまった収入があると理解しているんですがね」

肥満男は腕を緩慢にひと振りして、警視のことばを退けた。「そんなものは、とるに足りん。なんにも、ならない。わたしは、カードも、競馬もやる。つまり——いわゆる——勝負師だ。なのに、ずっと、つきがない——それも、ぜんぜん。そこでだ!

その男に――金を、借りる。そのうちに、男が、〝金を返せ〟と、言ってくる。わたしは、払えない。そう話すと、男は、もっと金を貸す。わたしは、簡単な、借用書を、渡す。そして――なんと！　十一万ドル、ですよ、みなさん！」

サンプソンが口笛を吹いた。ハーパーの目が輝く。警視はいかめしい顔で言った。「何を担保にしたんですか。何しろ、あなた個人が裕福ではないのは、世間のだれもが知っていますからね」

ヘンドリックの目つきが険しくなった。「担保、ですか。最高のもの、ですよ！　太った顔いっぱいで作り笑いをする。「姉の、財産です！」

「それは」サンプソンが尋ねた。「ドールン夫人があなたの借用書に裏書をして、保証人を引き受けたということですか」

「いや、ちがう！」ヘンドリックは大きくあえいだ。「だが、アビゲイル・ドールンの、弟として、わたしが、巨額の資産を、相続する、身であることは、当然ながら、広く、知られている。姉は、この借金のことは、何も、知らなかった」

「興味深い話ですね」警視が静かに言った。「そのシャイロック（『ヴェニスの商人』に登場する高利貸し）は、アビー・ドールンが死んだら財産の大半をあなたが相続することを知ったうえで、金を貸したわけだ。うまい取引ですね、ドールンさん！」

ヘンドリックの唇はだらりと垂れさがって濡《ぬ》れていた。怯《おび》えているらしい。

「なるほど！」警視は声を張りあげた。「で、その話の要点は？　それをうかがいましょう」

「要点は……」ヘンドリックの体が前に傾くのに合わせて、頰《ほお》の肉がたるんだ。「何年、経っても、姉は、亡くならず、それで、わたしは、返済が、できなかった――すると、あの男が、言った。姉に、死んでもらうと！」

ヘンドリックが芝居めかしてことばを切った。警視とサンプソンは顔を見合わせた。小型本を開く手を止めたエラリーが、ヘンドリックをじっと見据えた。

「話というのは、そういうことですね」クイーン警視は静かに言った。「その金貸しはだれなんです？　銀行家ですか。それとも仲介業者？」

ヘンドリックは顔を蒼白《そうはく》にした。豚に似た目を凝らして、そわそわと部屋の隅々へ走らせる。こわがっているのは見せかけではなく、ほんとうらしい。ヘンドリックはふたたび口を開き、沈んださささやき声で言った。

「マイケル・カダヒー……」

「大物マイク！」警視とサンプソンが同時に叫んだ。警視は立ちあがって、毛足の長い絨毯《じゅうたん》の上を足早に行き来しはじめた。「大物マイクとは驚いたな！　あの男もいま病院だったたな……」

「カダヒー氏には」エラリーが冷静な口調で言った。「完璧《かんぺき》なアリバイがあるよ、父さん。アビゲイル・ドールンが首を絞められていたまさにそのとき、カダヒー氏は医師ひとりと看護師ふたりによって麻酔をかけられていた」また本棚のほうへもどる。「アリバイがあるのはたしかですね」唐突にハーパーが含み笑いをした。「あの男はウナギですよ。ぬるりとしていて――つかまらない！」

「まあ、カダヒーではありえないな」警視がつぶやいた。

「しかし、腕っぷしの強いあの三人の手下のだれかだった可能性はある」サンプソンが勢いこんで口をはさんだ。

警視は何も言わなかった。腑《ふ》に落ちない様子だった。「そうは思えないがね」小声で言う。「犯行の手口が緻密《ちみつ》で、実に気が利いている。リトル・ウィリーやスナッパーやジョー・ゲッコーに、そこまで手のこんだ真似はできまい」

「それはそうだが、カダヒーの考えで指示が出ていたとしたら……」サンプソンは言い張った。

「まあ、まあ」エラリーが横から言った。「みなさん、そうあわてないで。古《いにしえ》の文筆家プブリリウス・シルスが至言を残してる。〝一度しか決められぬことは、まずよく考慮すべし〟とね。采配《さいはい》を振るのにまちがいは許されないんだよ、父さん」

肥満男は自分が引き起こした騒ぎを妙に満足げに見ていた。無数の小皺《こじわ》に埋もれた目を慎重に細めながらも、頬にはにやけた笑みが漂っている。「最初、カダヒーは、わたしに、やれと、言った。だが」神妙な口ぶりで言う。「そんな、話は、許しがたい。わたしは、警察に行くと、脅した。ばかなことをと、言ってやった。血肉を、分けた姉を、手に、かけるなんて……。すると、やつは、笑って、自分がやる、と言った。〝本気、じゃない、だろうね、マイク〟と訊《き》いたんだ。すると、〝あんたの、知ったことじゃない。だが、その、口を、閉じて、おくんだ、わかったな〟と言われた。わたしに、何が、できた、というのか。やつは――やつなら、わたしを、殺しかねない……」

「そのやりとりがあったのは、いつですか」警視が尋ねた。

「去年の、九月だ」

「そのあと、カダヒーとその話をしましたか」

「いや」

「カダヒーと最後に会ったのはいつです？」

「三週間、前……。だいたい、その、くらいだ」ヘンドリックは脂汗をかいていた。小さな目が落ち着きなく一同の顔から顔へと視線を移動させる。「けさ、姉が、死んだ、それも、殺されたと、知ったとき――カダヒーの、しわざだと、ばかり……わかる、だろう？　これで、わたしは、払わざるを、えない――つまり、借金を、返せる、ように、なった。あの、男の、狙い、どおりだ」

サンプソンが気づかわしげにかぶりを振った。「カダヒーの弁護士は、あなたの主張を粉々に砕くでしょうね、ドールンさん。あなたが脅されていたことを証言できる人はいますか。おそらくいないでしょう。となると、残念ながら、われわれには大物マイクを拘束できる根拠がない。むろん、あの三人のちんぴらの身柄を押さえておくことはできるが、確たる証拠が見つからないかぎり、長くは引き留められません」

「きょうのうちにも、三人の釈放を求めてくるだろう」警視が苦々しげに言った。「だが、まだこっちにとどめ置こう。そこはまかせてくれ、ヘンリー……。ただ、どうもすっきりしないんだ。三人のなかで、背が低くてジャニー医師に化けられるのは、スナッパーひとりだが、どうにも……」

「わたしが、こうして、話を、している、のは」ヘンドリックが甲高い声で熱っぽく言った。「姉の、ためだ」表情が曇る。「無念を、晴らす！　姉を、殺した、人間に、報いを、受けさせる！」そう言って背筋を伸ばしたが、その姿は太った雄鶏《おんどり》そっくりだった。

ハーパーが煙草の脂《やに》で汚れた両手の指の先を合わせて、音を立てずに拍手を送った。エラリーがその動きを見て微笑した。

サンプソンが言った。「ドールンさん、カダヒーとその一味を恐れる必要はほとんどないと思いますよ」

「そうでしょうか」

「だいじょうぶです。カダヒーにしてみれば、あなたは生かしておいたほうがずっと価値がある。あなたの身に何かあったら、金を回収する機会がなくなる——カダヒーといえども、略式の借用証書では無理だ。そうですとも！　あなたに手を出さず、遺産を相続させたあと、貸したぶんを払えと迫るのがいちばん確実なんです」

「さぞかし」警視が皮肉っぽく尋ねた。「借金の利子は控えめなんでしょうな」

ヘンドリックがうなった。「十五、パーセント、です……」沈黙が落ちるなか、顔の汗をぬぐう。「信じられん、でしょう？」顎の肉が滑稽《こっけい》に震えた。

「とんでもない高利だな……」警視が何かを考えながら言った。「あなたのお話は表《おもて》沙汰《ざた》にしないと約束しますよ、ドールンさん。それに、カダヒーに備えてじゅうぶんな警護をつけましょう」

「ありがとう、ありがとう！」

「では、けさのあなたの行動について、お話をうかがいましょうか」警視はさりげなく切り出した。

「けさの、行動？」ヘンドリックが驚いて目をむいた。「しかし、まさか、あなたは……ああ！　そうか。形式上の、質問、ですな。姉が、階段から、落ちたと、電話で、知らせを、受けました。病院が、電話を、してきたんです。わたしは、まだ、ベッドに、いました。ハルダと、セアラが、先に、家を出た。わたしが、病院に、着いたのは、十時ごろでした。それで、ジャニー先生を、探した。ところが、見つからないので、手術の、五分ほど、前に、待合室へ、行ったら、そこに、ハルダと、弁護士の、モアハウスが、いた」

「ただ病院内を歩きまわっていたんですね」警視は落胆した様子で、口ひげを噛《か》んだ。

エラリーが一同に歩み寄り、ヘンドリック・ドールンに笑顔を向けた。

「アビゲイル・ドールンさんは」エラリーは言った。「未亡人でした。それなのになぜ、〝ドールン夫人〟と呼ばれていたんですか。ドールンというのは旧姓ですよね。ひょっとして、ドールンという姓の遠縁の親戚《しんせき》と結婚したと?」

「ああ、なるほど」ヘンドリックは甲高い声で言った。「それはだね、クイーンくん、アビゲイルは、チャールズ・ファン・デル・ドンクという男と、結婚したが、その夫に、先立たれて、結婚前の、姓にもどし、体裁ぶって、〝夫人〟を、くっつけた。姉は、ドールンの、名に、強い、誇りを、持って、いたんだよ」

「それでまちがいありませんよ」ハーパーが気だるげに口をはさんだ。「けさ病院へ駆けつける前に、ざっとうちの社の資料に目を通しましたから」

「いや、ぼくも疑ってなんかいないよ」エラリーは力をこめて眼鏡を磨いた。「ちょっと気になっただけだ。では、ドールンさん、マイケル・カダヒーへの債務についてうかがいます。カードと競馬とおっしゃいましたね。もっと派手で刺激のある遊びはどうだったんです？　わかりやすく言えば、ご婦人です」

「なんだって《ハィン》？」玉の汗が噴き出して、ヘンドリックの顔がまたしてもぎらつきはじめた。「どうして――そんな――」

「いいですか」エラリーは強い口調で言った。「ぼくの質問に答えてください、ドールンさん。あなたの名簿のなかに、まだ借りの残っている女性はいませんか。ぼくは正真正銘の紳士だから、あえてこれ以上の追及はしませんが」

ヘンドリックは厚ぼったい唇をなめた。「いない。も――もう、すっかり清算した」

「ありがとう《ダンケン・ジー》！」

警視は鋭い目で息子を見つめていた。エラリーの頭がかすかに動いた。警視は立ちあがって、ヘンドリックのたるんだ太い腕にごくさりげなく片手を置いた。

「さしあたり、これでじゅうぶんだと思います、ドールンさん。ありがとうございました。カダヒーのことは心配要りませんよ」ヘンドリックが顔の汗を拭《ふ》きながら苦労して立ちあがるのを見て、警視はつづけた。「ところで、ちょっとハルダさんに話を聞きたい。ついでに伝えて――」

「はい、はい。では、失礼」

ヘンドリックは巨体を揺らしながらさっさと部屋から出ていった。

一同は顔を見合わせた。クイーン警視は机の上に電話を見つけて、警察本部を呼び出した。父が直属の警部と話をするかたわらで、エラリーが急につぶやいた。「生けるロードス島の巨像のごとき友ヘンドリック・ドールンが、いまの話で、期せずして下劣な本性をさらけ出していたことに、みなさん気づきましたか」

「たしかにそうだ」ハーパーがゆっくりと言った。「要は金だな」

「つまり、カダヒーがアビゲイル・ドールン殺しで有罪になったら、ヘンドリックはもう……」サンプソンが眉《まゆ》をひそめた。

「そのとおり」エラリーは言った。「あのマンモスは借りた金を返す必要がなくなる。だから、カダヒーに嫌疑がかかればいいと望んでいるんでしょう……」

そのとき、ハルダ・ドールンがフィリップ・モアハウスの腕に寄りかかりながら、書斎にはいってきた。

むっつりした顔で油断なく目を光らせる若きモアハウスを従えて、まもなくハルダ・ドールンは、ロココ様式のドールン邸内の古めかしく分厚い壁の奥で確執が日増しにふくれあがっていったことを語りはじめた。ハルダがそれを打ち明けたのは、警視と地方検事が交代で質問攻めにして、もはや言い逃れもごまかしもできなくなってからのことだ。

モアハウスはハルダの背後に立ち、整った顔を苛立《いらだ》ちで曇らせていた。アビゲイル・ドールンとセアラ・フラー……老いた女ふたりが閉ざされたドアの向こうで何をいがみ合い、魚売り女のごとく何を言い争っていたのかは、だれも知らなかった。ハルダですら知らずにいた。七十歳を過ぎた女傑と、妄想ゆえに年齢以上にしなびた老嬢は、何週間ものあいだ、ともに暮らしながら互いに口をきかなかった。何か月ものあいだ、欠かせない要件のみをひとことふたこと伝えるだけの状態がつづいた。そして何年ものあいだ、親しいことばは交わされなかった。にもかかわらず、何週間、何か月、何年を経てもなお、セアラ・フラーはアビゲイル・ドールンの使用人でありつづけた。

「ドールン夫人がフラーさんを解雇しようとした可能性はありますか」

ハルダ・ドールンはすぐさま首を横に振った。「母は怒るとたまに、セアラを馘《くび》にすると言いましたが、それは口先だけだとみんな承知していました……。なぜセアラと仲が悪いのかと、何度か尋ねたことがあります。すると――すると母は決まって不思議そうな顔をして、それはあなたの思い過ごしだろう、自分のような立場にある女は、どんなに上位の使用人にも、あまり親しくするわけにはいかないのだと言いました。でも、それは――それは母らしくありません。わたしは――」

「同じことを、先ほどぼくが説明したはずだ」モアハウスが割ってはいった。「なぜハルダを苦しめるような——」

その発言に耳を傾ける者はなかった……。しまいにハルダが意を決し、あれはただの内輪喧嘩《げんか》だったと言った。たしかに、それ以上深刻な問題があったとは考えにくかった。そうでなければ、解雇しないはずが——

警視は唐突につぎの質問へ移った。

朝の行動について尋ねられると、ハルダは病院の控え室でのセアラ・フラーの証言を裏づけた。

「つまり」警視はさらに問いかけた。「フラーさんは待合室にあなたを残して退出し、どこかを歩きまわっていた、そのあとすぐモアハウスくんがやってきたというわけですね……。モアハウスくんは手術に立ち会うために出ていくまで、ずっとあなたといっしょでしたか」

ハルダは考えながら唇をすぼめた。「はい。ただ、十分ほど別々の時間があったと思います。ジャニー先生に会って母の容態を聞いてきてとフィリップに頼んだんです。セアラは出ていったきりでした。しばらくしてフィリップが、先生は見つからなかったと言ってもどってきました。それでまちがいないかしら、フィル。わたし——わたし、そのあたりの記憶がはっきりしなくて……」

モアハウスがすかさず言った。「ああ、まちがいないよ。そのとおりだ」

「それは何時でしたか、ドールンさん」警視がやさしい口調で尋ねた。「モアハウスくんがもどってきたのは」

「さあ、覚えていません。何時だったかしら、フィル」

モアハウスは唇を嚙んだ。「おそらく――十時四十分だったはずだ。そのすぐあとに、まばたきを置いて手術室の見学席へ行ったら、手術が――手術がまもなくはじまったから」

「なるほど」警視は立ちあがった。「お尋ねすることは以上です」

エラリーがよどみなく言った。「ドールンさん、ダニング先生の娘さんは、まだこちらにいらっしゃいますか。お話をうかがいたいのですが」

「もう帰りました」ハルダがぐったりと目を閉じた。柔らかそうな唇が乾いて、熱を帯びている。「ほんとうに親切に、ここまで送ってくれたんです。でも、病院へ引き返さなくてはいけなくて。ご存じのとおり、病院の社会福祉課を受け持っているものですから」

「では、ドールンさん」サンプソンが微笑んだ。「最大限ご協力いただけるものと信じていますが……。糸口をつかむために、今後お母さまの私的な文書を調べる必要が生じると思います」

ハルダはうなずいた。湧きあがる恐怖で白い顔が引きつる。「はい、わかりました。

わたしには──信じられませんが……」

モアハウスが怒気を含んだ声で言った。「この家にはあなたがたの役に立つものは何もありませんよ。夫人の仕事の書類も何もかも、ぼくが保管しています。もう終わりでいいですね……」

モアハウスはハルダのほうへ身をかがめた。ハルダがそちらを見あげる。

ふたりは足早に部屋を出ていった。

老執事が呼び出された。顔は無表情だが、小さな目が尋常ではない輝きを放っている。

「ブリストルさんだね」警視がきびきびと言った。

「はい、ハリー・ブリストルでございます」

「正確な真実を話してもらいたい。わかるね？」

執事は目をしばたたいた。「ええ、わかっております」

「けっこう、では」警視は人差し指で節をとりながらブリストルの地味な制服を叩《たた》いた。「ドールン夫人とセアラ・フラーは頻繁に口論をしていたのか」

「それは──なんと申しますか……」

「喧嘩をしていなかったのかね？」

「いや……していらっしゃいました」

「原因は？」

執事の目に徐々に困惑の色がひろがる。「わたくしにはわかりかねます。しじゅう言い争っていらっしゃいました。その声がわたくしどもの耳にはいったこともございます。しかし、争いの理由はだれも知りません。ただ——おふたりは、とにかくお互いを不愉快に感じていらっしゃいました」

「使用人のだれひとり、理由を知らなかったというのはたしかなんだね」

「はい。おふたりは使用人の前で争わぬよう、つねに気をつけていらっしゃったように思います。口論があったのは、決まって奥さまかフラーさんのお部屋でしたから」

「この家につとめて何年かな」

「十二年です」

「質問は以上だ」

ブリストルは頭をさげたのち、静かに書斎から出ていった。

全員が椅子から腰をあげた。

「あのフラーって女をもう一度調べたらどうです、警視さん」ハーパーが言った。

「もう一度締めあげてもいいと思うけど」

エラリーが激しくかぶりを振った。「あの女はほうっておこう。逃げやしないさ。

わかってないな、ピート。相手は殺し屋でも一般の市民でもない。心の病を患っているんだ」

一同はドールン邸をあとにした。

エラリーは一月の冷たい外気を深く吸いこんだ。ハーパーが隣を歩いている。警視とサンプソンが先を行き、機敏な足どりで公園から五番街に出る門へ向かっていた。

「どう思う、ピート」

新聞記者はにやりとした。「恐ろしく入念に組み立てられてる」つづけて言う。「ろくに手がかりも見あたらない。だれにも犯行の機会があって、その多くに動機がある」

「ほかには？」

「おれだったら」ハーパーが道の小石を蹴飛《けと》ばしながら言った。「ウォール街の方面を少し掘って追ってみるね。アビーのばあさんは、未来のロックフェラーの芽をつぎからつぎへと摘んでたから。けさ病院にいた犯人にしても、金の恨みがあったのかもしれない……」

エラリーは微笑んだ。「父もこの手の勝負の初心者ってわけじゃないんだ。その線はすでに手を打ってるよ……」こう言ったら興味を引くかもしれないけど、ぼくもももういくつか除外してるし……」

「除外!」ハーパーが声を張りあげた。「おいおい、待ってくれ。何を除外したんだね。ひょっとしてフラーとドールンの線とか」

エラリーは首を左右に振った。笑みが消え、顔が曇る。「そっちも引っかかるものがあるね。ふたりのうるさ型の年輩女性が、〝人前で下着を洗うな〟というナポレオンの教えに従うなんて。不自然だよ、ピート」

「奥深くに秘密が隠れてるって言うのか」

「それはまちがいないよ。あのフラーという女が一枚嚙《か》んでいて、その秘密は何か恥ずべきものにちがいない……。ああ、それが何か、気になって仕方がない!」

四人はパトカーに乗りこんだ。車が発進し、そこまで乗ってきた三人の刑事が歩道に残された。三人は公園にはいる門をくぐり、小道をゆっくりと進んだ。

そのとき、フィリップ・モアハウスが玄関のドアから姿を現し、ことさらに慎重に周囲を見まわしたのち、私服の刑事三人が近づいてくるのを目にして、急に足を止めた。

それから外套《がいとう》のボタンを顎《あご》の下までしっかり留め、階段を駆けおりた。すれちがいざまに刑事たちに小声で何やらことわり、門のほうへ急いだ。刑事たちはその後ろ姿にじっと目を注いだ。

モアハウスは公道へ出て、躊躇《ちゅうちょ》したあと、左へ大きく歩を踏み出し、ダウンタウンの方角へ進んだ。後ろは振り返らなかった。

刑事たちは柱廊玄関の前で三方に分かれた。ひとりはもと来た道を引き返し、もの憂げな足どりでモアハウスのあとを追った。ふたり目は、母屋《おもや》に近い灌木《かんぼく》の茂みに身をひそめた。そして三人目は玄関の階段をのぼって、ドアを割れんばかりに叩いた。

(原注)

＊記者と警察との関係がはじまってからの歴史において、ピーター・ハーパーが刻んだ一章は、過去に例のない興味深いものだった。ハーパーが特別な恩恵に浴したわけを知るには、この男が信用につけこむところを警察が一度も見ていないという事実を理解する必要がある。またハーパーは、名うての犯罪者を追う警察の捜査に、何度も記者として協力して貢献してきた。全国規模で手配されたシカゴのジャック・マーフィー事件、バーナビー・ロスの解明したいくつかの事件、そして〝偽装殺人事件〟として世に広く知られるようになった事件においても、その職業を通じて大いに尽力した点で記憶されるだけの働きをした。——編者。

16 疎外 ALIENATION

サンプソン地方検事がスピードをあげろと急《せ》き立てた。事務所へ行く予定が遅れていたからだ。ハーパーはウェストサイドで車をおりて、電話のもとへ突進した。パトカーはサイレンを響かせながら、午後半ばの混み合う道を進んでいった。

揺れる車のなかで、クィーン警視は陰気な顔をして、センター街の巨大な石造りの建物に着いたら指示を出す点を数えあげた……。ジャニーを訪ねてきた謎の人物を探すこと。偽者の着衣を調べて、もとの所有者を突き止めること。絞殺に使われた額縁用の針金を売った金物屋か百貨店を特定すること。それから、不可解なばらばらの糸を紡いで、なめらかな一枚の布を織りあげること。

「どれも見こみが薄そうだ」警視はエンジンのうなりとサイレンの悲鳴に負けじと叫んだ。

車はオランダ記念病院の前で道路の脇にいったん停まり、エラリーを歩道におろした。そしてすぐまた速度をあげ、ダウンタウンの往来へ消えた。

エラリー・クイーンにとって、この石段をのぼるのはきょうこれで二度目、ひとりになるのも二度目だった。

アイザック・カップが玄関ロビーの持ち場にいて、ひとりの警官と話をしていた。エラリーはその向かいのメインエレベーターの前にミンチェン医師の姿を見つけた。

エラリーは廊下を見渡した。麻酔室の入口に、一時間前にもそこにいた刑事が相変わらず立っていた。待合室では、数人の制服警官がすわって雑談をしている。廊下の右手から、三人の男がかさばる撮影機材をかついでこちらへ歩いてくる。

エラリーとミンチェン医師は左へ進んだのち、角を曲がって東廊下へはいった。手術衣が捨てられていた電話室の前を通り過ぎる。電話室はテープで封鎖されていた。そこから北廊下のほうへ数フィート進むと、左手に閉じたドアがあった。

エラリーは足を止めた。「このドアの向こうは控え室のエレベーターだね、ジョン」

「そのとおり。このエレベーターにはドアがふたつある」ミンチェンが気のないていで答えた。「廊下側のこのドアか、控え室内のドア、どちらからでも乗れる。廊下側のドアは、この階の病室から手術のために患者を運ぶときに使うんだ。わざわざ南廊下を大まわりする手間が省ける」

「合理的だな」エラリーは言った。「この病院はどこをとっても無駄がない。さて、われらが優秀な部長刑事はこのドアもテープで封鎖したようだ」

しばらくしてミンチェンの部屋にはいると、エラリーは唐突に言った。「ジャニー医師とほかの職員との関係について少し教えてくれ。あの人がまわりからどう見られているかを知りたいんだ」

「ジャニー先生かい？　むろん、あまり付き合いやすい人じゃない。でも、外科医としてあれだけの地位と名声のある人だから、大いに尊敬されている。そこがすごいところなんだよ、エラリー」

「すると」エラリーは言った。「この病院にジャニー医師の敵はいないんだね？」

「敵？　いないと思うな。ぼくの知らない個人的な反目があれば別だけど」ミンチェンは考えながら唇をすぼめた。「そうだ、角突き合わせる仲と言っていい人物がひとりいる……」

「へえ！　だれだい？」

「ペンニーニ先生だ。産科部長——いや、正確には元部長の」

「〝元〟というのは？　もう辞める——あるいは、すでに辞めた人なのか」

「そうじゃない。最近、上層部の異動があって、ペンニーニ先生は副部長に降格された。少なくとも名目上は、ジャニー先生が産科の責任者になったんだ」

「それはまた、どうして？」

ミンチェンは顔をしかめた。「ペンニーニ先生に過失はないんだよ。亡きドールン夫人がジャニー先生に示したいくつもの愛情表現のひとつにすぎない」

エラリーの顔に影がよぎった。「なるほど。それで〝角突き合わせる仲〟か。仕事がらみの単なる些細《ささい》な嫉妬《しっと》だな。すると……」

「些細じゃないよ、エラリー。きみはペンニーニ先生を知らないからそんなことが言えるんだ。ラテンの血の流れる気性の激しい女性で、復讐《ふくしゅう》心が強そうな人だから、ぜったいに――」

「なんだって？」

ミンチェンが驚いた顔をした。「復讐心が強そうな人だと言ったんだ。それがどうした」

エラリーはもったいぶって煙草に火をつけた。「そうか、当然だな。ぼくが浅はかだった。きみが言わないものだから……ところで、ジョン、そのペンニーニ先生に会いたいんだが」

「いいとも」ミンチェンは電話をかけた。「ペンニーニ先生ですか。ジョン・ミンチェンです。よかった、すぐに先生がつかまって。いつも飛びまわっていらっしゃるから……。ちょっとぼくの部屋へ来ていただけませんか……。いえ、たいしたことじゃないんです。人に会ってもらって、二、三訊《き》きたいことが……。ええ、お願いします」

エラリーが自分の爪をじっとながめていると、やがてドアをノックする音がした。

ふたりは立ちあがり、ミンチェンがはっきりと言った。「どうぞ！」ドアがあき、白い服に身を包んだ、物腰の神経質そうなずんぐりした女が姿を現した。

「ペンニーニ先生、エラリー・クイーンくんを紹介します。クイーンくんはドールン夫人事件の捜査を手伝っているんです」

「そうですか」その声はしゃがれて太く、男の声に近かった。ペンニーニは尊大に腕を振ってふたりに着席を促し、自分も腰をおろした。

人目を引く容貌《ようぼう》だった。肌はオリーブ色で、鼻の下にうっすらと産毛が見える。整った顔立ちのなかで、黒く鋭い目が輝きを放っていた。漆黒の髪をきっちり真ん中で分け、その片側に白く太い筋が一本はいっている。年齢ははっきりしないが、三十五でも五十でもおかしくない。

「先生」エラリーはできるかぎり穏やかな声で切り出した。「このオランダ記念病院にお勤めになってずいぶん長いそうですね」

「そのとおりよ。煙草を一本いただける？」おもしろがっているふうだ。

エラリーは浮彫装飾の施された金の煙草入れを差し出したあと、ペンニーニが持つ煙草の先に恭しくマッチを運んだ。ペンニーニは深々と一服し、くつろぎながら好奇心もあらわにエラリーを見た。「実は」エラリーは言った。「ドールン夫人殺害事件の捜査は、石の壁に突きあたっています。皆目、説明がつきません。目下ぼくは、だれかれかまわず、とにかく話を聞いているところで……。あなたはドールン夫人とどの程度懇意になさっていましたか」

「なぜそんなことを？」ペンニーニ医師の黒い目がきらめいた。「わたしが殺したと思っているの？」

「いや、そんな……」

「聞いて、エラリー・クイーンさん」ペンニーニはふっくらした赤い唇をきつく結び、それから言った。「ドールン夫人とはさほど親しくありませんでした。あの人が殺された件についても何も知りません。わたしが殺したと思っているなら、時間の無駄よ。さあ、これで満足した？」

「どうしてそんなふうにお考えになるんです」エラリーは沈んだ声で言った。それでも、目つきは鋭くなる。「結論を急いではいけません。ドールン夫人と懇意かどうかお尋ねしたのは――もし親しい関係なら、夫人の敵になりそうな人物をご存じじゃないかと思ったからです。心あたりはありませんか」

「ごめんなさい。ないの」

「ペンニーニ先生、はぐらかし合いはやめましょう。率直にうかがいます」エラリーは目を閉じ、首を椅子の背に預けた。「あなたは」――いきなり体を起こし、目と目を合わせる――「人が見ている前で、ドールン夫人を脅すことばを口にしたことがありますか」

ペンニーニは驚愕《きょうがく》の顔つきに変わったが、仰天のあまり怒る気にもなれない様子でエラリーを凝視した。ミンチェンが片手をあげて抗議の意を示し、謝罪らしきものをつぶやいた。すっかりうろたえた様子でエラリーを見る。

「どうなんです」エラリーの口調は淡々として有無を言わせないふうだった。「この病院内で、そんなことがあったんですか」

「言いがかりもいいところね」ペンニーニは頭を傲然《ごうぜん》とのけぞらせながら、おもしろくもなさそうに笑い声をあげた。「だれがそんなでたらめをあなたに教えたの？　わたしにドールン夫人を脅せるわけがないでしょう。よく知りもしない間柄なのに。あの人のことも、ほかのだれのことも、批判したことなどありません。あれは、ただ――」突然とまどって口をつぐみ、ちらりとミンチェンのほうを見た。

「ただ……なんですか」エラリーは促した。きびしさは消え、顔に微笑をたたえている。

「ええ――そう――以前、ジャニー先生を悪く言ったことはあります」こわばった声で言う。「でも、脅しではないし、ドールン夫人に向けたことばでもなかった。いずれにせよ、あれは――」

「なるほど！」エラリーは顔を輝かせた。「相手はジャニー先生で、ドールン夫人ではなかったと。よくわかりました、ペンニーニ先生。ジャニー先生の何が問題だったんです」

「個人同士の問題ではありません。もうあなたの耳にもはいっていると思うけれど」ペンニーニがそう言ってまた横目でミンチェンを見やると、ミンチェンは顔を紅潮させ、視線をそらした。「ドールン夫人の指図で、わたしは産科部長から降格になりました。当然、憤りを覚え、いまもその気持ちは変わっていない。わたしとしては、責任者であるドールン夫人の耳に、ジャニー先生が都合のいい話を吹きこんだのではないかと思っています。それで慎みのないことばを口走ったことがあって、それをミンチェン先生や何人かが聞いていたのでしょう。でも、事件とはなんの関係も――」

「ええ、ええ、無理もありません」エラリーが同情を示した。「お気持ちはよくわかりますよ」それを聞いて、ペンニーニが鼻を鳴らす。「さて、先生、お決まりの質問を少しさせてください……。けさの病院でのあなたの行動を話してくださいませんか」

「まったく」冷ややかに答えた。「あけすけな人ね！　隠すべきことは何ひとつありません。けさ早産が一件あって、八時に手術を執刀しました。ちなみに双子よ。帝王切開で、ひとりは亡くなった。おそらく母親のほうも長くないわね……。それから朝食をとり、いつものように産科病棟を回診しました。ご存じのとおり、ジャニー先生は」嫌味をこめて言う。「日常業務にはおかまいにならないから。あの人の肩書きは完全に名目だけのものです。わたしは三十五人の患者と泣きわめく多数の新生児を診てまわった。午前中はほぼずっと働きづめよ」

「アリバイを証明できるほど長く一か所にとどまっていなかったわけだ」

「アリバイが必要な身なら、そのように気を配ることだってできました」ペンニーニが言い返した。

「なんらかの用ができて、正午までにこの病院から出ませんでしたか」エラリーは静かに尋ねた。

「いいえ」

「大変参考になりました、先生……。ところで、今回の忌まわしい事件について、筋の通った解釈をお持ちではありませんか」

「いいえ」

「ほんとうに？」

「できるものなら、話します」

「心に留めておきましょう」エラリーは立ちあがった。「ご協力ありがとうございました」

ミンチェン医師がぎこちなく腰をあげ、エラリーと無言で立っていると、ペンニーニが退室し、静かにドアが閉まった。ミンチェンが回転椅子にふたたび身を沈めて、力なく笑った。

「なかなかすごい人だろう?」

「なかなかだな!」エラリーは煙草に火をつけた。「ところで、イーディス・ダニングはいまこの病院にいるのかな。ハルダ・ドールンに付き添って出ていったから、話が聞けなかったんだ」

「すぐに調べるよ」ミンチェンはあわただしく電話をかけた。「いないようだね。社会福祉課の用で少し前に出かけたらしい」

「急ぎじゃないからいいさ」エラリーは深々と煙草を一服した。「興味深い女性だ……」煙の雲を吐く。「考えてみろよ、ジョン――〝学のある女はきらいだ〟というエウリピデスのことばは、そうまちがっちゃいない。このギリシア人の見解は、バイロンのかの名言と並び立たなくもない……*」

「いったい」ミンチェンが不満げに言った。「きみが言ってるのはどっちの女性なんだ――ダニング嬢か、ペンニーニ先生か」

「どちらでもかまわない」エラリーは深く息をついて、コートに手を伸ばした。

（原注）

＊　この婉曲《えんきょく》な発言を理解するには、エラリー・クイーン氏がバイロンのどんなことばを引用したかを知る必要がある。その点を明らかにしてもらえないかとJ・J・マックに問い合わせたところ、氏は苦労のすえに突き止めた。〝ずんぐりした女はきらいだ〟という、あまり知られていないことばだったらしい。となると、クイーン氏はペンニーニ医師のことを指していたにちがいない。クイーン氏自身の記述から判断すると、ペンニーニ医師は〝学があ〟り、しかも〝ずんぐり〟している。――編者。

17　幻惑　MYSTIFICATION

クイーン警視とその息子の独特の関係――父子というより同志に近い関係――は、食事のときに最も顕著になる。朝食であれ夕食であれ、腹ごしらえのひとときは、笑い話や思い出話、陽気で悪意のない冗談のひとときだ。給仕をつとめる若きジューナ、火のはぜる暖炉、西八十七丁目の峡谷を吹き抜ける風のうなり、小刻みに鳴る窓ガラス――〝冬の夕べのクイーン家団欒《だんらん》〟の図は、警察本部の全部署を通じた語り草となっていた。*

だが、アビゲイル・ドールンがこの世を去った一月の夜、その習慣は破られた。笑い声も憩いもなかった。エラリーは憂鬱《ゆううつ》をまとって物思いにふけり、半分空になったコーヒーカップを前に煙草をくゆらせていた。警視は背をまるめて暖炉のそばの大きな肘《ひじ》掛け椅子にすわり、体を震わせて荒い呼吸をしている。古い部屋着を三枚も重ねているのに、歯の根が合っていない。つねに場の雰囲気を察するジューナが、人間離れした静けさで夕食の皿を片づけている。

最初の本格的な捜査は無残な失敗に終わっていた。幻のスワンソンなる人物は、なお所在がつかめぬままだ。ヴェリー部長刑事の忠実な部下たちが各区の住所録でスワンソンを片っ端から調べたものの、わずかな痕跡《こんせき》すら見つけられなかった。警察本部は騒然とし、警視は急な鼻風邪にやられて部屋から出られなくなっている。病院等の施設を調べた刑事たちから取り急ぎの報告書があがってきたが、電話室に残されていた手術衣の出所についてはひとことの記載もない。額縁用の針金を販売した店を割り出すこともできず、針金の化学分析からも何ひとつ判明しなかった。アビゲイル・ドールンの財界での競合関係を調査中だが、まだなんの成果もない。殺された夫人の私的な文書は、小学生の筆記帳並みに無害に見えた。さらに事を面倒にしたのは、サンプソン地方検事からかかってきた電話だ。市長と二度にわたって緊急会議を持ったが、州知事がオールバニーからまたも長距離電話をよこしたとのことだった。市や州の役人たちが警察の働きに対して苛立《いらだ》ちと不安を示し、抗議の声をあげたという。新聞記者たちは警察本部に押しかけ、厳重な監視下にある犯罪現場を取り囲んだ。

こうした状況のなか、警視は力なく椅子に腰かけ、やり場のない怒りに半ばヒステリー状態に陥っていた。エラリーは相変わらず沈黙を守り、思索の海に沈んでいる……。

けたたましく電話が鳴り、台所からジューナが飛び出して対応した。「クイーン父さん、お電話です」

警視は悪寒に震え、乾いた唇をなめながらあわてて部屋を横切った。「もしもし。だれだ？　トマスか。それで……」声が高くなって熱を帯びる。「ほう。そうか。なんだって？　まいったな。そのまま待っていてくれ」

エラリーのほうを振り向いたとき、警視の顔は羊皮紙を思わせる黄ばんだ白色に変わっていた。「最悪だ、エラリー。やられたよ。ジャニーがリッターを撒《ま》いて逃げた！」

エラリーは仰天して立ちあがった。「ばかな！」つぶやく。「くわしい話を聞いてくれないか、父さん」

「もしもし！」警視が受話器に荒い息で言った。「おい、トマス。リッターにこう伝えろ。それなりの説明ができなければ、巡査に逆もどりだとな……。まだスワンソンについては何もつかめないのか……。まあ、夜通し働いてもらうことになる……。なんだって？　ヘスのやつ、お手柄だな……。ああ、知っている。きょうの午後、われわれがあの屋敷にいるあいだ、あいつは裏階段にひそんでいたんだ……。よし、トマス。リッターはジャニーのホテルへもどして見張りをつづけさせろ……。こんどはしくじるまい！」

警視がふらつきながら椅子へともどり、暖炉に手をかざしたところで、エラリーは尋ねた。「何があったんだい」

「いろいろとな。ジャニーはマディソン街のタレイトン・ホテルに住んでいて、リッターが終日あとを尾《つ》けていたんだ。ホテルを見張っていたら、五時半にジャニーがあわてた様子で出てきて、玄関先でタクシーを拾い、北へ向かった。リッターのために言っておくと、まあ、つきがなかったんだ――しばらくタクシーがつかまらず――あっという間の出来事でまごついたんだな……。タクシーを拾ってあとを追い、尻尾《しっぽ》をつかまえたものの、また車の流れのなかで見失った。四十二丁目通り付近でふたたび見つけたが、相手はちょうどグランド・セントラル駅でタクシーをおり、運転手に金を払って駅に消えるところだった……。ジャニーの姿が確認されたのはそれが最後だ。まったく運がない!」

エラリーは何かを考えているふうだった。「ジャニーは故意に指示に逆らったんだな? 町から出たんだから。もちろん、理由はひとつ……」

「そうとも。スワンソンに警告しにいったんだ」警視は不機嫌になっていた。「駅前の渋滞に巻きこまれたリッターが、車からおりて駅にはいったときには、すでにジャニーの姿はなかった。リッターはすぐさま警官隊を招集して、駅から出る列車を監視させたが、無駄骨だった。干し草の山から針を一本見つけ出すのに等しい」

「ともかく」エラリーは眉《まゆ》をひそめて静かに言った。「ジャニーがスワンソンに警告に行ったことはほぼ確実で、だとしたらスワンソンは郊外のどこかに住んでいるはずだ」

「もう手配したよ。トマスが部下の一隊を郊外の捜査にあたらせている……」警視の目が一瞬輝いた。「だが、一条の光明があるんだ。あのフラーという頭のおかしな女が何をしたと思う?」

「セアラ・フラー!」エラリーの口から名前が飛び出した。「何をしたんだ」

「一時間ほど前にドールンの屋敷を抜け出した。ヘスがずっと見張っていたんで、あとを尾《つ》けたんだが——着いたのはダニング医師の家だった! おまえはどう思う」

エラリーは父親を見つめた。「ダニング医師だって?」ゆっくりと言う。「なるほど、それはたしかにおもしろい。ヘスからほかに報告は?」

「たいした話はなかった。しかし、それでじゅうぶんだよ。女がその家にいたのは三十分。出てくると、タクシーを拾ってまっすぐドールン家へ帰った。ヘスが電話で報告をよこし、いまもあっちに張りついて、もうひとりと監視をつづけている」

「セアラ・フラーとルーシャス・ダニング」エラリーが小声で言った。テーブルにつき、暖炉の火をながめながら、テーブルクロスをしきりに叩《たた》く。「セアラ・フラーとルーシャス・ダニング。気になる組み合わせだな……」唐突に父親に微笑む。「女預言者と治療師。ちぐはぐな組み合わせ《ノン・セクイトゥール》の最たる例だ」

「たしかに妙だな」警視は言い、いちばん上に着ている部屋着をしっかりと掻《か》き合わせた。「明朝、確認をとらなくては」

「そうだね」エラリーはやけに満足げだった。「スラヴ人のことわざに〝朝は夜より賢明なり〟というのがある。まあ――試してみよう」

警視は何も言わなかった。エラリーの顔に浮かんでいた愉快そうな表情が、現れたときと同じ速さで消え去った。エラリーはすばやく立ちあがり、寝室へはいっていった。

(原注)

＊　探偵小説というものは、関連性を大切にしなくてはならない。多少なりとも世に知られた西八十七丁目のクイーン邸についてここで何も説明していないのは、この『オランダ靴の秘密』よりもあとに起こった事件だが、小説として先に出版された作品のなかにくわしく記載したという、正当かつじゅうぶんな理由があるからだ。その作品とは、『ローマ帽子の秘密』(フレデリック・A・ストークス社、一九二九年)である。――著者注。

18　要約　CONDENSATION

全世界のマスコミに反響を呼び起こすことになる新聞紙上の大旋風は、アビゲイル・ドールン殺害事件の翌日に最高潮に達した。

火曜日の朝、アメリカじゅうのあらゆる朝刊紙に掲載されていたのは、過激な見出しと饒舌《じょうぜつ》な一面記事、それにほんのひと握りの事実だった。とりわけ、ニューヨークの新聞は手にはいる情報の不足を補うべく、アビゲイル・ドールンの驚くべき生涯、経済界での際立った業績、数々の慈善活動に何ページも紙面を割き、没して久しい夫チャールズ・ファン・デル・ドンクとのロマンスさえも事細かに伝えた。〝アビゲイル・ドールンの一生〟と題した特集記事の連載をあわてて組んだ通信社もあった。

夕刊の早版から、社説の雷鳴がとどろきはじめた。歯に衣着《きぬき》せぬ批判の矢が、警察委員長とクイーン警視、それに警察本部全体に向けて放たれ、ある新聞は明らかに政治的な意図から市長を槍玉《やりだま》にあげた。〝貴重な二十四時間が無に帰した〟と、記事には怒りをこめて書かれ、〝昨日、凶悪な殺人犯の血塗られた手が、ひとりの偉大な女性の魂を、余命尽きるはるか以前に無残にもあの世へ送りこんだにもかかわらず、犯人の特定につながる事実や手がかりを微塵《みじん》も見つけていない〟とつづいていた。〝犯罪捜査で長年成功をおさめてきた畏敬《いけい》すべきクイーン警視も、この最も重要な任務でついに敗北を喫するか〟と、別の新聞は疑問を呈した。世界一の大都市の警察本部は、巨大な道徳社会の風紀の遵守にかけて前々から〝無能で有名〟だったが、このたびの事件は、あざ笑う世間にその無能ぶりを如実にさらけ出す未曾有《みぞう》の機会になるだろう、と頭ごなしに書き立てる社説もあった。

ニューヨークの新聞社のうち、警察を非難も酷評もしなかったのは、不思議なことに、ピート・ハーパーが記者をつとめる一社だけだった。

だが、日ごろから無気力と評される役人たちを目覚めさせるのに、辛辣《しんらつ》なマスコミのあてこすりや攻撃は必要なかった。政界も実業界も根底から揺さぶられ、その震動は警察本部の感度のよい地震計に記録された。あらゆる方面の著名人たちが、迅速に正義を行使せよと電報や電話を使い、あるいは直接足を運んで、市長につぎつぎと訴えた。ウォール街は金融不安を警戒すると同時に、そこから相場の下落、恐慌へと陥る流れを危惧《きぐ》し、憤怒《ふんぬ》に駆られて蜂起《ほうき》した。連邦政府もこの事件にただならぬ関心を示した。国会でも、アビゲイル・ドールン夫人が莫大《ばくだい》な資産を所有していた州の上院議員が、議場で熱弁を振るった。

市庁舎は白熱する会議の大渦に呑《の》みこまれた。センター街は巨大な蜂の巣さながらの騒ぎだった。クイーン警視の姿はどこにもなく、ヴェリー部長刑事は記者との会見をにべもなく拒絶した。秘密と疑惑に満ちた空気にあおられ、さまざまな噂が魔法のごとく市中をめぐった。〝後ろ盾を持つ〟さる有力な実業家が、かつてアビゲイル・ドールンと争って無残に敗れ、復讐《ふくしゅう》のためにおのれの手で首を絞めたのではないかともささやかれた。荒唐無稽《むけい》なこの風説は、滞ることなく広まり、二時間も経たないうちに当局の耳に届いた……。

火曜日の午後遅く、市長室の最奥にある聖所にしかつめらしい一団がひそかに集った。紫煙が厚く立ちこめるなか、会議の卓を囲んだのは、市長、警察委員長、サンプソン地方検事とその補佐たち、マンハッタン区長、それに半ダースの秘書たちだ。クイーン警視はそこにいないことで、かえって存在を際立たせていた。

横目で互いを見やる一同を暗澹《あんたん》たる空気が覆っていた。興奮して騒ぎ立てる記者の大群が会見を求めて控え室に押し寄せるそばで、考えうるあらゆる角度から事件についての討議がおこなわれていた。市長の手には分厚い報告書の束があった。すべてにクイーン警視の署名がはいったその報告書には、この日の朝までに集められた事実、証言、証拠が細大漏らさず記されている。一同は関係者の吟味と評価をおこなっていた。マンハッタン区長は、アイルランド人の大物マイク・カダヒー一味がなんらかの形で殺害に関与したのだろう、アビゲイル・ドールンと敵対する謎の人物に雇われたにちがいないと主張していた。ジャニー医師が頑《かたく》なに沈黙を貫く理由、またスワンソンなる男の正体についてもみなで話し合ったものの、結局なんの実りもなかった。

会議は徒労のまま終わりかけていた。新たな発見が何もないうえ、今後の方針を決める糸口さえ見つからない。警察委員長のかたわらに本部との直通電話が置かれており、それがひっきりなしに鳴って、わずかに集めた手がかりが調査のすえにつぎつぎと無に帰したことを告げた。

そんなふうに危機に瀕《ひん》していたまさにそのとき、市長の個人秘書が警察委員長宛《あて》の分厚い封書を持って部屋にはいってきた。

警察委員長は封を切り、タイプ打ちされた文書の束のいちばん上に載っているページに熱心に目を走らせた。

「クイーン警視からの特別報告です」静かに言う。

「のちほど完全な報告書を送ると書いてあります。さて……」警察委員長は黙読していたが、急にそれをかたわらの書記に渡して言った。「おい、ジェイク、これを読みあげてくれ」

書記は聞きとりやすい平板な声で、口早に読みはじめた。

マイケル・カダヒーに関する報告

火曜日午前十時十五分、ドールン事件との関与について、身体的には証言が可能であると、医師の助言を得る。尋問場所はオランダ記念病院の三二八号室。前日、虫垂炎の手術を終えたあとにカダヒーが運ばれた部屋である。衰弱状態で、激しい苦痛を訴える。

カダヒーは今回の殺人について何も知らないと明言する。最初の質問で、バイヤーズ医師と看護師のグレイス・オーバーマンの証言について確認した。両人の証言とは、月曜の朝、カダヒーが麻酔室に横臥《おうが》して、虫垂切除手術の準備のため麻酔処置を待っているときに、マスクと手術衣を身に帯びた正体不明の人物が麻酔室を通り抜けて控え室へはいっていったというものである。カダヒーは、白衣、帽子、手術用マスク等を着用した男が、南廊下からはいってきて、上述のとおりすばやく通り抜けたのを見たと認める。そのあとすぐ、麻酔用マスクを装着されて眠りに落ちたため、男が出ていくところは見なかった。その男がだれだったかは特定できず。足を引きずっていた記憶があるが、定かではないという。とはいえ、その点は問題ない。それについては、バイヤーズ医師とオーバーマン看護師の供述によって確定できる。

ヘンドリック・ドールンの件について、慎重に尋問をおこなう。ヘンドリック・ドールン（以下Dと記す）に身の安全は保障すると約束した手前、カダヒーには以下のように話をした。Dを監視したところ、不審な動きがあったため、ドールン邸のDの私室を捜索したが、有罪を示すものは何もなく、ただカダヒー（以下Cと記す）との取引をほのめかすメモが見つかった。Cはこの作り話を完全に信じたようだ。〝取引〟の内容を尋ねると、Cは六パーセントの利率に割増をつけるという条件で巨額の金をDに貸し、返済はDがドールン夫人の遺産の分け前を入手したあとでおこなうことになっていたと認める。さらにCは、これは公正な取り決めであり、やましいところはまったくないから、恐れることも隠すこともないと豪語した。クイーン警視による質問。「マイク、おまえは、貸した金を早く回収するために、ドールン夫人の死を少しばかり早めようという気にはならなかったのか」カダヒーの返答。「冗談だろう、警視さん。おれがそんなことをしないのは、あんたも知ってるはずだ」強く問いただすと、Cはヘンドリックにずっと返済を迫りつづけていたことを打ち明け、さらに、姉の死についてDが何かを隠していても不思議はないと語った。クイーン警視による質問。「リトル・ウィリー、スナッパー、ジョー・ゲッコーの三人についてはどうだ？　白状しろ、マイク！」カダヒーの返答。「とっくにムショへぶちこんだあとなんだろう？　あいつらは今回の殺しにはなんの関係もない。おれが自分の身を守れないあいだ、護衛のために来てただけだ。あいつらを叩《たた》いたって何も出てきやしない」クイーン警視による質問。「ところで、ヘンドリックの身が無事かどうか、気になるんじゃないのか、マイク——どうだね」カダヒーの返答。「あの男は生まれたての赤ん坊みたいに安全だよ。おれが自分の貸した十一万ドルを喜んでふいにすると思うか。冗談じゃねえ！」

結論——カダヒーには完璧《かんぺき》なアリバイがある。犯行のさなか、カダヒーは麻酔下にあった。ジョー・ゲッコー、スナッパー、リトル・ウィリーに関しては、犯行時刻に現実として病院にいた点以外、有罪を決定づける証拠はない。この線はいっさい疑う必要なし。

書記が報告書を注意深くテーブルに置き、咳払《せきばら》いをしながら新たな束を取りあげた。

「また成果なしか」警察委員長がぼやいた。「このカダヒーというやつは、ウナギ並みにつかみどころがないんですよ、市長。しかし、何かあったら、クイーンがきっと白状させるでしょう」

「まあいい！」市長が言った。「これでは埒《らち》が明かない。つぎはだれについての報告だね」

書記が読みはじめた。

ルーシャス・ダニング医師に関する報告

午前十一時五分、ダニング医師への尋問をオランダ記念病院の当人の部屋でおこなう。月曜日の夕刻にセアラ・フラーと秘密裏に会っていた件を追及。ダニングは動揺を示したものの、セアラ・フラーが訪ねてきた理由も会話の内容も断固として語らず。訪問は純然たる私事であり、犯罪とはまったく関係がないと主張した。

説得も、逮捕するとの脅しも、効き目なし。ダニングは、いかなる侮辱も甘んじて忍ぶが、当局に過ぎた行為があった場合は、名誉毀損《きそん》および不当逮捕で訴えると述べた。ダニングを勾留《こうりゅう》するに足る証拠も理由もない。ゆえに本件は一時保留とした。セアラ・フラーとはどの程度の知り合いかと尋ねるも、満足のいく返答は得られず。「たいして親しくない」と語るのみで、それ以上の説明を拒む。

その後の対応——部下をダニングの家族の尋問にあたらせる。ダニングの妻は、月曜日の夕刻にフラーが家に来たのを見たが、医療がらみのいつもの訪問と解釈した。フラーのことは、故人との社交上の浅い付き合いを通じてかろうじて知る程度。フラーが滞在したのは三十分間で、娘のイーディス・ダニングはちょうど留守だった。使用人の女性の証言によると、上述の三十分間、フラーはダニング医師とともに診察室にこもっていたとのこと。フラーは報告書ＡＡ７（ドールン）にあるとおり、ダニングの家を出てドールン邸へもどった。

結論――フラーとダニングの会話の内容は、法による圧力を用いないかぎり、突き止める術《すべ》がない。秘密が保たれている点以外に、この訪問と事件が無関係であることを疑う理由はない。フラーおよびダニングの両名は現在も当局の監視下にある。動きがあれば、追って報告する。

「こっちもだめか」市長が腹立たしげにつぶやいた。「委員長、これまでよりましな結果を見せてもらえんようなら、警察本部には失望するよ。このクイーンという男に事件をまかせてだいじょうぶなのかね」

区長が椅子のなかで身をよじった。「まあ、待ってください」気色ばんで言う。「クイーン警視は古強者《ふるつわもの》ですが、奇跡を期待してはいけない。なんと言っても、この忌々しい事件が起こってからまだ三十時間しか経っていないんです。警視は手がかりひとつ見逃していないと思いますよ。わたしは――」

「そればかりじゃない」警察委員長が硬い口調で言った。「市長、これは単なるギャング同士の殺しではありません。それなら密告屋から情報を得る手もある。しかし、今回はありふれた殺人事件とはまったくちがいます。思うに——」
市長は両手をあげて制した。「つぎはだれだ」
「イーディス・ダニングです」書記がてきぱきと報告書をめくり、感情を交えず読みはじめた。

イーディス・ダニングに関する報告

興味を引く事柄なし。月曜日の朝の行動については、手術前に数回にわたって病院を出入りしているため、完全な調査はできなかったものの、潔白と思われる。手術以降の行動についてはすべて確認ずみ。

イーディス・ダニングは今回の犯罪についても、考えられる動機についても、なんの説明もできない（その点は、父親のダニング医師も同様）。ハルダ・ドールンと懇意ながら、父親とドールン夫人との関係が冷ややかだった点に関して、ふたりが特に親しいわけではなかったという程度にしか説明できない。

結論——この線をさらに調べても、得るところはない。

「ふむ、異論の余地なし」市長が言った。「つぎはだれだ。急いで進めよう！」書記がつづけた。

ジャニー医師に関する追加報告

熱心に耳を傾けていた聴衆からにわかにざわめきがあがったため、書記は口をつぐんだ。聴衆がひとり残らず椅子をテーブルのほうへ寄せた。書記はタイプ打ちされた報告書の束を手にとった。

ジャニー医師に関する追加報告

ジャニー医師についていたリッター刑事の報告によれば、ジャニー医師は月曜日の夜九時七分に、居住しているタレイトン・ホテルにタクシーでもどった。タクシー運転手モリス・コーエン（合同タクシー会社、登録番号二六〇九五四*）の証言により、同運転手はグランド・セントラル駅前でジャニー医師（以下Jと記す）を拾い、タレイトン・ホテルへ直行するよう指示を受けたことが判明している。帰宅後、Jは翌朝まで部屋から出なかった。電話は多数かかってきたが、友人と仕事関係の知り合いからであり、いずれも故人に関する話だった。

Jのほうからは一度も電話をかけていない。

けさ（火曜日午前十一時四十五分）、スワンソンについて尋問をおこなった。

Jは打ち解けず、油断なく警戒しながらも、疲労困憊《こんぱい》の様子。スワンソンに関しても、その所在に関しても、やはり証言を拒否した。クィーン警視による質問。「ジャニー先生、あなたは昨夜、わたしの指示を故意に無視した。町から出るなと言ったはずですが……。きのうの午後六時にグランド・セントラル駅で何をしていたんですか」ジャニーの返答。「町から出てはいません。駅へは、シカゴ行きの切符を取り消しにいったんです。きのう警視さんに予定を話したら、だめだと言われたので。わたしが行かなくても学会はできると考えることにしたんですよ」質問。「ほう、すると、予約を取り消しただけなんですか。列車に乗ってどこかへ行ったわけではないんですね」返答。「お話ししたとおりです。調べれば簡単に確認できます」

備考――ただちにグランド・セントラル駅に照会したところ、ジャニー医師の乗車券と座席予約が、たしかにほぼ本人の証言どおりの時刻に取り消されていたことが判明した。手続きに訪れた男の人相は確認不能――出札係が覚えていなかった。また、別の行き先の乗車券を買わなかったというJの供述についても確認はとれなかった。

質問。「あなたは五時三十分にホテルを出て、六時ごろ駅に到着した。ところが、九時過ぎまでホテルにもどらなかった……。予約の取り消しは、電話でも事足りるほど簡単なはずなのに、三時間もかかったと言い張る気ですか！」返答。「当然ですが、取り消しはほんの二、三分ですみました。グランド・セントラル駅を出たあと、五番街とセントラル・パークを長く歩いたんです。気が滅入《めい》っていたものでね。新鮮な空気を吸いたかった。ひとりになりたかったんです」質問。「セントラル・パークにいたなら、グランド・セントラルの駅前で帰宅のためにタクシーを拾ったのは、どういうことかね」返答。「歩いてもどりはじめましたが、疲れていたので、やっぱり車に乗ることにしたんです」質問。「歩いている最中に、あなたの話を裏づけられるだれかと会ったり、立ち話をしたりしませんでしたか」返答。「いいえ」

エラリー・クイーンによる質問。「先生、あなたは知性ある人物ですね？」返答。「そう言われます」質問。「当然ですよ、ジャニー先生。あなたにふさわしい評価です。では、これから申しあげる仮説を、あなたの明敏な頭脳はどうとらえますか。そう、病院で何者かがしばらくあなたになりすましました。そのためには、あなたを一時的に舞台から追い払う必要がある。そこでです。大芝居の開始予定時刻の五分ほど前に、スワンソンと名乗る紳士が訪ねてきて、アビゲイル・ドールンが殺害されているあいだじゅう、あなたの時間を奪い、偽者が脱出を果たしたと思われる頃合に、あなたを解放する……。あなたの知性はこれをどうとらえますか」返答。「単なる偶然の一致だよ！　それ以外の何物でもない。さっきも話したとおり、わたしを訪ねてきた男は、この忌まわしい事件とはなんの関係もない！」

ジャニーは、スワンソンの素性を明かさなければ多額の保釈金を支払うまで重要参考人として勾留《こうりゅう》されることになるとはっきりと警告を受けながらも、沈黙をつづけた。とはいえ、表情には憂慮の色が表れていた。

結論――上述の推論に疑いの余地はほとんどない。六時から九時まで市中を散歩していたというジャニーの発言は嘘である。行き先は不明だが、おそらくニューヨークからさほど遠くないどこかへ向かう切符を買い（駅の地下の切符売り場にて）、そこへ行く列車に乗ったのは、ほぼ確実と見てよい。目下、その付近の時刻に発車した列車をすべて調べ、問題の時刻に列車内でジャニー医師らしい人物を目撃した車掌あるいは乗客がいないか探している。これまでのところ成果なし。

ジャニー医師が嘘をついたという確たる証拠がないかぎり（列車に乗ったのが確認されれば、それが証拠となる）、勾留しても意味はない。また、たとえ確認がとれてジャニー医師を逮捕しても、スワンソンの素性の特定につながらなければ、やはり無意味である。ジャニーの頑固さと〝律儀さ〟が、スワンソンにまつわる一連の問題を実際以上に重要に見せている可能性は大いにある。重要参考人について黙秘している点を除けば、ジャニー医師を非難すべき理由はない。

書記は報告をそっとテーブルに置いた。市長と警察委員長が憂色を深めて顔を見合わせる。やがて市長がため息をつき、肩をすくめた。

「わたしとしては」市長は言った。「警視の結論を支持したい。新聞が騒ぎ立てているが、きみたちは焦ってぶざまな失態を演じたりせず、落ち着いて過ちなく事を進めてもらいたい。サンプソン、きみはどう思う」

「まったく同意見です」

「わたしもクイーン警視の助言に従います」警察委員長が言った。

書記が、タイプ打ちされた別の報告書を手にとって読みはじめた。

セアラ・フラーに関する報告

はなはだ不満足。月曜日の夜にダニング医師の自宅を訪れた目的を頑として語らない。この女は半ば正気を失っている。返答があいまいで、聖書のことばを多用する。火曜日の午後二時にドールン邸にて尋問をおこなった。

結論――セアラ・フラーとダニング医師のあいだに、おそらく事件に関連のある情報を隠匿せんとする謀議があったのはまちがいない。どうすればそれを立証できるか。ダニング医師同様、引きつづき監視下に置く。

「この連中ときたら、信じられないくらい口が堅い」区長が大声をあげた。

「これほど頑固な証人ばかりの事件ははじめてだ」警察委員長がつぶやいたのち、声を張りあげて尋ねた。「まだあるのか、ジェイク」

もうひとつ報告書の束があった。それはかなりの長さで、全員の注目がすぐにそちらへ集まった。書記が読みはじめる。

フィリップ・モアハウスに関する報告

興味深い進展あり。地方検察局を通じてラブキン地方検事補から通知されたところによると、検認裁判所が問い合わせに応じ、未知の事実を明らかにした。検認のためにモアハウス弁護士が提出したアビゲイル・ドールンの遺言書に、ある内容不明の秘密の文書を遺言者の死後ただちに破棄せよと、弁護士に対して正式に求める一項があったという。遺言中に指定されたその文書は、モアハウス弁護士の管理下にあるとのこと。

本日の午後遅く、モアハウスがドールン邸でハルダ・ドールンといっしょにいるのを見かけて、さっそく尋問をおこなったところ、意外な事態が判明した。クイーン警視はその場でモアハウスに対し、犯罪捜査にかかわりのある情報が含まれている可能性があるから、当該の文書は破棄せずに警察に引き渡すよう通告した。

質問。「それはいつだね？」返答。「きのうの午後です。依頼人の死後、ぼくがすぐにとった行動のひとつです」

クイーン警視は文書にはどんな情報が含まれていたのかと尋ねた。内容には関知していないとモアハウスは答えた。さらに、遺言書の指示に忠実に従って、封も切らずに文書を破棄したと述べた。内容はわからないと主張し、またその文書が、亡き先代がドールン家を担当していた時代から長年にわたってモアハウス法律事務所が保管してきたものであること、父親の顧客を引き継ぐにあたり、声望高き父の負う責任と倫理上の義務も当然ながら継承したことなどを語った。

こうした事情――殺人事件――にありながら、証拠となりえた文書を破棄するなどもってのほか、警察になんの相談もなくそんなことをする権利はないとがめると、モアハウスは法的権利の範疇《はんちゅう》の行動だったと言い張った。

「これについては、あとで検討しましょう」サンプソンが大きな声で言った。

このやりとりにとまどい顔で立ち会っていたハルダ・ドールンに、破棄された文書について尋ねた。母が老いてからはその私信の作成のほとんどに携わったものの、問題の文書の内容はおろか、そんなものが存在したことさえまったく知らなかったとの返答だった。

結論——本件の法律上の権利に関する調査が、地方検察局によってすみやかにおこなわれるよう勧告する。モアハウスが法の僕《しもべ》として州から与えられた権限から逸脱していた場合は、訴追できるかどうかを検討し、訴追が不可能なときは、本件の弁護士会への移管を勧める。この失われた文書は、事件の解決になんらかの重要な意味を持っていたとの見方が警察内では有力であり、異論はごく少数。

「Q警視は腹に据えかねていますね、まちがいなく」地方検事が前より穏やかな声で言った。「あの男がこれほど反感をあらわにするのは、わたしが知るかぎりはじめてだ。こんどの事件がよほど堪《こた》えているんでしょう。自分がモアハウスの立場だったらと思うと、ぞっとしますよ……」

市長が疲れた顔で椅子から腰をあげた。

「諸君、きょうはここまでにしよう」市長は言った。「われわれにできることは、うまくいくよう願い、あすの成果を見守ることだけだ……。いまの報告から、クイーン警視が持てる力を尽くして――それも、どうやらかなりの力量の持ち主だよ――捜査を指揮しているのがわかって、わたしとしては満足だ。ただちに報道陣に向けてその旨の声明を出し、知事を安心させよう」ニューヨークの警察組織の責任者に向きなおる。「異議はないね、委員長」

警察委員長は汗を含んだ大判のハンカチで力をこめて首をぬぐいながら、釈然としない顔であきらめたようにうなずき、肩を落として部屋から出ていった。市長が机上のボタンを押すと同時に、地方検事とその補佐たちもものの憂げに押しだまって退出した。

(原注)

＊　現行の交通法規では、タクシー運転手に警察の発行する特別登録番号の明示を義務づけているが、ドールン事件の捜査がおこなわれたのは、その法が施行される前であったことに留意されたい――編者。

『オランダ靴の秘密』のつぎの章——厳密には、章ではなく幕間であり、そこでクイーン父子がドールン事件のさまざまな面を論じる——では、各ページに余白を大きく設けて、読者諸氏が事件の解決について各自の見解を書き留められるようにしてある。

三七三ページまで読み進め、(クイーンのこれまでの小説での例に従って)正式に挑戦を申しこまれたら、つぎの幕間で書き留めたメモを参考にすると便利だろう。

——編者

幕間　ここでは、クイーン父子が考察をおこなう

クイーン警視の鼻風邪は、エラリーの献身的な看病のおかげで、火曜日の夕方にはずいぶん快復していた。しかし、神経がすり減ってひどく過敏になっていたため、強引な手立てを使い、脅したりすかしたりしてベッドへ追いやる必要があった。

エラリーがヴェリー部長刑事とジューナの助けを借りて説得したすえ、ようやく警視は服を脱ぎ、枕のもとに安息を求めた。ところが、安らぎはいっこうに訪れず、警視はまもなく、居間に集まった面々――エラリー、サンプソン地方検事、ヴェリー部長刑事、ピート・ハーパー――の話が聞こえるように、寝室と居間を隔てるドアをあけ放してくれと命じた。

五分後、この勇猛な古強者《ふるつわもの》は、パジャマに部屋着にス

リッパといういでたちで居間に現れ、一同を驚かせた。いかめしく押しだまったまま、暖炉前の愛用の椅子に腰をおろし、寝ていたほうがいいという周囲のことばにはまるで聞く耳を持たなかった。

「無駄だよ——こうなったら梃子《てこ》でも動かない」エラリーは穏やかに笑い声をあげた。「〝権力の座にある者に夜通しの眠りは許されず〟と、権力の持ち主だったホメロス自身が言っている……。ねえ、父さん、新しく何か重大なことを思いついたんだね。そういうときの顔をしてるよ。いったい何を?」

警視の目にからかうような色がひろがり、灰色の眉《まゆ》が吊《つ》りあがった。「何もかもお見通しなんだろう?」警視はすかさず言った。それから急に笑いだした。「なんだか気分もましになったようだ……。ジューナ、いつものコーヒーポットを頼む!」

ジューナがにこりと笑い、自分の持ち場であるせまい台所へ消えると、まもなく淹《い》れたてのコーヒーのいい香りが漂ってきた。

「スワンソンについては何もわからないのか――おい、トマス」

巨獣《ビヒモス》のごとき大男は、ばつが悪そうに身じろぎした。

椅子がその重みできしむ。「何もわかっていません。お手あげです。そうなんですよ、警視――どうにもなりません。あらゆる路線を調べて、郊外をくまなく探し、すべての列車にあたって――車掌全員から話を聞きました。スワンソンという男は、いったいどこにいるのか」

「きのうの朝、病院を出たあとの足どりは追ってみたのかね」サンプソンが尋ねた。

「すべて手は尽くしたよ、ヘンリー」警視がむっつりと言った。「やはり、何百万の人間がいる大都市から、たいして特徴のない男をひとり探し出すのは容易ではないということだ。郊外の筋から何かわかればいいんだが。そのほうが捜査を進めやすい」

「ところで」ハーパーがもったいぶって言った。「ここにおいでのどなたも、スワンソンが架空の人物だとは考えなかったんですか」

エラリーが首を傾けて微笑んだ。「さすがは抜かりのない情報屋だね」さらに言う。「もちろん考えたとも、記者殿。それについては、わがよき父上《パードレ》から説明するよ——ねえ、父さん」

「話すことはたいしてない」警視が疲れた声で言った。「その可能性については、けさエラリーから指摘されていたんだ。もっとも、わたしの見たところ、そう言っている本人が、それはないと考えているようだったが……」

エラリーは大きく首を振った。「ないとは言わなかったけどね」

「だてにきょうまでおまえの親をやってきたわけじゃない」警視はうなるように言った。「ともかく、われわれはあの守衛のアイザック・カップをつかまえて、もう一度こってり絞りあげた。素性、仕事、私生活も残らず調べたよ。まったく問題はなかった。とはいえ、スワンソンを見たと主張しているのは、ジャニーを除けば、病院内でカップただひとりだから、証言をたしかにしておく必要があったんだ。

だが」警視は落胆した声でつづけた。「カップの証言を疑う理由は何ひとつ見つからなかった。嘘はついていない。まちがいなくスワンソンは実在する」

ヴェリーが咳払《せきばら》いをした。「差し出口のようなら勘弁してください――でも、予感がするんです。自分もこの仕事に就いて長いものですから。どうかお忘れなく。きっとスワンソンは、われわれが予想もしないときに姿を現しますよ」

警視は首をもたげ、いかにも驚いた様子で部下を見つめた。悩み疲れた顔にゆっくりと笑みがひろがる。「そうか！」抑えた低い声で言う。「おかげで案が浮かんだよ、トマス。正真正銘の妙案だ！　考えをまとめる時間を少しくれ……」

一同は無言で待った。ジューナがドアを足であけて、台所から悠然と中へはいってきた。手に持った大きなトレイに、湯気の立つコーヒー沸かし器、数組のカップと受け皿、容器に入れたコーヒークリーム、砂糖壺《つぼ》が載っている。ジューナはそれをテーブルに置き、走って台所へ引き返したのち、すぐにまた菓子を山盛りにした大皿を持って現れた。さらに沈黙がつづくなか、ジューナがコーヒーを注ぎ、男たちは各自の椅子をテーブルに寄せ、警視は部屋着姿ですわったまま燃え盛る炎をながめていた……。

エラリーは興味深く父を見つめた。

警視が不意に椅子の肘掛《ひじか》けを叩《たた》き、さっと立ちあがった。「これでいい!」大声をあげる。「きっとうまくいく!」

警視はテーブルのそばの椅子に勢いよく腰をおろし、コーヒーを一気に飲んだ。

サンプソンが不安そうに訊《き》いた。「何をする気だ、Q」

警視は濃い眉をひそめた。その目が、持ちあげたコーヒーカップの奥で光る。「このままなんの動きもなければ、明朝、ジャニー医師をアビゲイル・ドールン殺害容疑で逮捕する！」

　警視はそれ以上の説明をせず、コーヒーを飲み終えて、嗅《か》ぎ煙草をたっぷり一服した。

　そしてふたたび暖炉のそばへ椅子を移し、客人たちにも火明かりのそばへ来てくつろぐよう身ぶりで勧めた。

「おかしな話に聞こえるかもしれないが」警視はみながまわりに集まるのを待って、口を切った。「ジャニー逮捕の妥当な状況証拠を示すことができると思う。それに、逮捕の理由はほかにもあってね……。

　まずは、手持ちの札をテーブルに並べ……自分の考えた筋道を紹介して……法廷での討論のつもりで諸君の意見を聞こう……あんたがいてくれて助かるよ、ヘンリー」

　警視は咳払いをして、かすかにざらついた声で話しはじめた。

「ある見方をすれば、ジャニーは完全に有罪だと考えられる。この事件には、もっともな動機を持つ関係者がおおぜいいる。しかし、そのなかでも特にジャニーには強い動機があると思う。

つまり、金だ。いや――ちょっと聞いてくれ」警視はサンプソンの口から抗議のことばが飛び出しかけたのを、ほっそりした手をあげて制した。「忘れてはいけないのは、アビーの最初の遺言書で、ジャニーが二重に遺産をもらうことになっていた点だ――途方もない大金を個人として、またそれよりは少ないものの、かなりの額を研究維持の資金として受けとることになっていた。

ところで、ジャニーの動機は金だけではない。勘ちがいするなよ」警視は静かに言った。「つまり、金だけのために人を殺すたぐいの人間ではないという意味だ。そこはまちがいないと思う。いくつかの点で、あの男はクナイゼルと似ている。名声に執着のない者は科学者にはなれないらしい。連中にとって、世俗はなんの意味もない。大事なのは、知を究めて……認められることだ。あの合金を例にとろう。あれに何百万ドルの価値があるのか、ジャニーはまったく意に介していないはずだ――要は名声――そう、それこそが望みなんだよ。

しかし、その名声を得るには金が要る。研究を無事に成功させるための資金だ。ここで、ジャニーの陥った穴について考えよう。蓄えが底を突き、ジャニーとしては、ドールン夫人が最後まで資金面で支えてくれるよう願うしかなかった。ところが、ジャニーとクナイゼルは、アビーが女性にありがちな気まぐれから突然援助を打ち切るつもりであることを知り、自分たちの目の前に失敗が迫っていることを悟ったんだ」

一同は固唾《かたずの》を呑んで話に聞き入っていた。エラリーは父の唇を見つめている。

「さて、それはどんな影響を及ぼすだろう――つまり、心理学的に」警視は早口でつづけた。「ジャニーのような人間にどんな作用があるのか。ジャニーとクナイゼルが貴重な名声を手に入れるためには、ただひとつ、偏屈な老女の命だけが邪魔だった。糖尿病を患い、もはや無用の人となった老女ひとりの命など、死に日々接する男にとってなんの重みがあろう。ところが、病身ながらアビーはまだ何年も生きつづけるかもしれず、そうなると研究の完成が際限なく遅れる。待っていたら、研究すべてが危うくなりかねない。新しい遺言書に署名がなされようとしていたのだから、なおさらだ。遺言書からジャニーへの遺贈の一方が削除されたら、残るのは個人宛《あて》の遺産だけで、このぶんは金を受けとるまでに数年かかる。だが、迅速に行動を起こして、新しい遺言書への署名を食い止めれば、すぐに資金を確保でき、また金額も大きく減らずにすむ。これは、ジャニーがかつての恩人さえも手にかけるだけの強い動機ではないだろうか」

警視はことばを切り、そっと一同の反応を見た。ハーパーの煙草は忘れ去られて唇からぶらさがっている。目には明らかな賞賛の光があった。ヴェリーは感嘆をこめてうなり、サンプソンはゆっくりとうなずいた。

「巧みな推理だ」エラリーは小声で言った。「つづけて、父さん」

「いいとも！」警視は活気づいて言った。「これで動機はわかった——この事件の関係者のなかでも格段に強い動機があったということだ。では、つぎの問題へ移ろう。ジャニーの側の理屈はどうか。これも完璧《かんぺき》なんだよ！　アビー・ドールンの庇護《ひご》を受け、友でも主治医でもあり、最も恩恵に浴していたジャニーが、そのアビーを殺すとは、だれも思うまい。そういう立場にある者が恩人を絞殺すると考えるのは、ばかげているからな……。ジャニーは頭の切れる男だ。そういう筋書きを楯《たて》にして言い逃れるつもりだったにちがいない！」

　サンプソンが体を揺すった。「なんとも微妙だが、腕利きの法廷弁護士が口にすれば、立派な抗弁になる」

「こんどは、殺害の機会と現場への出入りという観点から検証しよう」警視はつづけた。「アビーはオランダ記念病院で絞殺された。あそこで殺すつもりなら、犯人はあの病院のことにかなりくわしくなくてはならない。一日の流れ、慣例、間取り、従業員の顔ぶれなどを完全に把握するのに、ジャニー以上に適した立場の者がいただろうか。いや、いない。ジャニーはあの病院の事実上の責任者として、自分の計画に合わせてまわりを動かせる立場にあった……。

スワンソン？　共犯だよ」警視は得意げにつづけた。「なぜジャニーはスワンソンを警察へ突き出さないのか。かばっているからだ。ジャニーもきっと、われわれがこんなふうにスワンソンにこだわるとは思ってもいなかったのだろう。おそらく、こんな考えだったはずだ。警察は自分とカップのことばを鵜呑《うの》みにして、スワンソンを犯行時刻にたまたま面会していた一介の訪問者と見なす。それによって自分には、証人を立てる必要もない完璧なアリバイが手にはいる、と」

「それにはほど遠いな」ほとんど聞きとれない声が、椅子に深々と腰かけたエラリーの口から発せられた。

「なんだって?」警視はエラリーを振り返りながら強い口調で言った。

「ああ、ごめん、父さん」エラリーが申しわけなさそうに言った。「先をつづけて」

警視は微笑んだ。「とにかく、スワンソンのことはしばらく忘れて、ジャニーの計画のなかで最も巧妙と思われる部分を説明しよう……。それは——アビー・ドールンを殺すときに、ジャニーが自分自身に変装したとしか考えられない点だ」

サンプソンが仰天し、ハーパーが腿《もも》を叩《たた》いて含み笑いをはじめた。警視はにやりとして言った。「どうやら、もうわかったようだな……。そう、ジャニーは抜け目のない男だ。わたしの考えが正しければ、ジャニーは警察がこう考えると踏んでいた。〝犯人はジャニーと同じような背恰好《せかっこう》で、ジャニーと同じような服装に、ジャニーと同じように足を引きずっていた。つまり、ジャニー本人と見なされることを望んでいるかのように仕向けたわけだ。そんなふうにみずから痕跡《こんせき》を残すまぬけがいるだろうか。断じていない！　ゆえに、アビー・ドールンを殺したのは、ジャニーになりすましただれかであって、ジャニー自身ではない〟。あの男はそう予想していたにちがいない。その予想は正しかった。現にわれわれはまさにそう考えたわけだからな！」

ヴェリーがうなるように言った。「きっと本人でしょうよ、警視！」

「鮮やかだね、父さん」エラリーがあたたかみのある声で言った。「実に鮮やかだ。つづきを頼むよ」

「そうとも、何もかも論理的に解ける。自分に変装したのち、あたかも偽者が実在するかのように見せかけるため、われわれへの目くらましとして服を残していく――用がなくなった服を、目についた手ごろな場所に捨てて逃げたふうを装ったんだ。

ジャニーは逃走の足跡をみごとに消している。まず、ドアに鍵《かぎ》をかけてスワンソンを確実に閉じこめておき、自分は部屋から出て、すべき仕事をすます。おそらく、目くらましのための服はあらかじめ電話室に仕込んでおいたのだろう。そしてそのまま自室へもどる。造作もないことだ。話のつじつまを合わせるために、スワンソンに実際に小切手を与えたわけだ。それについては証拠もある。写真は撮ったな、トマス」

「はい、たしかに」ヴェリーは低い声を響かせた。「支払ずみの小切手を――手形交換所で押さえました。きょうの午後遅くです。裏書は〝T・スワンソン〟。表と裏を写真に撮って、引きつづきくわしく調べさせています」

「つまり」警視は説明した。「スワンソンのファーストネームの頭文字、それに筆跡がわかったわけだ……。さて、諸君の意見は？」

「ジャニーによく似た人物が」サンプソンが注意深く言った。「控え室へはいっていき、明らかに殺人を犯したのち、そこから出てくるところを目撃されているという事実は、有力な証拠になる。そしてジャニーがそれを覆す方法はただひとつ……」

「言うまでもなく、スワンソンを差し出すしかない」ハーパーがもったいをつけて言った。「しかし、教えてもらえませんかね——今夜のおれは頭の働きが鈍いらしい——警視、あなたの言うようにしてジャニーがアビー・ドールンを殺したんだとしたら、なぜスワンソンの居場所を隠して自分を怪しく見せたりせず、何を置いてもスワンソンを警察へ突き出して、アリバイを立てないんです？」

「もっともな質問だというのは認めるよ」警視は言った。「たしかにおかしい。自分でもずっとそこが気になっていた——わたしの主張の唯一の弱点だ……。だが、いまは論拠の強弱より、まずスワンソンを探し出す必要がある。ジャニーを逮捕すれば、スワンソンは見つかると思う——つまり、ジャニーをおとりにするんだ……。ピート、そこであんたにひと役買ってもらいたい」

「え——おれですか」ハーパーが急に背筋を伸ばした。

「まさかもう書いてもいいってことですか、警視。言ってください——早く！——何をすればいいんです？」

警視はそっけなく答えた。「あんたに特ダネをやろう、ピート」

「要するに」記者は立ちあがりながら叫んだ。「警察がジャニーを逮捕して、それを単独で記事にする機会をもらえるってことですか」

「そうだ。すわってくれ、ピート、こっちが落ち着かない——いや、利他主義を示すつもりはないんだ。しかるべき目的があってのことでね。とにかく、この情報は一社にしか渡せない。ニューヨークじゅうの地方記事の編集者に計画を打ち明ける気にはなれないんだよ。それに、あんたはいわば仲間だし、この事件に関して市内でただ一社、公平な報道をしてきたからな……。

わたしの考えはこうだ。あんたのところは朝刊紙だ。その一面に記事を載せてもらう——派手に頼むぞ、ピート！　いち早く入手した情報によれば、明朝、ドールン夫人殺害容疑でジャニー医師が逮捕される見こみだと報じてくれ。いますぐ記事を送るんだ——そうすれば、今晩遅く出る早版に載る。どこにいるにせよ、スワンソンにその記事を読ませたい！」

「なんと！」サンプソンが大きな声をあげた。「そいつは妙案だな、Q！　餌に食いついてくると思うか」

警視は細い肩をすくめた。「そいつはわからないな。ほんとうにやつが郊外のどこかに住んでいるなら、ニューヨーク市内で仕事をしている可能性が高い。それなら、今夜のうちに記事に気づかなかったとしても、朝には目にするだろう。これが賭《か》けだというのはわかっている。だが、悪くない賭けだと思う。

そう、逮捕の前に、スワンソンを網に入れておきたいんだ。調べて、言い分を聞く。スワンソンが実在する人物であり、ジャニーともども潔白だと確認がとれたら、ハーパーの新聞はすみやかに記事を撤回する——情報源がまちがっていたと発表すればいい。わたしがついている以上、新聞社に面倒がかかることはない。文句はないはずだ——ともかく一度は特ダネを出せるんだからな。共犯であろうとなかろうと、スワンソンは記事が出れば出頭してくる。ジャニーが有罪になったら、さっそく自分のアリバイが必要になるということをわかっているからだ。むろん、スワンソンを尋問して問題がなければ、ジャニーを逮捕することはできない。アリバイが完璧《かんぺき》になるからな」

ハーパーが叫んだ。「失礼しますよ！」それから走って寝室へ消えた。自分の新聞社を呼び出す興奮した声が聞こえた。やがて帽子とコートを手に持ち、乱れた白髪を振り乱しながら、満面の笑みをたたえて寝室から出てきた。「何もかも止めて待っていろと、社に伝えました」ハーパーは言った。「電話ですませる話じゃないんでね。すぐに社へ向かいますよ、みなさん。警視、援護をお願いします。おれはあなたの終生の友ですから！」

そして風のごとく去った。

「口数が少ないな」警視は微笑んだ。鳥を思わせるいつものしぐさで、エラリーをじっと見つめる。

エラリーの唇が楽しげにゆがんだ。「まあね。ずっと考えていたんだ」

「何を？」

「父さんは、ほんとうはジャニーの犯行だと信じてないんじゃないかとね」

警視は笑い声をあげた。サンプソンがいぶかしげに視線を父から子へ移す。「わたしが何かを確信するなんてことは」警視はくすくす笑う。「ぜったいにない。だが、スワンソンを見つけたいのはたしかだ。やつをつかまえるためなら、どんな労もいとわんよ」

エラリーは椅子に頭を預けてくつろいだ。「スワンソンに目をつけたのは正しい。いまのところ、まさに歯車だからね。それも大きな歯車だ。この事件を通じて最も重要な歯車だと思う」

「しかしな、エラリー」サンプソンがしかめ面で言った。「わたしはきみが正当な理由もなく結論をくだしたりしないのを知っている。ジャニーはアビーを殺していないときみが信じる理由は？」

　エラリーは穏やかに眉《まゆ》をあげた。「仮にそれを話したら」笑いながら言う。「あなたにもいまのぼくの考えがわかるでしょうけどね……。とにかく、サンプソンさん、ジャニーは犯人じゃない。ぼくがまだ理由を話せないと言ったら、それを信じてもらうしかないんです」

「まあ」警視がため息混じりに言った。「これがエラリーの流儀なんだよ、ヘンリー。本人の準備が整うまで、こちらは何ひとつ聞き出せない」

「そういうことです」エラリーは神妙につぶやいた。

「あすになれば、わかってくるさ……。残念だが、いまのところ推理の材料が足りないんだ。あのモアハウスという若造――首をねじ切ってやりたいよ。書類を破棄するなんて、ばかな真似をしてくれたからな。そんなまぬけには見えないんだがね。ヘンリー、あの若造には注意する必要があるぞ。あいつをどうする気だ」

「きみの言うとおりにするさ」サンプソンが即答した。

「ただ、あの若者、評判は悪くないんだよ、Q。少し様子を見たほうがいいかもしれん……」

「あの男を踏みつけにしたら」エラリーが言った。「まちがいなく、ひとりの乙女の心臓を破る羽目になる。父さん、若きフィリップはしばらくほうっておこう。あの男については、ぼくに考えがある」

「わかった」警視は不満げに言った。「だが、そういうのはどうもじれったくてな……。たとえば、あの頭のおかしなフラーという女。ダニングとの密談の裏に何がある？　しじゅうアビーと喧嘩《けんか》をしていた原因はなんだろう。答の出ていない疑問があまりに多い……」

「さて、わたしはもう行かないと」地方検事が立ちあがって、伸びをしながら言った。「あすはとんでもなく忙しい一日になりそうだ」

警視はサンプソンの腕をとって引き留めた。「ちょっと待ってくれ、ヘンリー——おい、エラリー、きょうはいつになく口が堅いじゃないか。頼むから、この騒動についておまえの意見を聞かせてくれ」

「父さんたちの探してる、いわゆる〝悪党〟がどんな人物なのか、かなり正確に示すことができるよ」

「なんだと！」

警視は椅子から跳びあがった。ヴェリーは口を大きくあけ、サンプソンは幽霊でも見るようにエラリーを凝視した。

エラリーは微笑んだ。「それどころか、犯人についてほぼ何もかも説明できる——名前以外はね！」

「それにしても——しかし」サンプソンが口ごもった。

「犯人はだれなんだ」

エラリーの目が曇った。「正直なところ、それを話す準備がまだできていないんです。あまりに漠然としていて」

サンプソン、ヴェリー、警視の三人は茫然《ぼうぜん》と顔を見合わせた。「そうか——しかし」警視が声を震わせて訊《き》く。「どうやってその結論に達したんだね」

エラリーは肩をすくめて、新たな煙草を取り出した。「きわめて簡単だよ。純粋に観察と推理の結果さ……。そう、ぼくが持っている情報のほとんどは——あの一足の靴から集めたものなんだ！」

第二部　整理棚の消失

丸太の渋滞を見たことがあるだろうか。キョレン山脈の山腹上方に森林のあいだを流れる曲がりくねった川があり、そこで目にすることができる……。伐《き》り出されたばかりの木が、大量に川の瀬をくだっていく。流れの乱れるところで、一本の丸太が川底に引っかかる。丸太の束は揉《も》み合うものの、先へ進めない。そして滞り、掻《か》きまわされ、衝突する。たちまち丸太の山ができ、互いを押しつぶしながら、魔法のような速さで不恰好《ぶかっこう》な木の要塞《ようさい》を築きあげる。

やがて、伐り出し人が、渋滞の原因になっている丸太を探す――流れを堰《せ》き止めている木――言うなれば〝鍵《かぎ》の丸太〟だ。あった！　伐り出し人は発見する。たぐり寄せ、ひねり、押し出す――すると、引っかかりがとれ、丸太は直立したのち、矢のように流れ去る。魔術師マーリンの杖《つえ》がうち振られたかのごとく、木の壁は崩れて、猛烈な勢いで川をくだっていく……。

若き同志たちよ、こみ入った犯罪の捜査は、時として丸太の渋滞に似ている。われわれの丸太――すなわち、手がかり――は、解決へ向かって流れる。それが突然――渋滞する。御しがたい手がかりは、もつれ合い、積み重なりつづけて、われわれを困惑させる。

そして、伐り出し役の捜査官が〝鍵の丸太〟を見つける。すると、どうだ！　厄介だった手がかりの数々がほどけて列をなし、流れはよどみなく澄んだ早瀬となって、遠い製材所へと――解決へと――向かっていく。

――一九三〇年十一月二日、ストックホルム警察学校の入学者に向けた講演より

スウェーデンの犯罪学者　グスタフ・ヨーテボリ博士

19　行方　DESTINATION

水曜日の朝、クイーン警視はいつになく早い時間に警察本部の自分の机に着席していた。目の前にひろげた朝刊は――ゴシック体の派手な大見出しに、著名な外科医フランシス・ジャニーが〝殺人容疑〟で近く逮捕、とあり――慎重な言いまわしによって、アビゲイル・ドールンを絞殺したかどでジャニーが勾留《こうりゅう》される見こみだと伝えていた。

警視はあまり機嫌がよさそうではなかった。輝く小さな目に不安の色をちらつかせ、ピート・ハーパーの書いた記事を何度も読み返しながら、口ひげの端を細かく嚙《か》んでいる。隣室では電話がひっきりなしに鳴っていたが、警視の机上の電話は慎み深く沈黙を守っていた。部外の人間に対しては、警視は表向き〝外出中〟ということにしてあったからだ。

報道陣は、警察本部の大きな建物に夜通し張りついていた。なあ、刑事さん、ジャニーがばあさん殺しでつかまるってのはほんとうなのか？　だが、答を知る者はいないようで、少なくとも、だれもその話をしたがらなかった。

警察委員長と市長は、火曜日の夜遅くに警視から計画を打ち明けられていて、やはり記者たちへの返答を拒んだ。公式の声明がないため、他紙はハーパーの記事を取りあげた。ハーパーの新聞社では、上層部の関係者たちが、騒動の種であるこの記事の情報源は明かせないの一点張りで通した。

午前九時、ジャニー医師から緊急の電話がかかってきたとの報がクイーン警視に伝えられた。ジャニーは交換手にクイーン警視を出してくれと頼んだが、つながったのは内勤の警部補で、警視は会議中だから取り次げないと淡々と告げられた。ジャニーは激しく悪態をつき、朝から記者たちに追いまわされて困っているとわめき立てた。「ひとつ教えてくれ」ジャニーは電話口で怒鳴った。「新聞が報じていることはほんとうなのかね」

警部補の口ぶりから判断して、大いに同情しているのは明らかだったが、実のところ、この男は何も事情を知らなかった。それなら自分は病院の自室に引きこもって、だれにも会わないようにするまでだとジャニーは明言したが、その声は怒りのあまり、かすれて聞きとりづらかった。受話器を架台に叩《たた》きつける音が、警部補の耳に鋭く響いた。

このやりとりを伝え聞くと、警視は冷ややかな笑みを浮かべ、オランダ記念病院に記者を入れないよう、ヴェリー部長刑事を通じて指示を出した。

警視はサンプソン地方検事に電話をかけた。「スワンソンから連絡は？」

「うんともすんとも言ってこないな。だが、まだ早い。電話が来たら、すぐに知らせるよ。いずれにしろ、スワンソンの居所を突き止めて確実に出頭させたいんだろう」

「そのつもりで進めている」警視はいったんことばを切り、辛辣《しんらつ》な口調になった。「ヘンリー、あの小生意気なモアハウスについて、わたしの忠告を検討したかね」

サンプソンは咳払《せきばら》いをした。「実は、そのことなんだが、Q、知ってのとおり、わたしは一貫してきみを支持する。しかし残念ながら、このモアハウスの一件だけは見送らざるをえない」

「言うことがちがうじゃないか、ヘンリー」警視は受話器に怒鳴った。

「きみの味方であることに変わりはないんだ、Q」サンプソンは言う。「だが、当初の熱が鎮まって、全体の状況をよく考えてみると……」

「それで？」

「いいか、Q、モアハウスのしたことは合法的な権利の範囲をまったく逸脱していない。アビゲイル・ドールンの遺言のその条項は、遺産ではなく個人信託に関する内容だった。個人信託なら、モアハウスは遺言書の検認を待たずして文書を破棄してかまわない。まったくの別物なんだ。そもそも、その文書を保存すべきだった根拠を、きみは示すことができないだろう?」

警視はうんざりした声で言った。「その文書が証拠になりえた根拠を示せという意味なら——できない」

「悪いな、Q。力になれなくて」

警視は受話器をもどしたあと、ハーパーの新聞をていねいに机に置き、ベルを鳴らしてヴェリー部長刑事を呼んだ。

「トマス、電話室で見つかったキャンバス地の靴をとってきてくれ!」

ヴェリーは大きな頭を掻き、やがて靴を持ってきた。

警視は机のガラス天板の上にふたつの靴を置き、しげしげと見た。しかめ面をヴェリーへ向ける。「この忌々しい靴《くつ》から何かわかるかね、トマス」

大男は花崗岩《かこうがん》さながらの顎《あご》をなでた。「わたしにわかったのは」ようやく言う。「靴紐《ひも》が切れたため、この靴を履いていた何者かが医療用テープを貼って、切れた紐の端をつなぎ合わせたことくらいです」

「たしかに。だが、その意味するところが、わたしにはさっぱりわからない」警視は浮かない顔だった。「エラリーはでたらめを言ったんじゃない。この靴には、重要な意味を伝える何かがあるはずなんだよ、トマス。ここへ置いてみよう。考えがひらめくかもしれない」

どう見ても問題のなさそうな白いキャンバス地のオックスフォードの短靴をにらんで黙想する警視を残し、ヴェリーはのっそりと部屋から出ていった。

エラリーがベッドから這《は》い出して洗顔を終えたとき、ドアのベルが鳴り、ジューナが長身で颯爽《さっそう》としたジョン・ミンチェンを連れて現れた。

「やあ！　きみは一度でも朝日を見たことがあるのか」

エラリーはガウンの前を掻《か》き合わせて細身の体にぴったりと巻きつけた。「まだ九時十五分だ。ゆうべは考え事をしていて、夜遅くまで起きていたんだよ」

ミンチェンは椅子に腰をおろし、きびしい顔で言った。「病院に出勤する途中で、思いついて立ち寄ったんだ。けさのジャニー先生についてのあの新聞記事がほんとうかどうか、会ってたしかめたくてね」

「あの新聞記事って？」エラリーは卵をつつきながら、気のないていで訊《き》いた。「きみもどうだい、ジョン」

「朝食はすませた――ありがとう」ミンチェンがじっと視線を注ぎながら言った。「すると、知らないのか。けさの新聞によると、ジャニー先生がドールン夫人殺害のかどできょう逮捕されるらしい」

「まさか！」エラリーはトーストにかじりついた。「現代のジャーナリズムというのは、まったくたいしたものだね」

ミンチェンは悲しげにかぶりを振った。「きょうはまだ情報を仕入れていないというわけか。それにしても、なんともばかばかしい話じゃないか、エラリー。ジャニー先生はきっと怒り心頭だぞ。恩人殺しだなんて！」背筋を伸ばす。「しかもだよ！ぼくまで汚名をこうむることになるじゃないか」

「どういう意味だい」

「それは」ミンチェンはまじめな顔で言った。「ジャニー先生と共同で本を——『先天性アレルギー』を——書いているせいで、当然マスコミはぼくに目をつけ、しつこく付きまとうからね」

「ああ、そうか」エラリーはコーヒーを飲んだ。「それなら心配ないよ、ジョン。ジャニー先生のことはしばらく忘れるといい——あの人はきっとだいじょうぶだ……。きみたちはいつからその大著に取り組んでいるんだ」

「まだそう長くない。知ってのとおり、実際に文章を書くのには、たいして時間はからない。症例を集めるのが大変なんだよ。ジャニー先生が何年もかけて集めてきた。それがまた、かなり貴重な資料でね。もしジャニー先生に何かあったら、ぼくがそれを受け継ぐことになる——まあ、素人にはなんの意味もないものだけど」

エラリーはそっと唇をぬぐった。「たしかにね。ところで、よけいな穿鑿《せんさく》をする気はないけれど、ジョン、この件の資金についてジャニーとはどういう取り決めをしたんだい？　対等なパートナーなのか」

　ミンチェンは顔を赤らめた。「ジャニー先生は対等なパートナーだと言い張るが、恥ずかしながら、ぼくのほうがずっと出資が少ないんだ……。ジャニー先生にはずっと世話になっているんだよ、エラリー」

「それを聞いてぼくもうれしいよ」エラリーは立ちあがり、寝室へ向かった。「着替えをするから五分だけ待ってくれ、ジョン。ぼくもいっしょに行く。ちょっと失礼するよ」

　エラリーは隣の部屋へ消えた。ミンチェンは立ちあがって、居間をぶらつきはじめた。物珍しそうに暖炉の前で足を止め、炉棚の上に交差した形で飾られた二本の剣に見入る。背後でかすかに衣擦《きぬず》れの音がした。振り返るとジューナがいて、心得顔でにっこり笑っていた。

「やあ。この剣はどういう品なのかな」

「クイーン父さんがあるかたから譲り受けたものです」ジューナが厚みのない胸を誇らしげに突き出す。「そのかたはヨーロッパの……」

「おい、ジョン！」エラリーが寝室から叫んだ。「ダニング医師とはいつからの知り合いなんだ」

「この病院につとめはじめてからだ。それが何か？」

「単なる好奇心さ……。われらがゴール人の女丈夫《アマゾネス》、ペンニーニ医師については、おもしろい話はないのか」

「あまりないな。あの人は付き合いがいいほうじゃないから。われわれとかかわるのを極力避けてる。たしか、どこかに夫がいると思ったが」

「へえ。どんな職業の人だろう」

「さあ。会ったこともないし、本人とそんな話をしたこともないから」

ミンチェンの耳に、エラリーが寝室であわただしく動きまわる音が聞こえた。ミンチェンは落ち着かない様子で、ふたたび椅子に腰をおろした。

「クナイゼルとは親しかったのか」エラリーの声が響いた。

「いや、ぜんぜん。あの人は正真正銘の仕事の鬼だ。あの研究室で人生を送ってる」

「クナイゼルとアビー・ドールンの仲は？」

「ジャニーを介して数回会った程度だろうね。でも、クナイゼルがアビーのことをよく知らなかったのはたしかだ」

「イーディス・ダニングはどうかな。あの大食巨人《ガルガンチュア》とは親しいのか」

「それはヘンドリック・ドールンのことかい？　妙なことを訊くんだな、エラリー」

ミンチェンは笑い声をあげた。「目を閉じれば、あの冷静な現代っ子が、友たるヘンドリックの腕に抱かれる姿が目に浮か――いや、浮かばないね！」

「ぜったいに無理か」

「あのふたりのあいだにその手の交わり《リエゾン》を期待するなんて、そんなことを思いつく人間のほうがどうかしてる」

「だって、ドイツの警句《ボン・モ》にあるだろう」すっかり身支度を整えたエラリーが含み笑いをしながら戸口に姿を現した。「〝胃袋はすべての芸術の師なり〟って……。あとは帽子とコートとステッキがあれば出かけられる」

ふたりは肩の凝らない思い出話をしながら、ブロードウェイ北部を歩いた。エラリーはもうドールン事件について話そうとはしなかった。

「しまった！」エラリーは急に立ち止まった。「ウィーンの犯罪の手口に関する小さな本を受けとりに、本屋へ行くつもりだったんだ。けさ取りに寄ると言ってあったのに、すっかり忘れていた。いま何時かな」

ミンチェンは腕時計を見た。「十時ちょうどだ」

「きみは病院へ直行する？」

「ああ。ぼくひとりなら、ここからタクシーに乗る」

「よし、ジョン。三十分ほどあとに病院で会おう。いずれにしても、そっちも病院まで十分か十五分かかるだろう。またあとで《ア・リヴェデルチ》」

ふたりは別れた。エラリーが足早に横道を進み、ミンチェンがタクシーを止める。ミンチェンが乗りこむと、車は角を曲がって、東へ向かった。

20　投降　CAPITULATION

「やつが現れた！」

水曜日の朝、午前九時三十分を少し過ぎたころ、迅速で知られる警察本部の口伝てによる情報網が、かつてないほど真価を発揮した。そのとき、黒っぽい服に身を包んだ細身で骨格の小さい男が、センター街をくだり、警察本部を過ぎて、目的地の正確な位置を知らないのか、視界にはいるすべての建物の番地をたしかめながら、やや不安げに歩いていた。男は百三十七番地まで来ると、地方検事の公邸がある十階建ての庁舎にこっそりと目を走らせ、黒いオーバーコートの襟を正したのち、黄色い煉瓦《れんが》の建物のなかへはいっていった。

謎のお尋ね者、スワンソンである！

その知らせは、またたく間にセンター街の隅々まで伝わった。地方検察局のひとりの職員のささやきが、橋を渡り、古く薄汚れた褐色砂岩の刑事裁判所の建物に届き、さらに速度をあげて〝ため息の橋（刑事裁判所と拘置所をつなぐ渡り廊下）〟を通って、洞窟《どうくつ》のごとき市拘置所に達した。スワンソンがふたりの刑事にはさまれて百三十七番地の庁舎の六階でエレベーターをおり、サンプソン地方検事の執務室に姿を消してから五分も経たないうちに、その一報は、拘置所の看守から、警察本部の刑事、四ブロック半径内で勤務中の交通巡査のほか、その付近にいた保釈保証人や付きまとう記者まで、すべての人の耳に届いていた。

十分後の九時四十五分、スワンソンは熱心な顔が連なる輪の中心にいた。取り囲むのは、地方検事とその補佐官のティモシー・クローニン、それに数人の助手たちと、超人めいた速さで駆けつけたにこやかな顔のクイーン警視、例によって寡黙で無愛想なヴェリー部長刑事、やや輪から離れたところで固唾《かたず》を呑《の》んで見守る警察委員長といった面々だ。

現れた男は、その席につくまでに一度口をきいたきりだった。細い体に似合わぬやや太いバリトンで、〝トマス・スワンソンです〟と言っていた。それを受けて、地方検事は慇懃《いんぎん》に頭を傾け、中央の椅子を示した。

スワンソンは居並ぶ尋問者たちを見渡しながら、落ち着き払ってすわっていた。目はくすんだ青色で、まつ毛は黒っぽいものの、明らかにブロンド系統の風貌《ふうぼう》だった。砂色の髪は薄くなりかけ、ひげをていねいに剃《そ》ってあって、これといって特徴のない顔だ。

一同が着席し、ドアのガラス越しにひとりの刑事の影が少し揺れたのちに動かなくなると、地方検事が言った。「スワンソンくん、なぜけさここへ来たんだね」

スワンソンは意外そうな顔をした。「あなたがたがぼくに会いたがっていると思ったもので」

「では、新聞を読んだんだな」サンプソンがすかさず言った。

スワンソンは微笑んだ。「ええ、そうです……。まあ、すぐに何もかもはっきりさせましょう。でもまず――聞いてください、みなさん。あれだけ新聞で騒がれていながら、ぼくがなかなか出頭しなかったので、みなさんに怪しまれているのは自分でもわかっています」

「みずから申告してもらえてよかった」サンプソンが冷ややかに男を見た。「スワンソンくん、きみには説明すべきことが山ほどある。きみのために市は莫大《ばくだい》な金を費やした。どう言いわけするつもりかね」

「言いわけというのはちょっとちがいます。ぼくはずっと悩まされてきたし、いまだって困っている。こんどのことはすべて、ぼくにとっては悲劇と言うべきものです。きょうまで出頭しなかったのには、れっきとしたわけがあるんですよ。それに、ドールン夫人殺しにジャニー医師が深くかかわっていたなんて、ぼくは信じていませんでしたからね。これまでどの新聞にも、そんなことはひとことも出てなかったのに……」

「それでは説明になっていない」サンプソンは辛抱強く言った。「きみが隠れていた理由を訊《き》いているんだ」

「ええ、わかっています」スワンソンが考えこんで絨毯《じゅうたん》に目を落とす。「ぼくにとってはほんとうにつらいことなんです」さらにつづける。「ジャニー医師はぜったいに無実だとぼくにはわかっているのに、その人が逮捕されそうになっているから、こうして来ただけの話で、そうじゃなければ出てきたりしませんよ。明らかに無実の人間があなたがたにそんなふうに扱われるのをだまって見過ごすことはできない」

「月曜日の朝、十時三十分から四十五分まで、ジャニー医師の部屋にいたのかね」クイーン警視が尋ねた。

「はい。あの人の話は細部に至るまですべてまぎれもない真実です。ぼくは少し金を借りにいった。その時間はずっとあの人の部屋にいて――どちらも一瞬たりとも部屋から出ませんでした」

「なるほど」サンプソンが注意深く視線を注いだ。「えらく単純な話じゃないか、スワンソンくん。しかし、そのたわいもない確認作業のために、われわれがニューヨーク市じゅうきみを探しまわるのはだまって見過ごせたわけだ」

「ジャニーはきみを何から守ろうとしているんだ?」いきなり警視が言った。

スワンソンは観念したと言わんばかりに両手をあげた。「いずれわかることですね。

では、みなさん、早いところ打ち明けましょう……。ぼくはトマス・スワンソンではありません。トマス・ジャニー――ジャニー医師の息子です！」

こみ入った話だった。トマス・ジャニーはフランシス・ジャニー医師の継子《ままこ》である。ジャニー医師は子供がないまま妻と死別し、その後再婚した。二度目の妻がトマスの母親であり、ジャニー医師が法律上の父親になったのは、トマスが二歳のときだった。母親は八年後に他界した。

トマス・ジャニーが語ったところによれば、徹底した教育を施されたが、その目的は自明だった。第二のジャニー――すなわち外科医――になることを定められていたのだ。トマスはジョンズ・ホプキンス大学へ送られた。

ニューヨーク市警察が総力をあげ、二日にわたっていたずらに行方を追ったその男は、名高い継父の期待を自分が無責任にも手ひどく裏切ったことを、低い声で恥じ入りながら語った。

「何もかもわかってやっていたんです」口ごもる。「学校では優秀な成績をあげ――クラスの首席に近い位置にいましたが――底なしに酒を飲み、父からたっぷりもらう小遣いを博打《ばくち》ですっていました」

ジャニーは若気の過ちには寛大だったという。揺るぎない手で放蕩《ほうとう》息子を導いて、予科につづいて医学部の課程を修了させ、卒業後ただちにオランダ記念病院の研修医にした。

「だから見覚えのある顔だとアイザック・カッブが言ったのか!」警視がひとりごとを漏らした。話を聞きながら、とまどって顔をしかめる。

研修医としての長い期間を、素行も良好につとめたのち、トマス・ジャニーは継父の庇護《ひご》のもと、オランダ記念病院の正規の外科医陣に加わった。それから少しのあいだは順調だった。

青年はそこでことばを切って唇をなめ――地方検事の頭上をぼんやり見つめながらつづけた。「その後、あの出来事が起こったんです」張りつめた声で言う。「あれは五年前――ちょうどいまごろの時期でした。ぼくは道を踏みはずしました。また飲みはじめたんです。そしてある朝、まだ酒が抜けていない状態で手術に臨んだ。肝心なところで手が震えて、メスを深く切りこみすぎてしまって……患者は手術台の上で亡くなりました」

だれもことばを発しなかった。元外科医は、仕事と計画と若き日の夢が耳もとで音を立てて崩れ去った破滅の瞬間を、ふたたび嚙《か》みしめているようだった。恐ろしかった、と青年は言った――心も体もまいってしまった、と。この悲劇の目撃者は三人いたものの、厳格な職業上の倫理規定があったため、その時点で話が病院の外へ漏れ出ることはなかった。そのあと、父であるジャニー医師がドールン夫人に悲劇を――継子の不始末を――報告した。ドールン夫人は容赦なく言った。その若い医師には出ていってもらうしかありません……。

トマスは退職を強いられた。継父の尽力の甲斐《かい》なく、噂は静かに広まって、気づけば病院という病院の扉が閉ざされていた。ファンファーレも鳴らず、世間に知られることもなく、トマスは医師免許を失った。医師トマス・ジャニーがただのトマス・ジャニーになり、さらに自分の身を守るためにトマス・スワンソンと名を変えた――スワンソンは母の旧姓である。

それからニューヨーク市を出て、ニューヨーク州のポートチェスターへ居を移した。継父の信望と顔の広さのおかげで、トマスは素性を隠して保険外交員の仕事をはじめることができた。酒はやめた。本人いわく、恐ろしい経験をして、自分の愚かさににわかに気づいたのだという。だが、あとの祭りだった。どう償おうが贖《あがな》おうが、もはや医師にはもどれなかった……。

「でも、ぼくはだれも恨みませんでした」地方検事の執務室を包む静寂のなかで、青年は苦々しげに言った。「ドールン夫人は自分の信念に従って行動したまでのこと、父だって同じです。医師の仕事は父にとってかけがえのないものです。ドールン夫人に対する個人的な影響力をもってすれば、ぼくを救うことができたかもしれません。

でも、父には厳格な信条があり、ぼくがひとかどの人間になるには苦い教訓が必要だと考えたのでしょう」

ジャニー医師は自分の計画と希望が崩れ去るのを見て大いに傷ついたはずだが、不届きな継子をけっして責めなかった。若者が新たな仕事と新たな生活を築けるよう、表立たずに援助をした。そして、酒を断って堅実に暮らすなら、これからも親子の関係は変わらないとはっきり約束した。それはつまり、トマスがジャニーの跡取りであることに変わりはなく、いままでも、またこれからもほかに後継者はいないということだった。

「父は寛容でした」元外科医はつぶやいた。「それもとびきり。もしぼくが実子でも、これ以上の公平な扱いは望めないでしょう……」

青年はことばを切り、長く力強い——外科医らしい——指で、いらいらと帽子の鍔《つば》をもてあそんだ。

サンプソンが咳払《せきばら》いをした。「なるほど、おかげで事件の別の様相が見えてきたよ、ミスター——スワンソン、でいいのかな。ジャニー医師がきみの素性をどうしても明かそうとしなかった理由もよくわかった。古い醜聞が知られたら……」

「ええ」悲しげに言う。「まじめに暮らしてきたこの五年が無に帰すでしょう——いまの仕事も台なしだし、信頼を手ひどく裏切った不埒《ふらち》な医師だと世間のさらしものにされて、ほかの点でも信用されなくなる……」この激動の数日間、事件のせいで病院内に立った悪評にふたりでひどく気を揉《も》んでいたと、青年はつづけて言った。ジャニー医師がスワンソンの正体の手がかりを警察に与えれば、昔の話が明るみに出るのは避けられない。父子は何よりもそれを恐れた。

「でも」スワンソンは言った。「父の窮地を知りながら、自分の都合で迷惑をかけるわけにはいかない……。これで父の疑いが晴れるといいんですが。すべては誤解から生じた恐ろしい悲劇だったんです。

ご存じのとおり、月曜日の朝、ぼくが父を訪ねた目的はただひとつ、少しばかり——二十五ドルほど——金を用立ててもらうためです。仕事が少々うまくいっていなくて、二、三日しのぐ金が必要だった。父は——いつものように寛大で——五十ドルの小切手をくれました。ぼくは病院を出てすぐ、それを現金に換えた」

スワンソンは周囲を見まわした。その目には無言の訴えがあった。警視は陰気な顔で、褐色の古びた嗅《か》ぎ煙草入れの表面をさわっている。警察委員長はすでに人目につかないよう席を立ち、部屋から抜け出していた。期待をかけていた爆弾が不発だとわかり、そこにいる理由がなくなったのだ。

話をつづけるにつれ、スワンソンの声から徐々に自信が失われていった。みなさん、納得していただけましたか。スワンソンはおそるおそる訊《き》いた。そして、もしご理解いただけたなら、マスコミに真の素性を伏せてもらえると助かると言った。当局の指示にはすべて従う。証言が必要なら、喜んで証言台に立つ。ただし、人目にさらされる機会は少なければ少ないほどいい。記者が昔の話を掘り返し、忘れ去られた古い不祥事を悪臭芬々《ふんぷん》たる事実として記事にする恐れが付きまとうから、と。

「その点は心配要らないよ、スワンソンくん」地方検事が気づかうように言った。「むろん、いまのきみの話でお父さんへの嫌疑は晴れた。そこまで完璧《かんぺき》なアリバイがあるのに、逮捕することはできない。だから公聴会には及ばないはずだ――そうだね、Q」

「まあ、いまのところは」警視は嗅ぎ煙草を一服した。「スワンソンくん、月曜日の朝以降、ジャニー医師に会ったかね」

スワンソンはためらって眉間《みけん》に皺《しわ》を寄せたが、きっぱりとした面持ちで顔をあげた。

「いまさら隠し立てをしても意味はありません。月曜日の朝以降、たしかに父と会いました。月曜の夜、父がこっそりポートチェスターへ来たんです。これは言うまいと思っていましたが……警察がぼくを探しているのを心配したんですよ。町を離れて、西部かどこかへ行けと勧められました。でも、ぼくの素性を明かさない父に警察がひどく腹を立てていると聞き――もちろんぼくには、父に何もかも押しつけて、自分だけ逃げるなんてことはできませんでした。だって、殺人事件に関して言えば、ぼくにも父にも隠すべきことは何もない。それなのに逃げたりしたら、罪を認めたと見なされる。だからぼくがことわると、父は帰っていきました。そしてけさ——早くからこうしてニューヨーク市まで出てくる羽目になった。新聞記事に正面から見据えられては……」

「きみが証言のために出頭したことを、ジャニー医師は知っているのか」警視は尋ねた。

「いいえ、まさか！」

「スワンソンくん」警視は元外科医を見据えた。「きみは今回の事件について何か説明できるかね」

スワンソンはかぶりを振った。「ぼくにはさっぱりわかりません。ドールン夫人のこともよく知らなかったくらいですから。父がいろいろとあの人の支援を受けていたころ、ぼくはまだほんの子供で、その後も家を出て寮制の学校に行ったので。でも、父が犯人じゃないのはたしかです。ぼくは——」

「わかった、わかった」警視はサンプソンの机にある電話機のひとつを取りあげた。「では、規定に従って、念のため、きみの証言について確認をとらせてもらうよ。ちょっとそのまま待っていてくれ」オランダ記念病院の番号を告げる。「もしもし！　ジャニー医師を頼む」

「こちらは交換台です。お名前をどうぞ」

「クイーン警視だ——警察本部の。急いでくれ」

「はい！　少々お待ちください」警視の耳に回線を切り替える雑然とした音が聞こえ、やがて男の低い声が親しげに言った。「やあ、父さん」

「エラリー！　どうして——おまえが——いまどこにいる？」

「ジャニー先生の部屋だ」

「なぜそんなところに？」

「ついさっき着いたばかりなんだ。正確に言えば、三分前に。ジョニー・ミンチェンに会いにきたんだよ。父さん、いま——」

「待て待て！」警視がうなるように言った。「先に話をさせてくれ。ニュースがある。けさスワンソンが出頭してきた。いま話を聞き終えたところだ。実に興味深いぞ、エラリー——詳細はあとで会ったときに、証言の記録を添えて話すとして——スワンソンはジャニーの息子だったんだ……」

「なんだって！」

「いま言ったとおりさ。ジャニー医師はどこだ？　おまえは一日じゅうそこに突っ立っているつもりなのか——ちょっとジャニーと話をさせてくれ、息子よ！」

エラリーから返ってきたのは深い沈黙だった。「おい！」警視は大声をあげた。

エラリーがゆっくりと言った。「ジャニーと話をするのはちょっと無理だよ、父さん」

「なぜだ。ジャニーはどこにいる？　そこにいないのか」

「さっき説明しようとしたのに、父さんが止めるから……。ジャニーはここにいるよ、すぐ目の前に」エラリーが重々しい声で言う。「それなのに、父さんと話せないのは――つまり、死んだからだ」

「死んだ？」

「どこか四次元の世界へ行ったと言ってもいい……」ことばは軽薄だが、口調は深く沈んでいた。「いまが十時三十五分――ええと――ぼくがここに着いたのが十時三十分……。ジャニーは三十分前に殺されたんだ、父さん！」

21　二重　DUPLICATION

アビゲイル・ドールン夫人、フランシス・ジャニー医師……。

いまや殺人事件がひとつではなく、ふたつになった。

クイーン警視は、地方検察局の前から乗った大型のパトカーでオランダ記念病院へとアップタウンを急ぐあいだ、思索の黒い沼に沈んでいた……。ジャニーが殺された！　信じがたい話だ……。とはいえ、この第二の殺人のほうが簡単に解決できるかもしれない——それどころか、第一の事件の解明につながる可能性もある……。むろん、二件の殺しのあいだにはなんの関係もないのかもしれない……。だが、いずれにしても、巡査や刑事がおおぜいいる建物で、痕跡《こんせき》も手がかりも目撃者も何ひとつ残さず、殺人を犯すことができるものだろうか……。車内には、警視を左右からはさむ形で、サンプソン地方検事とすっかり度を失ったスワンソンがすわっていた。

新たな展開をあわただしく告げられた警察委員長は、公用車ですぐあとにつづいていた。もどかしさから爪を嚙《か》み——怒りと不安でひどく苛立《いらだ》っている……。

疾走していた二台の車がブレーキをきしませながら止まった。車から吐き出されると、四人は病院の玄関へつづく石段をすばやく駆けあがった。警察委員長が息を切らして警視に言った。「クイーン、これが解決しないと、きみもわたしも首が飛ぶ。いますぐ。きょうにもだ。まったく……大変なことになった！」

制服警官のひとりが大きなドアをあけた。

アビゲイル・ドールン殺害事件のあとで病院が混乱のなかにあったとしたら、いま、ジャニー医師殺害事件のあとは壊滅の域に達していた。いっさいの医療活動が停止したように見えた。白衣の看護師の姿も医師の姿もない。守衛のアイザック・カッブすら持ち場から消えている。代わりに私服刑事と制服警官が廊下にあふれ、とりわけ入口付近に群がっていた。

エレベーターのドアは大きくあけ放たれたままで、係の者もいない。待合室は閉めきられている。事務室のドアもすべて閉ざされ、そのなかに茫然《ぼうぜん》とする事務員たちが警察の指示によって隔離されていた。

〝フランシス・ジャニー医学博士〟の表示がある閉ざされたドアの前で、刑事の一団がざわついていた。

警視、警察委員長、ヴェリー部長刑事、サンプソンが進んでくると、人だかりは溶けるように消えた。クイーン警視が静まり返ったその部屋に足を踏み入れた。スワンソンが蒼白《そうはく》な顔を引きつらせながら、ぐずぐずとした足どりでつづく。それからヴェリーが入室して、そっとドアを閉めた。

殺風景な室内で全員の目がただちに探し求めたものがただひとつあり、それはすぐに見つかった——散らかった机の上に死者独特の無造作な姿勢で身を投げ出したジャニー医師の姿……。死に見舞われたとき、回転椅子に腰かけていたらしい。上体を机の上にだらりと横たえ、曲げた左腕に灰色の頭を載せて、右腕はガラスの天板の上にまっすぐ伸ばした状態でまだペンをつかんでいる。

部屋の左手にあるニスを塗った簡素な椅子に、エラリー、ピート・ハーパー、ミンチェン医師、事務長のジェイムズ・パラダイスがすわっていた。四人のうち、エラリーとハーパーだけが死体のほうを向き、ミンチェンとパラダイスは戸口のほうへ顔を半ばそむけて、見るからに震えている。

検死官補のサミュエル・プラウティ医師が机の近くに立っていた。愛用の黒い鞄《かばん》が口の閉まった状態で床に置かれている。プラウティはオーバーコートに袖《そで》を通しながら、悲しげな曲を口笛で吹いていた。

だれひとり、挨拶《あいさつ》も説明のことばも発しなかった。思いがけない不可解な災難に直面し、みずからの驚愕《きょうがく》や恐れを表す適切なことばが見つからないといったふうだ。スワンソンは力なくドアにもたれかかり、部屋の隅の冷たくなった彫像のほうへ一度す

《ジャニー医師の部屋》

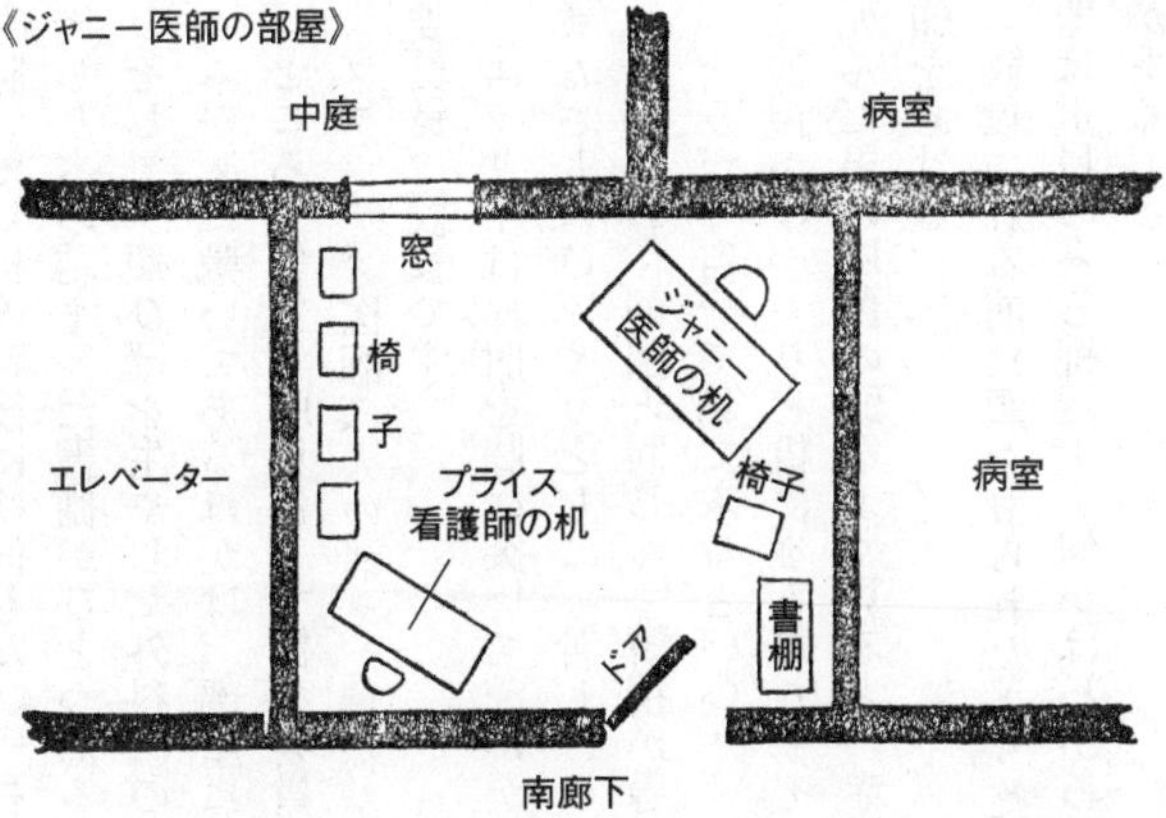

ばやく目を向けたものの、それきり頑《かたく》なに顔をそむけたままだった。警視と警察委員長とサンプソンは肩を並べて立ち、死の部屋を見まわした。

真四角の部屋だった。ドアは、はいってきたときに通ったものがひとつだけで、窓もひとつしかない。ドアは南廊下に面し、正面玄関の斜め向かいに位置している。部屋の左奥に仕切られた大型の窓からは広々とした中庭を見渡せる。ドアの左手に速記者用の小ぶりの机があって、上にタイプライターが載っていた。左の壁に椅子が四脚並んでいて、エラリーとほかに三人が腰かけている。ジャニーの机は秘書のものより大きく、部屋の右隅に、廊下のほうへ向けて斜めに置かれ、手前の左隅を向く形になっていた。ジャニーの遺体がある回転椅子を除いて、机の背後には何もない。右の壁に沿って革張りの大きな椅子が一脚と、ぎっしり本の詰まった書棚がひとつある。

そして、頬ひげを生やした外科医の鋼版画四枚が壁にかかり、大理石模様のリノリウムが床に敷いてあるほかは、部屋には何もなかった……。

「ところで先生、所見は？」警察委員長が硬い声で尋ねた。

プラウティ医師は火の消えた葉巻をもてあそびつつ言った。「この前と同じですよ、委員長。絞殺です」

エラリーは片肘《かたひじ》を膝《ひざ》に突いて前かがみになり、探るような手つきで顎《あご》をさすった。まなざしはぼんやりとして、苦しげにさえ見える。

「針金かね、前回と同じく」警視が尋ねた。

「そうだ。自分で見てみるといい」

警視がゆっくりと机に歩み寄り、そのあとにサンプソンと警察委員長がつづいた。死んだ男の灰色の頭をよく見ると、赤黒い血の塊があった。警視と委員長がとっさに顔をあげる。

「絞殺される前に頭を殴られたようだ」プラウティ医師が訊《き》かれる前に答えた。「凶器は重量のある鈍器――何かはわからない。後頭部の、小脳のすぐ上あたりに打撲傷がある」

「首を絞めるときに声をあげないよう、眠らせたわけか」警視は静かに言った。「殴られたのは後頭部だな、先生。そのとき被害者はどんな姿勢ですわっていたんだろう。居眠りか何かをしていた可能性はないのか。それなら、犯人は机の前に立って後頭部を殴りつけることができる。上体を起こした姿勢なら、犯人は背後に立っていたはずだ」

エラリーは目を光らせたが、何も言わなかった。

「そのとおりだよ、警視」プラウティが火の消えた葉巻をくわえたまま、滑稽《こっけい》に唇をゆがめた。「殴ったのがだれであれ、そいつは机の後ろに立っていた。実は、われわれが到着したとき、被害者はこんなふうにうつ伏せになっていなかった。椅子の背にもたれていたんだ――ほら、こういう具合に……」プラウティは後ろへさがり、机の角と壁のせまい隙間を通って、奥へまわりこんだ。慎重だがあくまで淡々とした手つきで、死んだ男の肩をつかんで上体を引き起こすと、遺体は頭を胸に垂らして回転椅子に姿勢よく腰かける形になった。

「こんな感じだったかな」プラウティは尋ねた。「どうだい、エラリー」

エラリーははっとして、とっさに微笑んだ。「ええ！　そうです。そのとおり」

「ほら。これだと針金が見えるだろう」プラウティは注意深く死者の頭を持ちあげた。首のまわりに細い血の筋がある。針金は深く肉に食いこんで、ほとんど見えないくらいだった。針金の両端が首の後ろでねじり合わされているのも、アビゲイル・ドールンのときとまったく同じだ。

　警視が背筋を伸ばした。「すると、いきさつはこうだ。ジャニーがここに腰かけていたら、何者かが部屋へやってきて、背後へまわり、頭を殴ったのち、絞殺した。そうだな？」

「そのとおり」プラウティは肩をすくめて、鞄を拾いあげた。「ひとつ誓って言えるのは、頭をこういう具合に強打するには、机の後ろからじゃないと無理だということだ……。さて、わたしは引きあげるよ。警視、すでに写真班が到着して、指紋係の連中も来てる。そこらじゅう、特に机のガラス天板にはたっぷり指紋がついているらしいが、そのほとんどはジャニーと、あの速記者だか助手だかのものだろう」

　検死官補は頭に帽子をかぶせ、嚙みつぶした葉巻をあらためて歯のあいだにくわえなおして、重い足どりで出ていった。

　全員がふたたび死者に視線を注いだ。「ミンチェン先生、頭の傷が死因だった可能性はないかな」

　ミンチェンは息を呑《の》んだ。まぶたが赤くなり、目が充血している。「ありません」低い声で答えた。「プラウティ先生の言ったとおりですよ。ただ気絶させただけです。死因は――首を絞められたことにちがいありません、警視さん」

全員が針金のほうへかがみこんだ。「同じものらしいな」警視は考えながら言った。「トマス、できるだけ早くこいつを調べてもらいたい」ヴェリーがうなずいた。

遺体は先刻プラウティが動かしたまま、椅子に上体を起こしてすわった恰好《かっこう》でいた。警察委員長がひとりごとをつぶやきながら、遺体の顔を注意深く観察した。そこには恐怖も驚きも不安も認められなかった。むくんだ皮膚の下に死者特有のかすかな青みがひろがっているものの、表情に乱れはなく、安らかと言ってもいいほどだ。目は閉じている。

「気づきましたか」突然、エラリーが椅子にすわったまま言った。「暴漢に襲われて死んだ人間の顔には見えないでしょう？」

警察委員長が振り返り、刺すような目でエラリーを見た。「わたしもそう考えていたところだ。きみはクイーン警視の息子さんだったね——きみの言うとおり、実に奇妙だ」

「そうなんです」エラリーは椅子からすばやく腰をあげて、机へ歩み寄り、考えこむようにジャニーの顔に目を注いだ。「しかも、プラウティ先生が話していた鈍器——それがないんです。殺人犯が持ち去ったにちがいない……。殴られたときジャニーが何をしていたか、お気づきですか」

エラリーは死者の手に握られたままのペンを指さしたあと、死体が前かがみになったときに手が載る位置にある、ガラス天板上の一枚の白い紙を示した。ていねいにびっしりと書かれた文字がページの半分を埋めている。最後の文字が震えてインクがにじんでいるところを見ると、文章の途中でジャニーの手が止まったのは明らかだ。

「殴られたのは、本を執筆している最中だった」エラリーは低い声で言った。「これは初歩ですよ。ご存じのとおり、ジャニー先生とこちらのミンチェン先生は、『先天性アレルギー』と題した医学書を共同執筆していました」

「死亡した時刻は？」サンプソンが考えをめぐらせながら尋ねた。

「プラウティ先生の見立てでは、十時から十時五分のあいだで、ジョン・ミンチェンもこれに同意しています」

「まったく、これでは埒《らち》が明かない」警視がにべもなく言った。「トマス、遺体を地下の安置所へ運んでくれ。着衣を徹底的に調べるんだ。すんだらただちにもどれ――頼みたいことがある。委員長、おかけください。ヘンリー、きみもだ……ああ、スワンソンくん！」

元外科医が驚いた顔をした。目を見開いている。「ぼくは――もう帰ってもかまいませんか」しゃがれたささやき声で訊いた。

「いいとも」警視はやさしく言った。「さしあたり用はないからな。トマス、だれかひとり付き添いを選んで、スワンソンくんをポートチェスターまで送ってさしあげろ」

ヴェリーがスワンソンをドアの外へ導いた。スワンソンは後ろを振り返りもせず、無言でのろのろと出ていった。放心し、怯《おび》えた様子だった。

エラリーは室内をせわしなく歩きまわった。警察委員長はうなりながら椅子に腰をおろし、警視とサンプソンを相手に声を落として何やら話しはじめた。パラダイスは相変わらず椅子にうずくまって震えていた。ミンチェンは何も言わなかった——ただ、輝きを放つリノリウムの床をじっと見つめている。

エラリーはミンチェンの前で足を止め、物問いたげな目を向けた。「何を見てるんだい——新調したリノリウムかな」

「えっ？」ミンチェンが乾いた唇をなめて、笑みを浮かべようとした。「おい……なぜ新調したとわかるんだ」

「見ればわかるよ、ジョン。あたりだろう？」

「ああ。二週間ほど前に、私室の床を全部張り替えたばかりなんだ……」

エラリーはふたたびあたりを歩きはじめた。

ドアがまた開いた。ふたりの研修医がストレッチャーを運び入れてくる。どちらも青ざめ、態度がそっけない。

ふたりが死体を持ちあげかけたとき、エラリーは窓辺で立ち止まって眉《まゆ》をひそめ、それから斜め向かいの机を振り返った。鋭い目つきになり、作業中の研修医のそばへ歩み寄る。

研修医たちがジャニーの亡骸《なきがら》をストレッチャーに載せたそのとき、エラリーはまた体の向きを変えて、はっきりと言った――みなが驚いて顔をあげる――「やはり机の後ろに窓があるはずなんだ！」

全員が目を瞠《みは》った。クイーン警視が言う。「おまえの頭のなかで、何が騒々しくめぐっているんだ」

ミンチェンが苦々しげに笑った。「こんども見抜いたってわけか。だけど、断じてそこに窓はなかったんだよ、エラリー」

エラリーは頭を振った。「ぼくを悩ませているのは、ある建築上の欠落だ……。気の毒なジャニーがプラトンの指輪に刻まれていた金言を覚えていなかったのが残念でならないよ。それはこんなことばだ。〝悪しき慣わしは断つより防ぐが易し〟……」

22　列記　ENUMERATION

数時間後、亡きジャニー医師の部屋に紫煙が濛々《もうもう》と立ちこめるなか、唇を引き結んだ少人数の集団が坐《ざ》していた。その面々の険しい表情、こわばった顎《あご》、皺《しわ》の刻まれた額を見れば、窮境を自覚しているのは明らかであり、ジャニー医師の事件もアビゲイル・ドールン事件に劣らず真相解明にほど遠いのがわかった。

部屋にいる人数は減っていた。警察委員長は灰さながらの顔色をして帰った。ハーパーは打ち沈み、重要なニュースを社へ伝えると言って一時間ほど前に出ていった。それと同じころに、心労で眼光がきびしくなったサンプソンも病院から出て、地方検察局へもどり、マスコミ対応という避けられないつとめに取りかかった。

ヴェリー部長刑事は相変わらず廊下を駆けまわって、事実と証言を集めていた。犯行に用いられた額縁用の針金は、第一の殺人で使われたものと同種だと確定された。捜査の足がかりがほかにほとんどないため、別の糸口が見つからないかとあらためて調べたものの――これまでのところ、なんの成果もなかった。

残ったのは、警視、エラリー、ミンチェン医師、ルシール・プライスだけだった。プライスは死んだジャニー医師の助手をつとめていた看護師であり、警視から口述速記を臨時に頼まれたのだった。

ミンチェンが放心しているのは一目瞭然《いちもくりようぜん》だったが、四人のうち、第二の殺人で最も衝撃を受けたのはエラリーに見えた。思い悩むあまり顔に深々と皺が刻まれ、目はどんよりと憂いを帯び、苦悶《くもん》の色さえあった。ひとつしかない窓のそばで椅子に身を沈め、リノリウムの床をじっとにらんでいる……。

「準備はいいかね、プライスさん」警視はかすれた声で言った。

部屋の隅の小さな机にすわった看護師は、帳面を開いて鉛筆を構えながらも、怯えているように見えた。顔は真っ青で、手は震え、速記帳の何も書いていない紙面に視線を据えて、部屋の反対側の隅の、つい先ほど悲劇が演じられたばかりの物言わぬ机から目をそむけている。

「では、いまから言うことを記録して」警視が口述をはじめた。眉を逆立て、両手を背中で固く組み、プライスの前を行き来する。「フィリップ・モアハウス。遺体の発見者。

詳細——モアハウス（以下Mと記す）は、ドールン夫人の遺言書による遺産相続に関してジャニー医師と話をするため、九時四十五分ごろ、書類鞄《かばん》を携えてオランダ記念病院を訪れた。中へはいっていくのを守衛のアイザック・カップが見ており、時刻は確定されている。勤務中の交換手がジャニー医師の部屋に内線電話をつなぎ、Mが面会に来ていると伝えた。答えた声は、まちがいなくジャニーのものであり――プライスさん、ここに下線を頼むよ――いまはどうしても手が離せないが、じきにすむからMに待っていてもらうようにと語った。交換手の話によると、Mは遅れるのは困ると言ったものの、待つことにした。カップは、Mが玄関から待合室へはいって腰をおろすのを確認している……。プライスさん、わたしの話し方は速すぎるかな」

「いいえ――だいじょうぶです」

「では、つぎの情報を付け加えてください」警視は再開した。「その後、Mが待合室から一歩も出なかったかどうかは、カップも断言できない。カップは玄関の持ち場にいたが、待合室には南廊下に面した別の出入口があり、南廊下にだれもいなければ、見とがめられずにそのドアを通って待合室から出ることができる……。

詳細のつづき――モアハウス本人の主張によれば、待合室にすわっていたのは三十分間、つまり十時十五分くらいまで。それから玄関ホールにもどって事務室へ行き、ふたたび交換手にかけ合って、もう一度ジャニーを呼び出してくれと急《せ》き立てた。交換手は言われたとおり呼び出したが、ジャニーから返事はなかった。腹を立てたMは衝動の赴くままに南廊下を渡り、Jの部屋のドアを叩《たた》いた。応答はなかった。これを見ていたカップが抗議のためにMに近づいた。さらにそこへ、玄関外の階段で見張りについていた制服警官も駆けつけた。Mが言った。「この三十分のあいだにジャニー先生が部屋から出てくるのを見たか？」カップが言った。「いいえ。でも、ずっと見張っていたわけではありません」Mが言った。「先生の身に何かあったのかもしれない」カップは頭を掻《か》き、警官がドアを試しにあけてみた。見張りの巡査のモーランが、鍵《かぎ》がかかっていないことに気づいた。カップ、モアハウス、モーランが室内へはいり、Jの遺体を発見した。カップがただちに急を報じ、モーランが病院内の刑事に応援を求めた。ちょうどそのとき、ミンチェン医師が玄関から中へはいってきた。援軍が到着するまで、ミンチェンが当座の責任者になった。その数分後、エラリー・クイーンが病院のなかへはいった……。書きとれたかね、プライスさん」

「はい、警視さん」

ミンチェンは脚を組んですわり、親指を吸っていた。その目に名状しがたい暗澹《あんたん》たる恐怖が浮かんでいる。

警視は紙片を見ながら、室内を歩きまわった。腕を看護師のほうへ向ける。「モアハウスの資料に、これも加えてもらいたい。所見——Mは問題の時刻にたしかなアリバイがない……。では、つぎはハルダ・ドールンの資料に取りかかろう。

ハルダ・ドールンは病院にいた。九時三十分に到着したところを、カップとモーランが見ている。来院の目的は、アビゲイル・ドールンが月曜日に昏倒《こんとう》してから手術を受けるまで使っていた病室から、身のまわりの品を回収すること。ハルダ・ドールンはその病室にひとりでいた。亡くなった母親の服をひと目見たとたん、突然悲しみに打ちひしがれ、何も手につかず、その場にすわりこんで考え事をしていたと本人は主張している。十時三十分、ベッドで嘆き悲しんでいるところを看護師のオーバーマンが見つけた。ハルダ・ドールンは一瞬たりとも部屋から出ていないと供述しているが、確証はない」

鉛筆が紙の上を走った。黒鉛のこすれるざらついた低い音だけが死の部屋に響く。「ルーシャス・ダニング医師とセアラ・フラー」警視は最後の音節を言い終えて、唇を引き結んだ。かなり棘《とげ》を含んだ物言いだ。「ダニングはいつもどおり早朝のうちに病院に到着し、日常業務にあたった。これについては助手たちの確認がとれている。セアラ・フラーはダニングに会うため、九時十五分に病院へやってきた――これは、モーラン、カップブ、内線交換手の話から判明した。ふたりは一時間にわたって密談。フラーはジャニー医師の遺体が発見された直後に病院から出ていこうとした。

両者とも会談の内容を明かすことを拒否した。ダニングの部屋から出なかったとそろって主張し――互いのアリバイを証言する形になっている。これに関して第三者による裏づけはない」警視はいったん間をとり、天井を仰ぎ見た。「警察委員長の指示により、ダニング、セアラ・フラーの両名を捕らえ、重要参考人として勾留《こうりゅう》した。依然として供述を拒否。すぐに保釈金が二万ドルと決まり、モアハウス弁護士事務所がこれをおさめて、両名とも釈放された」

警視は早口でつづけた。「イーディス・ダニング。社会福祉課に勤務。午前九時から社会福祉課に勤務。事件の前後はずっと病院にいた。社会福祉関係の業務に従事。時刻および行動について完全には確認がとれず。長く行動をともにしていた証人がなく、容疑者から除外できない……。

マイケル・カダヒー。現在もなお三二八号室にいて、虫垂切除手術後の療養中。私服刑事の監視がついている。事件当時は、ひとりでベッドから出ることができなかった。こちらの把握しているかぎりにおいて、外部との接触なし。とはいえ、狡知《こうち》に長《た》けた手を使うこともあるため、その点にあまり意味はない……。

ペンニーニ医師。産科の通常業務にあたっていた。二十人ほどの患者を回診したが、くわしい行動は確認できず。カップとモーランによれば、午前中、病院の外に出ていない……。

モリッツ・クナイゼル。午前中はずっと研究室にいて、そこに出入りした者がないため、証人もいない。本人の供述によれば、九時少し前にジャニーが研究室に来た。ジャニーは逮捕が近いという報道に動揺した様子で、部屋にこもってだれにも会わず執筆に取り組むつもりだと語ったとのことだった。そのあと、実験の進み具合について少し話をして別れたという。今回の殺人について、クナイゼルは明確な証言を避けたが、ひどく衝撃を受けている様子だった……。書きとれたかね、プライスさん」

「はい、だいじょうぶです、警視さん」

「大変けっこう。では、もうひとり」警視は走り書きしたメモに目をやり、口述を再開した。「ヘンドリック・ドールン。九時二十分に病院に到着。神経症の治療のため、週に三回、紫外線療法を受けにきている。九時三十五分まで五階の紫外線研究所で待ち、九時五十分に治療を終えた。その後、一階の個室で横になって休んでいたところ、死体の発見騒ぎがあった。個室にいるあいだの裏づけはとれていない……。以上で全部です、プライスさん。これをさっそくタイプライターで打ってもらいたい。写しは二部で、すべてをヴェリー部長刑事――外に待機している大柄な男――に渡すように。ヴェリーは午後ずっとここにいるから」

プライス看護師は神妙にうなずき、速記した内容を机の上のタイプライターで打ちはじめた。

エラリーがうんざりした様子で顔をあげた。「父さん、この長たらしいだけの、むなしく無意味な報告が終わったなら、家へ帰ったらどうだろう」見るともなく窓の外へ目を向ける。

「すぐに終わるよ、エラリー。そうがっかりするな。つねに名答を出すなんて、おまえでも無理な話さ」警視はジャニーの机に寄りかかり、嗅《か》ぎ煙草を長々と吸った。「何しろ、これは異例だ」ことばを選んでつづける。「ありえないと言ってもいい。だれひとりこの部屋のドアに注目して何かを見かけた者がいないなんてな。この病院には当然そのあたりを心得ているはずの人間がうようよしているのに」警視は悲しげにかぶりを振った。「ジャニーはまるで自分の死を企《たくら》んでいたかのように見える。自室にこもり、けさは用がないからと――ひどく不機嫌だったんだな――プライス看護師を遠ざけ、犯人の攻撃に無防備に身をさらして、しかも運のいいことに、目撃者もいときた。生きている姿を最後に見たのはカッブで、ジャニーはクナイゼルの研究室からもどってこの部屋へはいるところだった。それが九時数分すぎ。それ以降は、九時四十五分ごろに交換手がモアハウスの来意を告げたが、ほかにはだれひとりジャニーの声を聞いてもいないし、姿を見てもいない。殺害されたのは十時から十時五分のあいだということで医師の見解は一致している。さらに、九時四十五分に交換手と話をしたのがジャニーだったことに疑いの余地はない……。いやはや！」

「混迷のきわみだよ」エラリーが窓から目を離さず、ゆっくりと言った。「ハルダ・ドールン、ヘンドリック・ドールン、ダニング、セアラ・フラー、クナイゼル、モアハウス――全員が病院にいて、だれの行動にも裏づけがないなんて」

ミンチェンがあいまいに微笑んで体を揺り動かした。「犯行が不可能だったのは、大物マイク・カダヒーただひとりだ。それと、このぼくも。警視さん、ぼくを疑っていないでしょうね。だけど、こうなったら、何があってもおかしくない……。ああ、神よ！」両手に顔をうずめた。

静寂のなか、タイプライターが乾いた音を立てた。

「しかし」警視がしかつめらしく言った。「きみのしわざだとしたら、きみは降霊術者だということになるね、ミンチェン先生。同じ時刻にふたつの場所にいることはできないから……」いっせいに小さな笑い声があがった。ミンチェンの声が神経質気味に響く。

エラリーはオーバーコートを体にきつく巻きつけた。「さあ帰ろう」とがった声で言う。「ぼくのこの忌々しい脳みそがくだらない考えではち切れる前に」

23 三重??? TRIPLICATION???

くやしさと困惑がエラリー・クイーンを追いつづけ、オランダ記念病院の混沌《こんとん》とした廊下から警察本部の父親の執務室まで付きまとった。

エラリーは嫌気がさしていて、西八十七丁目の自宅へもどりたい、面倒なことはすべて忘れてマルセル・プルーストに没頭したいと申し出ていた。警視にしてみれば、冷静に考えて、そんな訴えを聞き入れるわけにはいかなかったので、こう答えた。このまま警察本部へ行って、落ち着いて話し合い、みんなでいっしょに市長の叱責《しっせき》を受けたら、あとはおおむね愉快にやろう……。

そういうしだいで、クイーン父子にサンプソン地方検事を加えた三人が、警視の執務室に坐《ざ》していた。警視と地方検事は楽しそうに雑談しながらも、ドールンとジャニーの事件だけは話題にしなかった。

ニューヨーク市じゅうの新聞があさましい報道合戦を繰りひろげていた。何しろ三日で二件の殺人事件、しかもどちらの犠牲者も最高の新聞種だ！　市庁舎公園はおおぜいの記者たちで騒然としていた。警察委員長は姿をくらまし、市長は〝医師の診断に従って〟自宅に引きこもった。事件がらみで少しでも名前のあがった者は、ひとり残らずカメラマンや取材記者に追いまわされた。トマス・スワンソンに関する情報が漏れ、ポートチェスターをめざして記者たちの大移動《ヒジュラ》がはじまった。クイーン警視はスワンソンの真の素性がばれぬよう、持てるかぎりの職務上の権限を行使した。いまのところはそれが功を奏していたが、なおも露見の恐れは付きまとった。スワンソンは厳重な監視下に置かれていた。

ヴェリー部長刑事は鬼火を追っていた。吃緊《きっきん》の任務として、死んだジャニー医師の行動を洗えと命じられたのだ。判明した交友関係は、どれも犯罪とはまるで無縁だった。自宅のアパートメントにあった私信を微に入り細を穿《うが》って調べたものの、トマス・ジャニーの名で送られてきた手紙が数通見つかり、スワンソンの供述が裏づけられたほかは、なんの収穫もなかった。

八方ふさがりだった……。

エラリーの長い指が、警視の机に置かれた偉大なるベルティヨン（フランスの犯罪学者）の小さな立像をもてあそんだ。警視は若いころの逸話をいかにも陽気に語っていたが、目の下には影を帯びたたるみが浮かび、無理に明るく装うのが痛々しかった。

「自分をごまかすのはやめよう」不意にエラリーが言い、警視とサンプソンが振り向いて不安そうに視線を返した。「これじゃまるで、暗闇に怯《おび》えて無意味に騒ぐ子供と同じだよ。父さん、サンプソンさん――ぼくたちはいま大敗を喫してる」

ふたりは返事をしなかった。サンプソンはうなだれ、警視は考えこみながら深靴の角張った爪先を見つめた。

「もしもぼくにゲール人の矜持《きょうじ》がなく、そして、ぼくがどうしようと父さんは捜査をやめられないという事情がなかったら」エラリーはつづけた。「詩的なことばで言えば、みずから剣の上に倒れ、戦士の天国に平和を求めたい気分だよ……」

「どうしたんだ、エラリー」警視が顔もあげずに言った。「おまえがそんなふうに言うのをはじめて聞くな。ついきのう、だれが犯人か、およその察しはついたと言っていたじゃないか」

「そうだとも」サンプソンが熱っぽく言った。「第二の事件が第一の事件につながっているのはたしかで、こんどの一件はむしろ最初の問題に光明を投じるはずだ。きっと何かがわかるとわたしは確信してるよ」

エラリーは不満の声をあげた。「運命論の弊害は、それによってはぐくまれる崇高なる優柔不断なんですよ。サンプソンさん、ぼくはそんなふうに確信は持てない……」椅子から腰をあげて、むずかしい顔でふたりを見る。「きのうの発言を覆す気はないよ。アビゲイル・ドールンを絞殺したのはだれか、漠然と見当はついてる。いくつかの手がかりから考えて、関係者のなかでアビーをぜったいに殺すことができなかった者を、ぼくは半ダースあげることができる。ただ――」

「関係者をすべてひっくるめても、半ダース少々しかいないじゃないか」警視が挑むように言う。「それなのに、何を気に病んでいるのかね」

「いろいろだよ」

「いいか、息子よ」警視は力をこめて言った。「第二の犯罪を防げなかったという理由で自分を責めているのなら、それは忘れることだ。ほかでもないジャニーがアビーのあとにつづくとは、おまえにしろだれにしろ、予見できたはずがあるまい」

エラリーはそっけなく手を振った。「いや、ちがうんだ。父さんの言うとおり、どんなに疑っても、ぼくにジャニーの死は予見できっこなかった……。サンプソンさん、さっきふたつの事件はつながっているとおっしゃいましたね。どうしてそう言いきれるんですか」

サンプソンが驚いた顔をした。「なぜって――当然そうだと思ったんだよ。ふたつの事件はあいついで起こり、被害者同士が非常に近しい間柄で、場所も同じ、手口も一致していて、あらゆる点から見て――」

「福音書のごとき真理に見えたわけですね」エラリーはサンプソンのほうへ身を寄せた。「それは、ふたつの事件がつながっていないことを示す論拠にもなりませんか。

ひとりではなく、犯人がふたりいたと仮定しましょう。アビー・ドールンが、ある状況のもと、ある方法で殺害される。犯人第二号が言う。〝これはいい！　ジャニーに恨みを晴らす絶好の機会だ。警察は犯人第一号のしわざだと考えるにちがいない！〟。だから場所から手口から何から、すべてが同じ事件になる。反論があれば、根拠をあげてどうぞ」

警視が落ち着きなく体を動かした。「おい、頼むよ、エラリー。何を言うんだ。もしそうなら――捜査は一からやりなおしだ」

エラリーは肩をすくめた。「いや、ぼくは第二の事件は別の人間の犯行だと言ったわけじゃない。その可能性があると指摘しただけだ。これまでのところ、ふたつの説に優劣はないんだよ」

「しかし――」

「正直に言えば、ぼくも犯人ふたり説より、ひとり説をとりたい。でも、ここが肝心なところでね」エラリーは真剣に言った。「ふたつの事件の犯人がひとりだったとするなら、これほど頭の切れる悪党が、あえて危険を冒してまで同じ手口を繰り返したのはなぜか、その理由を突き止めなくてはならないんだ」

「つまり」警視はとまどい顔で尋ねた。「絞殺を避けるほうが、犯人には都合がよかったはずだということか」

「当然そうさ。ジャニーが銃で撃たれたり、刃物で刺されたり、毒を盛られたりしたら、ふたつの事件に関連があると考える物理的な理由は何もないわけだからね。注目したいのは、第二の事件で、実際に犯人がジャニーの首を絞める前に頭を殴りつけている点なんだ！　なぜ棍棒《こんぼう》でとどめを刺さなかったのか。なぜ失神させただけで、そのあとわざわざ首に針金を巻いたのか……。そうなんだよ、父さん、犯人が意図してふたつの事件に関連があるように見せているとしか思えない」

「なるほど、そのとおりだ」警視はつぶやくように言った。

「そうなんだ、ぼくが思うに」エラリーはまたぐったりと椅子に身を沈めて応じた。「なぜ犯人はふたつの事件をつながっているように見せたかったのか、それがわかれば、全貌《ぜんぼう》がはっきりするだろう……。でも、第二の事件については、決めつけずに捜査を進めたい。ふたつの事件はひとりの悪党の所業だったという証拠をまだつかんでいないからね」

警視の机上の内線電話が耳障りな音を立てた。警視が架台から受話器をとった。くぐもった声がわめき立てた。「警視、クナイゼルと名乗る男が訪ねてきています。大切な要件だとか」

「クナイゼル！」警視は無言で目を輝かせた。「クナイゼルだな。通してくれ、ビル」

サンプソンが身を乗り出しながら言った。「いったいクナイゼルがなんの用だ」

「わからない。だが、ヘンリー……それでひとつ思いついた」ふたりは顔を見合わせ、納得したと言いたげに互いに視線を交わした。エラリーは何も言わなかった。

ひとりの刑事がドアをあけた。小柄なモリッツ・クナイゼルの姿が戸口に現れる。

警視は立ちあがった。「おはいりください、クナイゼル博士。さあどうぞ。フランク、さがっていいぞ」

刑事が去り、顔の浅黒い小柄な科学者がゆっくりと室内に足を踏み入れた。黄褐色のビロードの襟がついた、古い緑がかったオーバーコートを着ている。染みの浮いた手には、緑のベロアの帽子が握られていた。

「おすわりください。どういうご用ですか」

クナイゼルは椅子の端にしゃちほこばって腰かけ、帽子を膝《ひざ》に置いた。黒っぽい柔和な目が落ち着きなく室内をさまよう。その様子は、目に映《え》ったものを無意識にぼんやりと選り分け、心にしまっているかのようだ。

クナイゼルは唐突に口を開いた。「けさ尋問を受けたとき、わたしは友人であり同僚であるジャニーの不幸な死を知ったばかりで、当然ながら気が動転していました。じっくり考える時間もなかった。しかし、あのあとさまざまな事実を考え合わせたんですよ、クィーン警視。率直に申しあげて――わたしは身の危険を感じています！」

「ああ、なるほど」

仰々しいことばはクナイゼルの口から氷のごとく滑り落ちた。体をこわばらせたクナイゼルの背後から、地方検事が警視に目配せする。警視はひそかにうなずいた。

「それはどういう意味ですか。ジャニー医師の死に関して、われわれに知らせるべきことを思い出したと？」

「いえ、そういうわけではありません」クナイゼルは両手をあげ、薬品で漂白された傷だらけの指をうつろに見つめた。「ある仮説が頭に浮かんだんです。午後じゅうそのことで頭がいっぱいで。その推論が正しければ、わたしは——この非道な連続殺人事件の第三の犠牲者になってしまう！」

エラリーの眉《まゆ》に力がこもった。その目にもいつの間にか興味の色がひろがっている。

「仮説ですか」小声で言った。「しかもまたメロドラマじみたお話ですね」そう言われて、クナイゼルが横目でエラリーを見る。「さて、クナイゼル博士、いまのところぼくたちは仮説に事欠いていましてね。くわしく聞かせてもらいましょう。目先が変わるのも悪くない」

「わたしに死が迫っているのが、きみには気晴らしの種なのかね、エラリーくん」クナイゼルはぶっきらぼうに訊《き》いた。「きみに対する最初の評価が変わりかけているよ。きみは自分に理解できないものは揶揄《やゆ》するらしい……。まあいい、警視さん！」

クナイゼルがエラリーからきっぱりと顔をそむけると、エラリーはふたたび椅子に背を預けた。

「わたしの推論というのは、要するにこうです。この事件にからむ第四の人物を仮にXと呼ぶとして、このXが連続殺人を企て、アビゲイル・ドールン絞殺からはじめて、ジャニー絞殺とつづき——最後にモリッツ・クナイゼルを絞殺しようとしている」

「第四の人物とは」警視が眉を寄せた。「だれなんです」

「わかりません」

「では、殺人の動機は？」

「ああ、それはまた別の問題でね」クナイゼルは警視の膝を軽く叩《たた》いた。「わたしが開発している合金〈ドールンナイト〉の秘密と利益を独占するためですよ！」

「はあ、そうですか……」サンプソンは信じていない様子だった。しかし、警視は深刻に眉をひそめたまま、視線をエラリーからクナイゼルへと動かして言った。「何百万ドルの秘密をめぐる殺人。おかしくはない。まったくおかしくありません……。しかし、なぜドールン夫人とジャニー医師を殺すんですか。研究が完成したあと、あなたひとりを殺せば、それですみそうなものですが」

「それがちがうんです」科学者はあくまで冷静沈着で、鉄でできているかのように感じさせた。「事件の背後に、仮に第四の人物がひそんでいると考えてみましょう。第四の人物は、わたしの研究成果を是が非でも手に入れたい。しかも、肝心要《かなめ》の知識をひとり占めしようと考えているとします。

アビゲイル・ドールンが死ねば、第四の人物に有利になります。実験を継続するための資金を出しているうちは夫人を生かしておく。そして支援を打ち切ると言いだしたら、夫人を殺害し、そうすることでふたつの目的をとげることができる——つまり、夫人の死後も金銭面での支援を確保でき、合金の秘密を知る三人のうちひとりを排除することにもなる」

「つづけて」

「つぎは」クナイゼルは落ち着き払ってつづけた。「このクナイゼルの協力者であるジャニー医師の番です。おわかりのとおり、わたしは論理的な人間でしてね……。ジャニーがわたしより先に殺されたのは、研究を完成させるうえで技術面に果たす役割がわたしより小さかったからです。わが畢生《ひっせい》の事業に必要な手立てを提供して助けになってくれましたが、その役目はもう終わっている。だから殺されたんです。三人組の二番目を生かしておけば、盗んだ成果を滞りなく金に換える妨げになるため、舞台から消した。ここまでの話はおわかりですか、みなさん」

「ええ、よくわかります」警視がきびしい口調で言った。「でも、なぜジャニー医師をドールン夫人のすぐあとに殺さなくてはならなかったのか、それが腑《ふ》に落ちない。

どうしてそんなに急いだのか。それに、あなたの研究はまだ完成していません。合金を作りあげるのに、ジャニーだって少しは役に立ったかもしれない」

「ええ、しかし相手は狡猾《こうかつ》で目端の利く人間なんです」クナイゼルは言った。「研究が完成するのを待てば、残るふたりをほぼ同時に殺さざるをえなくなる。ジャニーを殺しておけば、三人のうち最後のひとりを葬るのに一度殺人を犯すだけでいい。それで、数百万ドルの秘密を独占できるわけです」

「巧みな推論だが、根拠が薄弱だ」エラリーが小声で言った。

クナイゼルはそれを無視した。「つづけます。ドールン夫人とジャニーが死ねば、わたしのもとには、自由に腕を振るえる場と、じゅうぶんすぎる研究資金、それに実験を完結させるだけの科学者としての才覚が残る……。そう考えうるのは、おわかりいただけますね」

「ええ」エラリーは穏やかに言った。「たしかに考えうる」

クナイゼルの女性的な目が一瞬険しくなったが、そのひらめきはすぐに消え、それから肩がすくめられた。

「ご高説ですな、クナイゼル博士」警視が言った。「だが、つまるところ、われわれが必要としているのは、ただの憶測以上のものです。名前ですよ、名前！　きっと頭に浮かんでいる名前があるはずだ」

クナイゼルは目を閉じた。「特にありませんね。それに、なぜわたしから具体的な証拠を引き出そうとなさるのかがわからない。まさか、推論を軽んじていらっしゃるわけではありますまいね、警視さん。エラリー・クイーンくんも同じく知的な構想に基づいて仕事をしているはずだ……。この推論は強固です。あらゆる事実を考慮した上に立っていますから。これは――」

「強固とは言えませんね」エラリーがきっぱりと言った。

クナイゼルはふたたび肩をすくめた。エラリーは言った。「大前提と小前提から明白な結論を導き出すことができず、三段論法のていをなしていない。ねえ、クナイゼルさん、あなたは隠し事をしている。何を秘密にしているんですか」

「その推論はわたしのといい勝負だよ、クイーンくん」

「ドールン夫人、ジャニー医師、あなたの三人以外で、研究の内容をよく知っていて、それが金になることに気づいていたのはだれですか。むろん、月曜日にドールン夫人が亡くなったあと、われわれも研究内容を知ったわけですが、それ以前から把握していた人はいませんか」警視が尋ねた。

「わたしの独断で答えろとおっしゃるんですね。ドールン夫人の口からくわしい話を聞かされた可能性の高い人物に、ひとり心あたりがあります。夫人の遺言書を作成した弁護士――モアハウスです」

「ばかばかしい」サンプソンが言った。

「いや、筋が通ります」

「しかし、あなたはよく承知しているはずですよ」警視が言った。「ドールン家の者、あるいは夫人を取り巻く友人のなかに、秘密を知っている者がいてもおかしくないことを。それなのに、なぜモアハウスだと？」

「特別な理由はありません」クナイゼルはうんざりした顔で言った。「モアハウスが論理上妥当だと思えたからにすぎない。たしかにおかしな言い草でした」

「ドールン夫人が秘密を人に打ち明けたと、いまおっしゃいましたね。それと同じことをジャニー医師がしなかったと断言できますか」

「できます！」クナイゼルは鋭く言った。「ジャニーはわたしに劣らず、秘密を頑な《かたく》に守っていた」

「ちょっと思いついたんですが」エラリーがもったいぶって言った。「最初にお話をうかがったとき、あなたはそもそもジャニー先生と出会ったのは、研究のことを知っている共通の同僚を介してだったとおっしゃいました。その同僚の男性が饒舌《じょうぜつ》だった可能性を見落としていらっしゃる気がしますよ」

「クイーンくん、わたしは何ひとつ見落としてはいない」クナイゼルは一瞬笑みを浮かべた。「きみの言うその男については、つぎにあげるふたつの確たる理由から、こんどの犯罪との関与を否定できる。第一に、その男は二年前に死亡している。第二に、きみの申し立ては月曜日のわたしの発言を誤って引用したものだ。その男はわたしの研究の内容などまったく知らず、だからだれかに教えることなどできなかった」

「やられた《トゥシェ》」エラリーはつぶやいた。

「すると、どうなるんです」警視が尋ねた。「クナイゼル博士、あなたの出した結論は？」

「わたしの推論は不測の事態まで考え合わせてあります。この一連の殺人を企てた人物は、わたしの死後、事情を知らない金属会社と話をつけて換金できる立場にある。手がかりをたどると、そういうことになるんですよ、警視さん。ですから、万一わたしが急死したら――」

サンプソンが椅子の肘掛《ひじか》けを軽く叩いた。「ご心配なのはわかります。しかし、目に見える証拠が何ひとつない」

クナイゼルは冷ややかに笑った。「それには同意しかねますね。探偵を気どるのは本意ではありませんが――あなたでも、クイーン警視でも、エラリー・クイーンくんでもいい、一見関係のないドールン夫人殺しとジャニー殺しについて、わたしよりましな動機をあげることができますか。そもそも、動機をひとつでもあげることができるとでも？」

「いま、そんな話はしていない！」警視がぴしゃりと言った。「あなたは、いずれまた葬式がある、その主役は自分だと考えていらっしゃる。では、その予想がはずれて、オランダ記念病院での一連の殺人事件はすでに終結しているものと仮定しましょう。あなたの推論はどうなりますか」

「警視さん、科学者としての面目を保つために、単なる推論の過ちは認めますよ——喜んでね。わたしが殺されなかった場合は、推論がまちがっていた。殺された場合は、推論が正しかったということだ——いずれにせよ、満足できる結果ではありますまい。ただ、推論の正否にかかわらず、わたしには——言ってみれば——身を守る権利がある。警視さん、わたしを保護していただきたい！」

「ええ、いいですよ、警護をつけましょう。お望みの二倍の人員を割きますよ。こちらとしても、あなたの身に何かあっては困りますからね、クナイゼル博士」

「おわかりでしょうが」エラリーが口をはさんだ。「たとえあなたの推論が正しいとしても、ドールン夫人が何人かに秘密を漏らした可能性もあるわけです。ちがいますか」

「まあ——そうだね。なぜそんなことを？　どういう意味があるのかね」

「ただ論理的でありたいだけですよ、博士」エラリーは頭の後ろでゆったりと手を組んだ。「秘密を聞いた人間が複数いた場合、そのことを、第四の人物、つまりあなたの言う謎のX氏は当然知っていると考えるべきです。すると、このメロドラマのなかで保護が必要な人物は、あなたひとりじゃないことになる。ほかにもいるわけですよ、クナイゼル博士。ぼくの言わんとすることはおわかりですね」

クナイゼルは唇を噛《か》んだ。「ああ、わかるとも！　それなら、ほかに何度も殺人事件が起こるだろう……」

エラリーは笑った。「ぼくはそうは思いません。でも、その点にはふれないことにします。帰るのはもう少しお待ちください。質問をさせてもらいたいので……。〈ドールンナイト〉はまだ完成していないとおっしゃいましたね」

「ああ、まだ完全ではない」

「完成までどのくらいかかりますか」

「数週間だね――それ以上はかかるまい。何があろうと、完成まではわたしも安全だというわけだ」

「それはどうでしょう」エラリーはそっけなく言った。

クナイゼルは椅子の上でゆっくりと体の向きを変えた。「どういう意味だ」

「簡単な話ですよ。あなたの実験はほぼ完成している。陰謀家と目される人物がいますぐあなたを殺して自分で研究を完成させるのに、どんな支障がありますか。有能な冶金《やきん》学者の手を借りて完成させることもできるのでは？」

クナイゼルは意表を突かれたようだった。「なるほど。たしかにそのとおりだ。わたしでなくとも仕上げをすることは不可能ではない。つまり――わたしは安全ではない——そう、いまこの瞬間でさえ」

「ただし」エラリーは愛想よく言った。「ただちに研究の成果を跡形もなく破棄すれば話は別です」

クナイゼルの声が緊張した。「慰めにもならないよ。いずれにしてもね。命をとるか、仕事をとるか」

「有名なジレンマだ」エラリーはつぶやいた。

クナイゼルはぎくしゃくと背筋を伸ばした。「わたしはきょうにも、今夜にも殺されるかもしれない——」

警視がかすかに体を動かした。「それほどひどいことにはならないと思いますよ、クナイゼル博士。それに、あなたにはじゅうぶんな警護をつけますから。ちょっと失礼」警視は内線電話を操作した。「リッター！　おまえに新しい仕事だ。モリッツ・クナイゼル博士がこの部屋を出た瞬間から、護衛についてもらいたい……。さっそくかかれ。そばを離れず、夜は適任者と交代するように……。いや、尾行じゃない——用心棒をつとめるんだ。いいな」クナイゼルへ向きなおる。「手配はすみました」

「お気づかいに感謝します、警視さん。では、失礼させていただこう」クナイゼルは帽子の鍔《つば》をいじった。だしぬけに立ちあがり、エラリーのほうには目もくれず、口早に言った。「さようなら。ごきげんよう、みなさん」そして部屋から滑るように出ていった。「与太者《よたもの》めが！」警視は白い顔を赤くして立ちあがっていた。「調子のいいことをぬかして！　図々《ずうずう》しい男だ！」

「どういうことなんだ、Q」サンプソンが尋ねた。

「わかりきった話だ」警視は怒鳴った。「あの男の推論はまったくのたわごとだ。目くらましだよ、ヘンリー！　気づかなかったのか。あの男が言っていたのは、自分こそ腕を自由に振るえる場を与えられ、自分こそがアビー・ドールンとジャニーの死によっていちばん得をする人間であり、推論のなかの〝第四の人物〟だということにほかならない。ことばを換えれば、第四の人物などいないんだよ」

「なるほど、Q、たしかにきみの言うとおりだ」

警視は勝ち誇ってエラリーのほうを向いた。「謎の男Xが、アビーとジャニー、それに博士自身を消すなどとよく言えたものだ……。まったく、ひどいでたらめだよ！　わたしが正しいと思うか、息子よ」

エラリーはしばらくだまっていた。疲れて険のある目つきをしている。「考えの裏づけとなる具体的な証拠はまだ何もないけど」ようやく言った。「ぼくは父さんもクナイゼルもまちがってると思う。クナイゼルの犯行でもなければ、その推論上にしか存在しない第四の人物のしわざでもない……。父さん、解決できるかは大いに疑問だけど、捜査が終わったころには、この一件はクナイゼルの推測よりずっと巧妙な犯罪だとわかるはずだ――掛け値なしの不可能犯罪だとね」

警視は頭を掻《か》いた。「よくも言うことが、そう極端に変わるものだな！　クナイゼルの線はないと言っておきながら、おおかたこんどは、最重要容疑者並みにクナイゼルを監視しろとでも言うんだろう。いかにもおまえらしい」

「びっくりしたな、それこそまさにぼくが言おうとしていたことだ」エラリーは新たな煙草に火をつけた。「それに、ぼくのことばを誤解しないでくれよ。何しろ、たったいま誤解したばかりだ……。クナイゼルはパンジャブの藩王のごとく警護する必要がある。十フィート以内に近づく者がいたら、全員の身元と、そのときのやりとり、さらにその後の行動をくわしく報告してもらいたい！」

24　再調　REEXAMINATION

　こうして水曜日が過ぎ、ニューヨークに大騒動を巻き起こした殺人事件の謎は、のろのろと時が経つにつれ、未解決事件の暗がりにいよいよ没していった。フランシス・ジャニー殺しの捜査は、アビゲイル・ドールン事件と同様、すでに危機的な段階に達していた。四十八時間以内に糸口が見つからなければ、事件は解決の埒外《らちがい》にあると考えたほうがよいというのは、捜査関係者が広く認めるところだった。

　木曜日の朝、落ち着かない夜を過ごしたクイーン警視は、うつろで沈んだ気分で目を覚ました。夜のうちに咳《せき》がぶり返し、風邪のせいで目が熱っぽくぎらついていた。それでも警視は、ジューナとエラリーの制止を払いのけ、穏やかな冬の日にもかかわらず大外套《がいとう》を着て身を震わせながら、ブロードウェイの地下鉄に乗って警察本部へ向かうべく、八十七丁目通りを進んだ。

　エラリーは窓のそばにすわって、父の姿をぼんやりと見送った。

　テーブルには朝食の皿が散らかっていた。部屋の反対側でくつろぐエラリーの姿に、コーヒーカップを手にしたジューナが黒い目を向けている。顎《あご》の筋肉ひとつ動かさない。この少年は微動だにしない点にかけて人並みはずれた能力があり、音を立てないという点でも、野生児か猫のごとき才を具《そな》えている。*

エラリーが顔を向けもしないで声をかけた。「ジューナ」

少年は一瞬で窓辺に参じた。

「ジューナ、何か話してくれないか」

痩《や》せた体が震えた。「ぼくが――あなたに話をするんですか、エラリーさん」

「そうだよ」

「でも――何を」

「なんでもいい。声が聞きたいんだ。おまえの声がね」

黒い目が輝いた。「あなたとクイーン父さんには心配事がありますね。夕食はフライドチキンにしましょうか。読ませてもらった、あの大きな鯨のことを書いた本、『白鯨』はいいですね。まるっきし――」

「まるっきりだ、ジューナ」

「まるっきりホレイショ・アルジャー(アメリカの児童文学者)やなんかとはちがいます。飛ばして読んだところもありますけど。あれに出てくるくろんぼの、たしか名前は――クイー――、クイー――」

「クイークェグだよ。それに〝くろんぼ〟なんて二度と言ってはいけない。〝黒人〟と言うんだ」

「わかりました！……それから、ええと……」浅黒い繻子《しゅす》のような顔の肌がゆがみ、皺《しわ》が寄った。「いまが野球のシーズン中だったらいいんですが。ベイブ・ルースがかっ飛ばすのを見たいですね。クイーン父さんの咳を止めてあげられませんか。この家には新しい電気毛布が要ります——古いのはすっかりすり切れてしまいましたから。クラブのフットボール・チームで、ぼくがクォーターバックに選ばれたんです。みんなにシグナルを教えたんですよ！」

「なるほど……」エラリーの唇に突然笑みが浮かんだ。長い腕で差し招いて、少年を窓辺の椅子へ誘う。「ジューナ、おまえは大いにぼくの助けになってるよ……。ゆうべ、ぼくと父さんがドールンとジャニーの事件について話し合っていたのを聞いたね？」

　ジューナは勢いこんで答えた。「はい！」

「おまえの考えを聞かせてくれ、ジューナ」

「ぼ、ぼくの考えですか？」少年の目が大きく見開かれた。

「そうだよ」

「あなたは犯人をつかまえると思います」ジューナは見るからに得意げだった。

「ほんとうかい？」エラリーの指が少年の痩せた硬いあばら骨をなぞる。「このあたりにもう少し肉をつけないといけないね、ジューナ」まじめな顔で言った。「それにはフットボールはうってつけだ……。そうか、おまえはぼくが犯人をつかまえると信じてるのか。疑うことを知らぬ若者よ！　きのうぼくが言ったのを聞いただろう——ここまでのところ、順調とは言えないって」

ジューナは大きな声をあげて笑った。「あれはご冗談でしょう？」

「冗談なものか」

力強い目に小悪魔めいた光がひろがる。「あきらめるんですか」

「いや、まさか！」

「あきらめてはいけませんよ、エラリーさん」ジューナは真剣に言った。「二日前に試合をしたんですが、ぼくのチームは最終クォーターにはいっても十四対〇で負けていました。でも、ぼくらはあきらめませんでした。タッチダウンを三つ決めたんです。相手はひどくくやしがっていました」

「ぼくはどうしたらいいと思う、ジューナ。おまえのできるかぎりの助言を聞かせてくれないか」エラリーに笑みはなかった。

ジューナはすぐには返事をしなかった。口もとを引きしめ、思案にふける。そして、意味ありげな長い沈黙ののち、きっぱりと答えた。「卵です」

「なんだって？」エラリーは驚いて訊《き》いた。

ジューナは悦に入っている。「卵ですよ。けさ、ぼくはクイーン父さんのために卵を茹《ゆ》でました。クイーン父さんの卵には気をつかうんです──こだわりの強いかただから。ところが、硬くなるまで茹でてしまった。だから、それを捨てて──また一からやりなおしました。二度目はちょうどいい具合にできましたよ」何か言いたげにエラリーを見つめた。

エラリーは小さく笑った。「おまえはまわりから悪い影響を受けたようだな。比喩《ひゆ》が好きなぼくのお株を奪うとはね……。ジューナ、いまのは豊かで甘美な──すばらしい考えだよ、ほんとうに！」少年の黒い髪を掻《か》き乱す。「一からやりなおせというんだね」勢いよく椅子から立ちあがった。「流浪の民の神にかけて、実に的確な助言だ！」

エラリーは新たな活力を得て寝室へ姿を消した。ジューナは朝食の皿を片づけはじめたが、その指は弾んでいた。

「ジョン、ぼくはジューナの助言に従って、ふたつの犯罪の現場をもう一度調べようと思う」

ふたりはオランダ記念病院のミンチェンの部屋ですわっていた。

「ぼくも行ったほうがいいかな」ミンチェンの目には輝きがなく、紫色の隈《くま》ができている。息づかいも重苦しい。

「時間がとれるなら……」

「とれるよ」

ふたりは部屋から出た。

けさの病院はいつもの空気をいくらか取りもどしていた。封鎖はすでに解かれ、一階にわずかに立入禁止区域は残るものの、異常なことなど何も起こらなかったかのように、生と死にまつわる作業がおこなわれている。まだそこかしこに刑事や警官がうろついているが、端へ寄って、医師や看護師の邪魔にならないようにしていた。

エラリーとミンチェンは東廊下を進み、角を曲がって南廊下を西へ向かった。麻酔室の入口に回復期患者病棟から調達してきた揺り椅子が置かれ、制服警官がひとり、そこにゆったりとすわって居眠りをしていた。ドアは閉まっている。

エラリーがドアのノブに手を伸ばすと、警官は跳び起きた。ところが、ふたりの入室を頑として拒んだため、エラリーは仕方なく、クイーン警視の署名がはいった特別許可証を見せた。

麻酔室は、三日前に出ていったときと寸分も変わっていなかった。

控え室へ通じるドアの前に、別の警官が腰かけていた。またもや許可証が電撃的な反応をもたらした。警官は茫然《ぼうぜん》と見つめたあと、力なく笑みを浮かべて小声で言った。

「どうぞ」ふたりは控え室へ足を踏み入れた。

ストレッチャー、数脚の椅子、備品棚、エレベーターのドア……。前と何ひとつ変わっていない。

エラリーは言った。「だれもここに立ち入らせなかったようだね」

「持ち出したい備品があったんだが」ミンチェンが低い声で言った。「きみの親父さんからきつく言い渡されてね。廊下側のドアからの出入りも禁じられたよ」

エラリーは憂鬱《ゆううつ》そうな目で周囲を見まわした。頭をそらして言う。「またここに来るなんて、ばかだと思ってるんだろう、ジョン。実を言うと、ジューナからヒントをもらったときの興奮が冷めたいま、自分でもちょっとそう感じてる。いまさら新しい発見なんてあるわけがないんだ」

ミンチェンは返事をしなかった。

ふたりは大手術室を調べ、また控え室へもどった。エラリーはエレベーターへ歩み寄って、ドアをあけた。エレベーターは空の状態で停止していた。中へ乗りこみ、反対側のドアの取っ手をまわしてみる。びくともしない。

「向こう側からテープで封じてあるんだろう」エラリーはつぶやいた。「そう――たしか、このドアの先は東廊下だ」

エラリーは控え室へもどり、室内を見まわした。エレベーターの隣に、せまい消毒室へ通じるドアがある。中を見た。何から何まで月曜日に出ていったときのままだった。

「ああ、ばかばかしい!」エラリーは叫んだ。「このおぞましい場所から出よう、ジョン」

ふたりは麻酔室を抜けて南廊下を玄関のほうへ引き返した。「待ってくれ!」突然エラリーが言った。「どうせなら、この気が滅入《めい》る仕事をとことん大失敗させてから引きあげようじゃないか。ジャニーの部屋も見ていこう」

戸口を見張る制服警官が、うろたえながら道をあけた。

部屋へはいると、エラリーは大型の机の後ろに置かれた故人の回転椅子に腰をおろし、ミンチェンにも西の壁沿いに並ぶ椅子のひとつを手ぶりで勧めた。ふたりとも押しだまり、エラリーは吐き出す紫煙越しに、殺風景な部屋を冷徹なまなざしで観察した。

それから落ち着いた口調でゆっくりと言った。「ジョン、白状するよ。不可知の領域に属するものがあるというのがぼくの長年の持論だが、どうやらそれが眼前に現れたらしい。つまり——解決不可能な犯罪がおこなわれたんだ」

「解決の望みはないってことか」

「希望は世界の柱だと、アフリカのウォロフ族のことばにある」エラリーは煙草の灰を落として微笑んだ。「ぼくの柱は崩れかけてる。自尊心にひどい打撃を受けてね……

…。それでも、自分を超える才人に——解決できないほどの鮮やかな手並みでふたつの犯罪を仕組んだ犯罪者に——出会ったと心から思えたら、ここまで苦しみはしないはずだ。そんな相手なら、しかるべく敬服するだろうね。

だが、いいかい、いまぼくは〝解決不可能な犯罪〟と言ったが——〝完全犯罪〟とは言わなかった。これは断じて完全犯罪じゃない。現に、犯人ははっきりとわかる手がかりをいくつも残していて、それはある意味で決定的だ。そう、ふたつの事件には、才人らしいひらめきが見られないんだよ、ジョン。そんなものとはかけ離れている。月並みな悪党が自分で失態をごまかしたのか、あるいは運命のいたずらで結果としてそうなったのか……」

エラリーは机の上の灰皿に、煙草の吸いさしを乱暴に押しつけた。「ぼくたちに残された手はただひとつ。これまで調べた関係者全員の背景をあらためて徹底的に洗うことだ。証言のどこかに、なんらかの手がかりがひそんでいるにちがいない！　それが最後の頼みの綱だよ」

ミンチェンは急に姿勢を正した。「それなら力になれるよ」明るい声で言う。「ぼくの見つけたある事実が役に立つかもしれない……」

「というと？」

「ゆうべ、ジャニー先生との共著を仕上げようとかなり遅くまで作業をしていたんだ。

先生の書き残したところを埋めたりしていた。そのとき、事件に関係するふたりの人物について、思いもしなかったある事実を発見したんだ」

エラリーは眉《まゆ》をひそめた。「原稿に関することかい？　よくわからないが――」

「いや、原稿のなかじゃない。ジャニー先生が二十年かけて集めた症例記録のなかにあったんだ……。エラリー、これは職業上の機密事項だから、ふつうなら、相手がきみであっても、漏らすわけにはいかないんだが……」

「だれに関する話なんだ」エラリーはとがった声で訊《き》いた。

「ルーシャス・ダニングとセアラ・フラー」

「なんだって！」

「事件に関係がなかった場合は、記録に残さないと約束してもらえるかな」

「ああ。するとも。話してくれ、ジョン。俄然《がぜん》興味が湧いてきた」

ミンチェンは早口で語った。「きみも知っていると思うが、医学書に具体的な症例を引用する場合、記載するのは患者の頭文字か症例番号のみと決まっている。これは患者への配慮であり、また、病状を把握するには患者にまつわるさまざまな情報が必要だが、氏名や出自はそれに含まれないという理由からだ。

ゆうべ、『先天性アレルギー』にまだ載せていない症例記録を調べていたら、特別な注意書きが付されたものを見つけた――二十年ほど前の日付の古い記録だ。その注意書きは、この症例を引用する場合、本来なら許されている患者の頭文字も含め、身元につながる手がかりはいっさい残さないよう細心の注意を払うことを求めていた。

あまりに異例だったから、その一件を引用するかどうかまだ決めていなかったけれど、とにかく読みはじめた。それはダニング先生とフラーに関する記録だった。セアラ・フラーが早産――帝王切開による分娩《ぶんぺん》――の患者として記載され、妊娠時の状況やふたりが子供をもうけたいきさつなど、われわれの著書の資料として役に立つ情報が記されていた」ミンチェンが声を落とす。「婚外子を産んだんだ。その女児はいま、ハルダ・ドールンと呼ばれている！」

エラリーは椅子の肘掛《ひじか》けを握りしめて、見るともなくミンチェンに目を向けた。控えめな笑みがゆっくりと顔にひろがる。「ハルダ・ドールンは婚外子だった」エラリーははっきりと言った。「そうだったのか！」緊張をゆるめて、新たな煙草に火をつける。「たいした情報だよ。いちばんややこしい問題にこれで説明がつく。事件そのものの解決を左右するとは思わないが――つづけてくれ、ジョン。それで？」

「当時、ダニング先生はまだ無名の若い医師で、オランダ記念病院で一日に数時間の非常勤待遇で働いていた。セアラ・フラーと知り合ったいきさつはわからないが、ふたりはひそやかな関係を持った。だが、ダニングには結婚できない理由があった。既婚者だったんだ。しかも、二歳の娘までいた――イーディスだ。若き日のセアラは魅力的だったんだろう……。むろん、こういう情報は、厳密に言えば医療とは関係ない。だが、どんな症例も、結論としてまとめる前に、付帯する事実を大量に書き添えるものなんだよ」

「そうだろうとも。話を進めてくれ!」

「やがてアビーがセアラの妊娠を知るが、セアラを気づかって、この一件を寛容に処理した。ダニングには沈黙を守らせ、その後、病院の常勤として引き立てもした。そして、生まれた子供を自分の養女にすることで、厄介な事態に一気に始末をつけたんだ」

「合法に、だね?」

「そうらしいな。セアラにはどうしようもなかった。記録によると、たいして異を唱えることなく、取り決めに応じたようだ。子供の養育にはいっさい干渉しない、世間にはアビゲイルの娘として通すと誓った。

アビーの夫は当時存命だったが、夫妻に子供はいなかった。この一件は極秘にされ、セアラの分娩の担当医だったジャニー先生を除いて、病院の職員にも伏せられた。アビーの強大な影響力が当時のいかなる噂もすべて覆い消したんだよ」

「いまの話は、不明だったいくつかの点を説明するのに大いに役立つよ」エラリーは言った。「アビーとセアラの言い争いにも説明がつく。セアラは一方的な取引を後悔するようになったにちがいない。また、ダニングがアビー殺しに関して、セアラの無実をしきりに訴えていたのも納得できる。セアラが逮捕されたら、自分の若気の過ちが明るみに出て、家庭はもちろん、社会的にも、おそらく仕事の上でも、破滅するだろうからね」かぶりを振る。「だが、ここからどう事件を解けばいいのかは、まだわからない。セアラにはアビーを殺す強い動機があり、ジャニー殺害に関してももっともな動機があることがはっきりした。こんどの事件は、被害妄想に駆られた偏執症者による犯罪なのかもしれない。あの女は明らかに精神が不安定だ。しかし……」

エラリーは急に背筋を伸ばした。「ジョン、差し支えなければ、その症例記録をのぞき見させてもらえないか。ひょっとすると、きみの目をすり抜けた重大な事実があるかもしれない」

「ここまで話したんだ、いまさら見せない理由はない」ミンチェンは疲労のにじむ声で言った。

ミンチェンは椅子から体を引きはがしたのち、ぼんやりした表情でジャニー医師の机の後方をめざし、部屋の隅へ歩きだした。

エラリーは自分の背後のせまい隙間をミンチェンがすり抜けようとするのを見て、思わず噴き出した。「これは先生、どちらへ行かれるおつもりですかね」

「えっ?」ミンチェンは一瞬茫然《ぼうぜん》とした。それから口もとに笑みを浮かべて、頭を掻《か》いた。引き返して戸口へ向かう。「いまのを見てもわかるとおり、ジャニー先生が亡くなってから頭が混乱していてね。きのうここに着いて遺体を発見してすぐ、書類整理棚を机の後ろから運び出したのをすっかり忘れていたよ……」

「なんだって？」


その後何年経っても、エラリーはこの一見たわいもない光景を思い出すのを好んだ。本人いわく、このとき〝犯罪捜査者としての陰惨な日々のなかで、最も心躍った瞬間〟を経験したという。

忘れ去られていたひとつの出来事、たったひとつの短い発言で、ドールンおよびジャニー事件が、新たな驚くべき局面へ転じたのだった。

ミンチェンは、エラリーの剣幕に肝をつぶし、その場に立ちすくんだ。そして、何事だという目でエラリーを見つめた。

エラリーはすでに床に飛びつき、回転椅子の後ろで両膝《りょうひざ》を突いて、リノリウムの床を入念に調べていた。しばらくして意気揚々と立ちあがり、微笑しながら頭を振って言った。「床には書類整理棚の跡がない。リノリウムを張り替えたばかりだからだ。それで、ぼくの観察眼が利かなかったんだな……」

エラリーは部屋を突っ切り、ミンチェン医師の肩をがっしりとつかんだ。「ジョン、きみのおかげで片がついた！　ちょっと待ってくれ……。こっちへ来てもらえないか――症例記録なんか、どうでもいい！」

ミンチェンは仕方ないと言いたげに肩をすくめ、ふたたび椅子に腰をおろしつつ、好奇心とあきらめの混じった目を注いだ。エラリーはせわしなく煙草を吹かしながら、部屋のなかを歩きまわった。

「この部屋でのいきさつは、おそらくこうだ」エラリーは上機嫌で語りはじめた。「きみはぼくの少し前にここに着き、ジャニーが死んでいるのを見つけた。そして、すぐに警官であふれ返るだろうと気づき、そうなる前に、長年かけて集められた貴重な記録を隠しておこう――安全なところへ移そう――と決めた。ちがうかい？」

「ああ、そうだよ。だけど、それのどこがまずかったんだ？　あの書類整理棚が事件と関係しているとはとても思えないが――」

「どこがまずかったかって？」エラリーは大声をあげた。「きみは自分でも気づかずに、事件の解決をまる二十四時間遅らせたんだ！　書類整理棚が事件と関係しているとはとても思えないと言ったね。いや、ジョン、それこそが要《かなめ》――まさに要なんだよ！　そのことに気づかず、きみという若きシャーロックは、父の経歴とぼくの心の平穏に、危うく〝完〟の字を記すところだったんだ……」

ミンチェンは呆気《あっけ》にとられた。「だけど――」

「〝だけど〟はもうやめてくれ。きみが気にすることはない。肝心なのは、解決の鍵《かぎ》となる手がかりを見つけたことだ」エラリーは室内をやみくもに歩きまわるのをやめ、からかうような表情でミンチェンを見据えた。そして片腕をあげて右の方向を示した。「きのうぼくはたしかに、その隅に窓があるはずだと言っただろう、ジョン……」

ミンチェンは、そう訴えるエラリーの指さす方向を、なんの考えもなく目で追った。その先に見えたのは、ジャニー医師の机の背後にそびえる、何もない壁だけだった。

(原注)

＊ジューナの経歴およびクイーン父子との関係について、詳細は『ローマ帽子の秘密』を参照のこと——編者。

25　縮約　SIMPLIFICATION

「一階の見取図を見せてもらえないか、ジョン」

ミンチェン医師は、エラリーのなかに新たに生じた熱意の爆風にいつしか自分も巻きこまれているのに気づいた。あれこれと不毛な思索に頭を悩ませ、不機嫌でふさぎがちだったエラリーは、すっかり人が変わり――覇気のある、機敏で潑剌《はつらつ》とした男になっている……。

事務長のパラダイスが、青焼の図面を亡きジャニー医師の部屋までじきじきに持参した。さがっていいときっぱり告げられると、事務長は王族に向けるかのような媚《こ》びた笑みを浮かべて部屋から出ていった。

エラリーはそちらへは目もくれなかった。巻いてあった図面をすでに解いて机の上にひろげ、迷路に似た廊下を指でたどっていた。その肩の後ろから目を凝らすミンチェン医師には、まったくわけがわからなかった。ただ、長身の青年のすばらしい集中力に驚かされた。エラリーは図面に没頭していたが、その様子はまるで、現実の世界が消え去って、図面上に線で書かれた迷路のなかにいるかのようだった。

長い時間が経ち、ミンチェンはそのあいだ辛抱強く待っていた。やがてエラリーが独特の満足げな表情で体を起こし、鼻眼鏡をはずした。

青焼の図面が、紙のこすれる小さな音を立てながら、もとのとおりにまるまった。

エラリーは手に持った鼻眼鏡で下唇を軽く叩《たた》きながら、物思わしげに室内を行き来しはじめた。煙草に火をつけると、エラリーの顔は渦巻く煙のなかに消えた。「もう一度行ってみよう——もう一度」声が雲から漂い出る。「さあ、ジョン！」

エラリーは大きな音を立ててミンチェンの肩を叩いた。「もしかしたら……。もし習慣というものが——」途中でことばを切り、だしぬけに小さな声で笑いだす。「ジョンよ、もしも神がわれらとともにあるなら、ひとかけらの証拠、ひとひらの切れ端が与えられるやもしれぬ……。行こう《アナヴァン》！」

エラリーは部屋から飛び出して南廊下を進み、ミンチェンもあとを追った。エラリーが麻酔室の前で足を止め、後ろを振り返った。

「早く！　控え室の備品棚の鍵をくれ！」指がもどかしげに動く。

ミンチェンが鍵束を差し出した。エラリーは医師の手からそれをすばやく受けとり、急いで麻酔室へはいった。

部屋を突っ切りながら、胸ポケットからすばやく小型の手帳を取り出してめくり、何やらわからないものが鉛筆でぞんざいに書かれたページを開いた。輪郭は幾何学的な図形で、片方の端が妙にぎざぎざに切れている。エラリーはしばらくそれを熱心に見つめ、やがて微笑んだ。それからひとことも言わず、手帳をまたポケットに押しこみ、入口を見張る警官の脇を抜けて、控え室へ足を踏み入れた。ミンチェンがとまどい顔であとにつづいた。

エラリーは白い備品棚へまっすぐ向かった。ミンチェンから渡された鍵でガラス扉の錠をあけて目をきらめかせ、眼前の薄い抽斗《ひきだし》の段に視線を走らせた。どの抽斗にも、中央の金属のくぼみに中身を記したラベルがある。

エラリーはラベルの文字をざっと見た。いちばん下の段で目を留め、はっきりと顔を輝かせる。そしてその抽斗を引きあけ、かがみこんで、中にあるものをひとつひとつあらためた。抽斗から何かを取り出しては念入りに観察する作業を何度か繰り返したものの、気に入らないようだった。ところが、四度目に手を伸ばして、底の浅い容器を手にとったとき、はじめて小さな叫び声を漏らした。後ろへさがって、ポケットの手帳を出し、奇妙な鉛筆書きの図があるページをふたたび開いて、抽斗にあった品と注意深く見比べる。

エラリーは微笑んで、手帳をポケットにしまい、手に持っている品を棚へもどした。しかし、考えなおしたらしく、またさっきの品を取り出して、こんどはグラシン紙の封筒にていねいに入れて、自分のコートのなかにおさめた。

「どうやら」たまりかねたミンチェンが苛立《いらだ》ちを含んだ声で言った。「重要なものを見つけたらしいな。だけど、ぼくにはさっぱりわからない。いったい、なぜそんなににやにやしているんだ」

「見つけたんじゃない——確認したんだよ、ジョン」エラリーは真顔で答えた。そして椅子に腰かけて、少年のように足をぶらつかせた。「これほど風変わりな事件は、ぼくにもあまり経験がない。

この証拠には、こみ入った仮説を立証できるだけの威力があると思う。とはいえ、仮説を立てる前に、これを探すことを思いついたとしても、たいして役には立たなかっただろうね。

いいかい。これは終始ぼくの鼻先にあった。でも、この貴重な証拠のありかを探す前に、まず犯罪そのものを解明しなくてはならなかったんだ！」

26　等式　EQUATION

木曜日の昼過ぎ、エラリー・クイーンが西八十七丁目にある褐色砂岩のアパートメントの外階段をのぼる姿が見られた。片方の脇に大きな包みをかかえ、もう片方には細長く巻かれた紙を持ち、顔には大きな笑みをたたえている。

ドアの錠に鍵が差し入れられる音を聞きつけ、ジューナが玄関へ飛んでいった。あわててドアをあけた瞬間、そこに思いがけずエラリーがいて、大きな包みを背中の後ろに隠そうとしているのが見えた。

「エラリーさん！　もうお帰りですか。なぜ呼び鈴を鳴らさないんです」

「それは――まあ――」エラリーはにっこり笑って、柱に寄りかかった。「ジューナ、質問がある……。大人になったら、何になりたい？」

ジューナは目を見開いた。「大人になったらですか……。探偵になりたいです！」

「変装の仕方は知っているのか」エラリーは鋭い口調で訊《き》いた。

ジューナの口が開いた。「いいえ、知りません。でも、これから覚えます！」

「そう言うと思ったよ」エラリーは隠していた手を前に出して言った。そして少年の腕に包みを押しつけた。「これを使って、練習をはじめるといい」

仰天してことばを失っているジューナを残して、エラリーはクイーン家のアパートメントへ悠然とはいっていった。

二分と経たないうちに、ジューナが居間に飛びこんできた。「エラリーさん!」大声をあげる。「これをぼくに?」

ジューナはテーブルに恭しく包みを置いた。くるんであった紙はすでに剝《は》ぎとられていた。中にあったのは金属の箱で、蓋《ふた》があいていて、つけ毛や白墨、棒状の塗料、かつらなど、けばけばしくて不可思議きわまりない品が詰めこまれているのが見える。

「おまえにだよ、わんぱく坊主」エラリーはコートと帽子を片隅へほうり、少年のほうへ身を寄せた。「それはジューナ、おまえのものだ。おまえはクイーン家きっての探偵と言っていいからね」

ジューナの顔が五彩のキャンバスと化した。

「もしも汝《なんじ》がおらず」エラリーは少年の頰をつねりながら、預言者めかしてつづけた。「けさの汝の神がかった助言がなかったならば、ドールンとジャニーの事件は解決を見なかったであろう」

それを聞いて、ジューナは急に口がきけるようになった。「つかまえたんですか」

「まだだけど、そう長くはかからないと請け合うよ――さあ、その変装道具を持ってさがりなさい。ひとりで考え事をさせてくれ。山ほどあるんだ」

エラリーの気まぐれに慣れているジューナは、アラジンのランプの精さながら、台所へ姿を消した。

エラリーは巻かれた長い紙をテーブルにひろげた。病院で事務長のパラダイスが持ってきた青焼だ。煙草をくわえたまま、長い時間をかけてあらためて図面を調べた。ときおり図面の余白に、謎めいたメモを走り書きする。

何かがエラリーを悩ませているようだった。立てつづけに煙草を吸いながら、際限なく部屋のなかをまわりはじめる。図面はテーブルに放置したままだ。額には汗がにじみ、白い皺《しわ》が波打っている。

ジューナが忍び足で恥ずかしそうにはいってきた。おどろおどろしい恰好《かっこう》だ。黒い巻き毛の上に、どぎつい深紅のかつらをつけている。顎《あご》からは薄茶色のヴァンダイクひげが垂れ、鼻の下には黒々とした豊かな口ひげ。毛まみれの顔を仕上げるのは、灰色の太いつけ眉毛《まゆげ》で、警視の眉と似ていなくもない。頬に紅を塗り、かの有名な催眠術師スヴェンガーリと見まがうばかりに、黒い眉墨《まゆずみ》で目のまわりを縁どっている。

なんとかエラリーの注意を引こうと、ジューナは期待に満ちた顔でテーブルのそばに立った。

エラリーが突然立ち止まり、顔に驚愕《きょうがく》がひろがった。驚きの色はすぐに消え、真剣で、怯《おび》えているようにも見える表情になる。

エラリーはかすかに震える声で尋ねた。「何者だ。どうやって中へはいってきた」

ジューナは目をむいた。「いや――エラリーさん――ぼくですよ！」

「何を言う！」エラリーは一歩後ろへさがった。「出ていけ」しゃがれ声でささやく。

「まさか、嘘だろう……ジューナ――ほんとうにおまえなのか」

「ほんとにぼくですとも！」ジューナは勝ち誇って叫んだ。口ひげと顎ひげをはがす。

「永久に気づかないところだったよ！」エラリーは小声で言い、目の奥に押し隠してきた笑いを、一気に口からほとばしらせた。「こっちへ来い、いたずら小僧め！」

エラリーは警視の大きな肘《ひじ》掛け椅子にすわって、少年をそばへ引き寄せた。「ジューナ」まじめな口調で言う。「事件はほぼ解決したよ。問題をひとつ残して」

「そんなの、微々たるものでしょう」

「そいつはなんだか愉快でいいね――〝微々たるもの〟か」徐々にまた眉間《みけん》に皺がもどる。「きょうにも犯人に手が届く――ふたつの殺人を犯すことができたのは、ただひとりだ。完璧《かんぺき》な、つまり、付け入る隙のない論拠もある。だが、腑《ふ》に落ちない些細《ささい》な点がひとつあってね……」ジューナに話すというより、自分に言い聞かせている。

「小さな問題がひとつだけ残ってる。枝葉末節の問題だから、犯人の逮捕にはなんの支障もない。しかし、その答を出さないかぎり、すべてを明らかにしたことにはならない……」はっとしたように声が途切れると同時に、エラリーはジューナを押しのけながら、半ば目を閉じてすわりなおした。

「そうか」静かに言う。「そうだったのか」

そして椅子から跳びおりて、寝室に姿を消した。ジューナは急いであとを追った。

エラリーはナイトテーブルから電話機を取りあげ、番号を告げた……。

「ピート・ハーパーを頼む！……ああ、ピート、よく聞いてくれ……。質問はなしだ。とにかく話を聞いてもらいたい。

ピート、ぼくの頼みをかなえてくれたら、前のよりでかいスクープを約束する……。ぼくの言うことが聞こえたね！　ペンと紙の用意は？　それと、これはぜったいにだれにも漏らしてはいけない。だれにもだ。ぼくがいいと言うまで、公表は控えてくれ。

では、いまから言う場所へ行って……」

読者への挑戦状

数年前に発表したわたしの最初の探偵小説における例にならって、『オランダ靴の秘密』の物語のこの時点で、読者への挑戦状を差しはさみ……読者諸君が、ドールンおよびジャニー殺害事件を正しく解明するのに欠かせない、すべての関連する事実を現時点で入手していることを、誠心誠意をもってここに断言する……。

与えられた情報をもとに、厳密な論理と反駁《はんばく》の余地のない演繹《えんえき》法を行使すれば、アビゲイル・ドールン夫人殺害事件およびフランシス・ジャニー医師殺害事件の犯人を、この時点で読者が特定することはたやすいはずだ。あえて〝たやすい〟と言おう。実際には、たやすくはない。演繹による結論は道理にかなったものだが、そこへ至るには、鋭く強靭《きょうじん》な思索を要する。

作者が控え室の備品棚から取り出した品、および前章でハーパーに電話で伝えた知らせについての情報は、事件の解明に不可欠ではないことを銘じていただきたい……もっとも、正しく論理を追っていれば、その品がなんであるか、また、確信はないまでも、その知らせがどんなものであるかは推定できるだろう。

それでも公平を欠くとのそしりに対しては、以下の反証を提示する。すなわち、わたし自身が演繹的推理によって答を出したのは、備品棚にたどり着く前であり、ハーパーに電話をかける前だった。

エラリー・クイーン

第三部　ある文書の発見

「犯罪者を追って人生を過ごしてきた者はみな、老いぼれて過去を偲《しの》ぶばかりの日々に達するまでに、物的証拠を病的なまでにためこむものだ……。わたしの知り合いのある刑事の場合は、部屋に凶器が山積みであり、別のある刑事は指紋の記録のなかに埋もれている……。わたし自身の弱みは、紙の蒐集《しゅうしゅう》だ——大きさも、形も、色も、用途もまちまちだが——すべてを結ぶ共通点がある。いずれも犯罪事件で重要な意味を持っていたことだ……。

たとえば、わたしの宝物のなかには、ある書斎で見つけた黄色いボール紙の切れ端があるが、これは十九人を殺害したブラジル人へジロスを流刑地ギアナへ送る決め手になった貴重な品だ。また、焦げ跡のある葉巻の帯は、マルティニク出身の英国人、ピーター・ピーターなる変質犯罪者を逮捕する糸口となった……。質札、二十年前の保険の通知書、安物の婦人コートの値札、巻き煙草用の薄紙の小束など、一見犯罪とは無縁な紙切れが関係するさまざまな事件の記録を、完璧に整理して保管してある。そして、蒐集品のなかでも特に興味深い逸品は……。

発見当時、それは何も書かれていない厚紙が水に濡《ぬ》れただけのものに見え、文字が書かれたり印刷されたりした形跡は認められなかった。ずぶ濡れで、紙としての形を保つのに苦労したほどだ……。なんの変哲もないこの紙切れは、その後、二十世紀を代表する大海賊を絞首刑にする手がかりとなった。
それは古いウィスキーのラベルだったが、化学分析の結果、海水に浸かっていたことが判明し……」

——オーストラリア、メルボルン
バーソロミュー・ティアン
『刑事の講義要綱』より

27　解明　CLARIFICATION

フィリップ・モアハウス法律事務所
一月×日金曜日

ニューヨーク市西八十七丁目×番地
リチャード・クイーン警視殿

本状を配達の者に託します。

クイーン警視へ

けさエラリー・クイーン氏と電話で語らい、その際に特別な要請を受けてこれをしたためております。

クイーン氏から、ある人物の秘密をくわしく知っていると告げられました。その秘密というのは、警察も把握していない事実であり、クイーン氏自身もきのうオランダ記念病院のジョン・ミンチェン医師からはじめて聞いたとのことでした。

秘密が漏れたからには、もはやわたくしにも沈黙したり言い逃れたりする理由はありませんから、この機会に、ダニングとフラーの関係について、いまなお説明されず、不たしかと思われる点を明らかにしたいと存じます。

ただ、話を先へ進める前に、けさエラリー・クイーン氏本人からある確約をもらったので、失礼ながらまず貴下にそれを伝えることをお許しください。すなわち、クイーン氏はハルダ・ドールンの出生にかかわる真実を新聞に公表せず、またできるならば、警察の記録にも残さぬようあらゆる措置を講じるとおっしゃったのです。

ドールン夫人が遺言書によって破棄を命じた文書は、実のところ、依頼人である同夫人が、ここに記す出来事の前後数年にわたってつけていた私的な日記であり、およそ五年前に再開されて、その後は律儀に書きつづけられていました。法曹倫理に従えば、開封することなく文書を破棄すべきところを、月曜日にわたしが法的権限を越え、封をあけて内容を読んだことをクイーン氏は鋭敏に言いあてました。

わたしは長らく弁護士を生業《なりわい》とし、父の職務上の名声を傷つけぬよう誠実につとめてきたと自負しております。とりわけ、依頼人であると同時に友人でもあるアビゲイル・ドールンに対しては、同夫人の最大の利益となるよう、つねに尽くしてまいりました。その死が自然死だったなら、わたしは断じて弁護士としての信用を裏切ったりはしませんでした。しかし、夫人が殺害されたという事実に加え、このわたし自身がハルダ・ドールン嬢の亡き養母から全面の同意を得て同嬢と婚姻を約した――いまも婚約中の――身で、実質上はドールン家の一員であるという事情があったため、わたしは封を切って中身を調べざるをえませんでした。未開封のまま警察に渡していたら、殺人事件とはまったく関係のない個人的な事情が公になったでしょう。ですからわたしは、弁護士としてというより、家族の一員として、文書のなかに犯罪とかかわりがありそうな記載があった場合は貴下の手にゆだねることを心に決めたうえで、みずから封をあけました。

けれども、日記を読み、わたしはハルダの出生にまつわる恐るべき事実を知りました……クイーン警視、この情報を胸のうちにとどめ、日記を破棄したかどで、わたしをお責めになりますか。わたしのことはいい――恥などなんとも思わない――しかし、使用人の非嫡出子だと世間に知れてしまうことが、ハルダのような無垢《むく》な娘にとってどういう意味を持つのか、どうかお考えください。

この点に関して、もうひとつだけ申しあげたいこと……それは、目下裁判所にて検認中の遺言書を見ればわかります。すなわち、ハルダは出生や血統といった条件によらず、実質どおりアビゲイル・ドールンの法律上の娘として、ドールン家の財産の大部分を相続するということです。ハルダの真の血統は、遺贈になんら影響を及ぼすことはありません。ハルダへの遺産が故人との血縁に左右されないのですから、出生にまつわる由々しき秘密についてわたしが沈黙してきたことは、身勝手な動機に突き動かされてはいないのです……。

クイーン氏はまた、アビゲイルとセアラ・フラーが年じゅう口喧嘩《くちげんか》をしていた原因が、ハルダの出生の秘密にあったことも言いあてました。日記には、セアラが取り決めを後悔していたこと、娘を返さなければ自分が母親だと言い広めると脅しつづけていたことが、はっきりと綴《つづ》られていたのです。歳月とともに、アビゲイルはハルダに対して正真正銘の母の愛情をいだくようになっていました。いまや盲信者となった初老の女をアビゲイルが解雇しなかったのは、ひとえにフラーの口から真相が明らかになるのを恐れてのことでした。

アビゲイル・ドールンの死後、わたしは内々にセアラ・フラーと話をし、言質を得ました。フラーの憎悪の対象であったアビゲイルが死去し、どういうわけかフラーに気に入られているらしいわたしがハルダと結婚する以上、秘密は暴露しないというものです。ダニング医師のほうも、自己本位な理由から口を閉ざしつづけるでしょう。

地位も名声もすべて、みずからの沈黙にかかっているわけですから。

　これは容易に推測でき、実際にエラリー・クイーン氏も見抜いていたことですが、ここ数日のうちにセアラ・フラーが何度もダニング医師と会ったのは、ハルダの血統についてと、これからの方針について話し合うためでした。妙な話ですが、フラーはダニング医師に悪感情をいだいていません。奇怪な女の奇怪な気まぐれです！　きのうフラーはわたしに、この件についてダニング医師とあらゆる角度から検討したと言いました。そして、ダニングの説得を受け入れ、ハルダにはドールン家の娘だと終生思わせておくことにしたと、恥じらいながら満足げに語ったのです。

　この一件におけるジャニー医師の役割も、日記によって明らかになった重要な事実です。お気づきかどうかわかりませんが、ジャニー医師は終始一貫してドールン夫人の心腹の友でした。特に、ハルダの出生の真相を知る数少ない人間のひとりになってからは、なおさら信頼を得ていたようです。セアラを手籠《てご》めにしたも同然だと知っても、ダニングに対するジャニー医師の態度はまったく変わらなかったと日記に書かれています。男の若気の放蕩《ほうとう》は許されるという当時の風潮があり、ダニングも赦免されたのでしょう。いずれにせよジャニーは、フラーの揉《も》め事を起こしがちな性向や、阻まれた母性本能を満たすためだけにハルダの人生をぶち壊すという考えを、たびたび非難しました。おかしな話ではありませんか。ダニングに寛容だったのは、おそらく医師としての能力にすなおに敬服していたからであり、またそれがジャニーの処世の術だったのかもしれません。

あらゆる意味で、ジャニー医師はドールン夫人の友でした。夫人のどんな行動も擁護し、ふたりのあいだに敵意や不信は微塵《みじん》もありませんでした。

重ねてお願いしますが、どうかこの話は内密にしていただきたい。わたしのためではない、それはお分かりいただけると思います。ハルダのためです。ハルダはわたしの生きがいなのです。

フィリップ・モアハウス

追伸　この書状に写しはございません。読み終えたら、すみやかに破棄してくださるよう伏してお願い申しあげます。

P・M

その平穏な金曜日のうち、この手紙のほかに、のちにクイーン警視が思い出すに足る理由があった出来事は、午後六時三十分にエラリー・クイーン宛《あて》に電話がかかってきたことだけだった。

この二十四時間のエラリーの態度は、微妙に変化していた。波乱に満ちたここ数日は、いらいらしたり、われを忘れて猛然と部屋を歩きまわったりすることが多かったが、それがなくなっていた。

金曜日、エラリーは朝からずっと居間の窓辺にとどまって本を読み、うち二時間は、がたのきた古いタイプライターで文字を打って過ごした。警視が昼食をとるついでに警察本部の部下たちと電話で打ち合わせをしようと、正午にアパートメントへもどったとき、息子の背後から様子をのぞいたところ、エラリーは探偵小説の執筆に勤《いそ》しんでいた――何か月も前に書きはじめたものの、落ち着かない日々が数週間つづき、ひとまず脇へ置いたまま顧みなかった作品だ。*

警視は鼻を鳴らしたが、半白の口ひげの下には笑みがあった。いい徴候だ。息子がこれほど悠々とのどかな雰囲気をまとう姿はここ久しく目にしていない。

問題の電話がかかってきたのは、またしても実りのない午後を経て、警視がふたたびアパートメントへもどった直後だった。警視の顔には落胆の皺《しわ》が刻まれていた。ところが、寝室から響くエラリーの声を耳にすると、皺は消え、きりりと表情が引き締まった。

それはエラリーがごくまれにしか出さない興奮した声――潑剌《はつらつ》として楽しげな声――だった。

警視は玄関のドアをそっと閉め、息を殺して、立ったまま耳を傾けた。

「ピート！　いまどこにいる？」はじめは声に不安の響きがあった。それが落ち着いた調子になって活気づく。「よくやった！　すばらしいよ、ピート！　コネチカットだって？　なるほどね……。大変だったかい？　いや、かまわないさ……。ありがたい！　命に代えても守ってくれ。書類は手に入れたんだね？　上出来だ！　……いや、だめだ。写しを作って、もどったらすぐ届けてもらいたい──必要なら、朝の三時だってかまわない。起きて待っているよ……。ああ、そうだ。急いでくれ！」

警視は、荒々しく受話器が置かれて、エラリーの力強い声がこう叫ぶのを聞いた。

「ジューナ！　終わったよ！」

「何が終わったんだね」警視は居間に飛びこんできたエラリーに尋ねた。

「ああ、父さん！」エラリーは父親の腕をつかみ、やさしく振った。「事件は決着した。完《フィニ》だ。ピート・ハーパーが──」

「ピート・ハーパーだと？」警視は顔をしかめた。老いた口もとに疲労の皺が寄る。

「人手が要るなら、なぜわたしの部下にまかせない？」

「まあまあ、父さん」エラリーは父親を肘掛《ひじか》け椅子へすわらせながら、含み笑いをした。「父さんなら、そんなことは訊《き》くまでもないはずだけどな。理由があったんだ──証拠固めが終わっていなかった。その作業に警察がかかわった痕跡《こんせき》が残るのがいやで、ピートに頼んだ。もしうまくいかなかったら、散々釈明しなくちゃいけないからね……。勝負はもう見えている。今夜ピートがきわめて興味深い文書を持ってここへ来るはずなんだ……。あとほんの少しの辛抱なんだよ、父さん」

「わかった」警視は憔悴《しょうすい》していた。椅子に身を預けて、目を閉じる。「そうすればひと息つけるな……」思慮深い目が急に開かれた。「二十四時間前は、事件のことではあまり機嫌がよくないようだったが」

エラリーは目に見えぬ偶像をあがめるかのように、長い両腕を差しあげた。「そのときはまだうまくいってなかったからね！」声を張りあげる。「そしていまは順調だ。かのしたたかなイギリス人の政治家ディズレーリのことばを借りれば、〝成功は果敢の子〟というわけさ。ぼくがどれほど果敢な推理を働かせてきたか、父さんにも想像できないと思うよ……。ぼくはこれから、〝いつも果敢に《トウジュール・オダス》〟という古いフランスの格言を金科玉条とするよ」

（原注）
＊エラリーが本名で発表した探偵小説のひとつ『操り人形殺人事件』の原稿である――J・J・マック。

28 討議 ARGUMENTATION

事件が山場へ向かうと、クイーン家の人々にもかならず緊張が走り、それがアパートメント全体の空気に伝わる。空中に漂うそれ——興奮が発する臭気——を、だれもが抑えも隠しもせず、ジューナは過敏に、警視は口数が少なく短気になり、エラリーは自信に満ちて生き生きとするのがつねだった。

エラリーは神聖なる秘密会議に父の仲間を招集していた。みずからの計画は靄《もや》と謎に包んだままだった。金曜日の夜陰のうちに、父に心中を明かしていたかは定かでないが、たとえそうだったとしても、父子は秘密を仲間のだれにも伝えなかった。ピート・ハーパーが土曜日の午前二時三十分に臆面《おくめん》もなく訪ねてきた件もだまっていた。ひょっとすると、警視は深夜の記者の来訪に気づいていなかったのかもしれない。部屋着にスリッパ姿のエラリーがハーパーを中へ迎え入れ、度数の高いウィスキーとひと握りの煙草を与えて、代わりに薄っぺらい文書を受けとったのち、目をしょぼつかせながらも冷静に記者を自宅へ追い返すあいだ、警視のほうはベッドで寝返りを打っていたからだ。

土曜日の午後二時、クイーン警視とエラリー・クイーンは昼食にふたりの客を迎えた――サンプソン地方検事とヴェリー部長刑事だ。ジューナは口を開いたまま、四人のあいだを駆けまわった。

サンプソンの目がエラリーを責めた。「何かが起こりそうな風向きだな」

「本物の竜巻ですよ」エラリーは微笑んだ。「コーヒーを飲んでください、地方検事殿。これから発見の旅に出ますから」

「ということは――すべて解けたのか」サンプソンは疑わしげに言った。

「そのとおりです」エラリーはヴェリー部長刑事のほうを向いた。「クナイゼルがこの数日だれと連絡をとっていたか、調べはついたかい」

「もちろんですよ」ヴェリーはテーブルの向こうから一枚の紙をよこした。エラリーは鋭い目つきであらためたのち、それを返した。「でも、もうこれに用はなさそうだ」

エラリーは椅子に腰かけて、気に入りの体勢で――うなじを背もたれに預けて――くつろいだ。天井をうっとりと見つめる。「心躍る追跡でした」小声で言う。「難所がいくつかありましてね――実に手ごわかった。これほどの満足感を味わったことはありません――もっとも、すべて片づいたあとだから言えることですが」にやりと笑う。「みなさんにはまだ答をお話ししません……。推理にこみ入ったところがありましてね。父さん、サンプソンさん、それにヴェリー、みなさんの意見を聞きたい。第一の事件で、何をつかんだか見てみましょう。そう、アビゲイル・ドールンの事件では、きわめて有力なふたつの手がかりがありました。いずれも犯罪とはまったく無関係に見えるものでね！　ひとつは白いキャンバス地の靴、もうひとつは白いズック地のズボン」

「それがどうしたというんだ」サンプソンが不満げに言った。「たしかに、どちらも興味深いが、告発の根拠としては――」

「どうなのか、とおっしゃるんですね」エラリーはしっかり目を閉じた。「注目すべき点をぼくがいくつかあげますから、あなたがたの考えを聞かせてください。

われわれは一足の靴を見つけました。その靴には三つの重要な特徴がある。紐《ひも》が切れていた点、紐にテープが貼ってあった点、舌革が爪先の上側に張りついていた点です。

一見して、これには簡単に説明がつきそうです。切れた紐は、それが予期せぬ出来事だったことを意味し、テープは靴を修理したことを示しています。では、張りついた舌革が意味するのは――どんなことでしょうか」

サンプソンは眉根《まゆね》に深い皺を寄せた。大男のヴェリーはただ途方に暮れている。警視は集中して考えているようだった。だれもことばを発しない。

「どなたかお答は？　筋の通った推論が浮かびませんか」エラリーは大きく息を吐いた。「では、この件はひとまず忘れましょう。ただし、偽者が履いていた靴が示すこれらの三つの特徴こそが、真相を示す最初の——ある意味では最も重要な——しるしだったことは付け加えておきます」

「まさか、クイーンさん」ヴェリーが不快そうな声で言った。「とっくの昔に、だれのしわざかわかっていたと言うんですか」

「きみはきまじめな善人だね、ヴェリー」エラリーは微笑した。「そんなことは言わないよ。だけど、靴の特徴を分析した結果と、ズボンからわかった明快な特徴をもとに、推理の範囲が納得できる程度にまでせばまったと言うことはできる。それは驚くことに、おおまかな犯人像をかなり説明できる段階にまで達しているんだ。ズボンについては、おそらくみなさんも、膝《ひざ》の上の折り襞《ひだ》はもとより、そもそものズボンの存在自体が怪しく、何か意味がありそうだと気づいていたはずです……」

「ズボンのもとの持ち主がだれであれ、その人物よりも、盗んだ偽者のほうが背が低く」警視が疲れた声で言った。「よって、ズボンを短く詰める必要があったというのはわたしにもわかる。だがそれ以外に、あのズボンに目を瞠《みは》るほどのものを見いだすことはできない」

サンプソンが葉巻の吸い口を嚙《か》み切った。「わたしはきっと世界でも珍しいくらいのまぬけなんだな」つづけて言う。「ここまでの話に、確実な推論をひとつも見つけられないのだから」

「主よ、憐れみを《ミゼレーレ》」エラリーは小声で言った。「われらふたりに対して罪を赦したまえ《コル・ニドレ》。先をつづけます。では、よき医師であった亡き友がこの世からあっけなく連れ去られた、第二の事件に移りましょう……。

　ここでまた断定で話を進めることをお許しください。ある偶然が起こるまで、第二の事件には目立った特徴がひとつしかありませんでした。それは――ジャニーが発見されたときの状況です」

「状況？」サンプソンがとまどい顔になる。

「はい。ジャニーの死後の表情という単純な事実が、証拠を示しています。ジャニーが仕事をしているさなか――『先天性アレルギー』の執筆中――に殺されたのは明らかですね。その表情は、眠っているうちに死んだかのように安らかだった。驚きも恐怖もなければ、死への不安もない。

　さらに、ジャニーを失神させた打撲傷と、その傷が体のどこにあったかを考え合わせると、きわめて興味深い状況が浮かびあがります。

　それは、第二の手がかりが見つかると、いっそう興味をそそるものになる」

「わたしは興味をそそられんがね」サンプソンが言った。見るからに機嫌が悪い。

「では、そこは撤回しましょう」エラリーはまた微笑んだ。「第二の手がかりです……。そう、第二の手がかり！　これこそ運命だったんですよ、みなさん《メシュー》。ジャニーの症例記録をおさめた書類整理棚をミンチェン医師が運び出していました──それを知って、光明が差し、ぼくの推理は完成した。実に美しく、実にぴたりとおさまったんです！　ミンチェン医師の過剰なまでの資産価値意識のおかげで、ぼくは危うくそれを見落とすところでした……。

第二の犯罪が起こらなかったら、ドールン夫人殺しの犯人は罪を逃れていたでしょう。ジャニーがああいう形で主のもとへ旅立たなければ、ぼくはいまごろ途方に暮れていたはずだと慎んで告白します。ジャニーの死の謎を解いてはじめて、ドールン夫人殺害の驚くべき顛末《てんまつ》を明らかにすることができたのです」

クイーン警視が嗅《か》ぎ煙草入れに指を突っこんだ。「わが友ヘンリーが自分はまぬけだと言っていたが、わたしもそれに劣らず頭が鈍いらしい」さらに言う。「例のごとく、真相を〝説明する〟と言いながら、おまえが何ひとつ明らかにしないものだから、こちらはまるで冗談を言われたのにおもしろさがわからず、とりあえず愛想笑いでもしているような気分だ……。エル、その書類整理棚にどういう意味があるんだ。おまえの話から判断すると、問題の靴と同じくらい重要らしいが、わたしにはやはりわからない。その書類整理棚からどうすれば事件が解ける？」

エラリーは小さく笑った。「では、先ほど予告した発見の旅をはじめましょう。時が来たというわけです」身を起こして、テーブルに乗り出す。「ぼく自身も期待で鼓動が速くなっているのを認めざるをえません。そして、最高にうれしい驚きがあることをみなさんにお約束します……。ぼくが病院に電話をかけるあいだに、みなさん、出かける支度をしてください」

一同が顔を見合わせてかぶりを振り、エラリーは寝室へはいっていった。病院の番号を告げるエラリーの声が一同の耳に届く。

「ミンチェン先生を頼む……。ジョンかい？　エラリー・クイーンだ。これからちょっとした実験をするんで、その準備が必要でね……。ああ、きみに少し頼みがある……。それはよかった！　例の書類整理棚をジャニー先生の部屋へもどしておいてもらいたいんだ。以前の定位置に正確に置いてくれよ……。わかったかい……。ああ、すぐ行く。ぼくの父が口ひげをふた振りするあいだにだよ。少人数ながら切れ者ばかりを連れてきみの聖なる縄張りへ向かう。じゃあ、あとで！」

29　終結　TERMINATION

青ざめた顔に好奇心をあらわにしたジョン・ミンチェン医師が、ジャニー医師の部屋の戸口で――見張りに立つ無表情な警官をかたわらに従えて――待っていると、エラリー、クイーン警視、サンプソン地方検事、ヴェリー部長刑事に加え、あろうことか身震いをして熱っぽい目をしたジューナまでもが、オランダ記念病院へ足早にはいってきた。

沈着を誇るエラリーこそが、ジューナを含む一団のなかで明らかにいちばん興奮していた。浅黒い頬に赤みが差し、目が輝いて、生き生きと澄んでいる。

エラリーは屈強な警官を無遠慮に押しのけながら、じれったそうに一同を室内へ導き入れ、あとから思いなおしたのか、おざなりに詫《わ》びのことばを口にした。

ミンチェンは押しだまり、悲しげな顔で内省に浸りながら、友エラリーにただ視線を注いでいた。

エラリーはミンチェンの二の腕をつかんだ。「ジョン！　ちょっと口述速記の必要があるんだ。だれかいないか……。ああ、そうだ。あの看護師がいい。ジャニー先生の助手。ルシール・プライスだ。すぐに呼んでもらえないか。悪いけど頼むよ」

ミンチェンがあわてて出ていくと同時に、エラリーは室内へはいった。

警視は部屋の真ん中に根を生やしたように立ち、両手を背中で組んでいた。「おつぎはどうする、舞台監督殿」穏やかに尋ねる。その目のずっと奥に、ほのかな憂いの光があった。「書類整理棚で何が変わるのか、わたしにはさっぱりわからないよ」

エラリーは部屋の隅の、亡き外科医の机の背後に目をやった。緑がかったスチールの書類整理棚が、机の真後ろの一角に斜めに置かれていた。机とちょうど平行をなしている。

「ヴェリー」エラリーはもったいぶって言った。「ぼくの知るかぎり、きみはわれわれのなかでただひとり、ジャニー医師が殺害される前にこの部屋にはいっている。覚えているかな。ドールン夫人事件の予備尋問をおこなっているあいだに、きみはジャニーの住所録を探しにこの部屋へ来た。スワンソンの手がかりを得るためにね」

「ええ、そうです、クイーンさん」

「この整理棚を見た覚えはある？」

ヴェリーは不服そうに低い声で言った。「もちろん、ありますよ。それがわたしの仕事ですからね。中に住所録があるかもしれないと思って、抽斗《ひきだし》をあけようとさえしました。ところが、鍵《かぎ》がかかっていた。いずれにせよ、そのことは報告しませんでした。どの抽斗にも——ほら、あのとおり——識別の札がついていて——どこに何がはいっているかわかるようになっていましたから。住所録がはいっているようには見えませんでした」

「もっともな話だ」エラリーは指をすばやく動かして煙草に火をつけた。「整理棚はいまとそっくり同じ位置にあったんだね」

「ええ」

「いまと同じように、壁のすぐそばまで机の両方の角が迫っていた？」

「そのとおりですよ、クイーンさん。そっちの角は壁とのあいだがあまりにせまかったんで、仕方なく窓に近いほうの隙間から後ろへまわったんです。とはいえ、そっちもかなり窮屈でした」

「すばらしい！　すべて符合する。こう言ってはなんだけどね、ヴェリー」エラリーは憎めない笑みをたたえて言った。「整理棚があの位置にあったことを報告しなかったばかりに、きみは不朽の名声を得る絶好の機会を逃したんだ。むろん、きみは知る由もなかったことだけど……。ああ、はいってくれ、ジョン。どうぞ、プライスさん」

　ミンチェンが脇へ寄り、制服にしっかり身を包んだルシール・プライスを中へ通した。ふたりがはいったのを見て、エラリーは足早に部屋を突っ切って、ドアを閉めた。

「はじめましょう《ヌー・コモンソン》」エラリーは明るい声で言った。そして両手をこすり合わせながら、部屋の中央へもどった。「プライスさん、自分の机に着席して、もう一度書記をつとめてください。ああ、それでけっこうです」看護師は小型の机にすわり、いちばん上の抽斗の鍵をあけて帳面と鉛筆を取り出した。それから、だまって待った。

エラリーは警視に手を振った。「父さん、ジャニー先生の回転椅子にすわってもらえると助かるんだ」警視がかすかに笑みを浮かべて従う。エラリーは部長刑事の大きな背中を力いっぱい叩《たた》いて、ドアのそばに立つよう手ぶりで示した。「サンプソンさん、おすわりください——こちらです」エラリーが西の壁際に並ぶ椅子から一脚引き出すと、地方検事がそこに無言で腰かけた。「ジューナ、おまえにも」少年は興奮して荒い息をついている。「当然ながら参加してもらうよ。本棚の横に立ってくれ。そこなら、ヴェリー部長刑事の大きな頼もしい腕がそばにあるから」ジューナが急いで部屋を横切り、一インチでも右にずれたらエラリーの計画が台なしになるとでも言わんばかりに、正確に指示どおりの場所に立った。「ジョン。きみはサンプソン地方検事の隣にすわってくれ」医師は言われたとおりにした。「これで、準備がすみました。舞台は整った。いわば老獪《ろうかい》な蜘蛛《くも》が口を開いて待ち受けているといったところです。ぼくの推理がまちがっていなければ、無防備な蠅がたちどころに網にかかるでしょう！」

エラリーは東の壁際にあった大きな椅子を、指揮をとるのに都合のいい位置へ動かして腰をおろし、じれったいほど慎重に鼻眼鏡の位置を直したのち、椅子に深く体を沈めて、息をつきながら両脚をゆったりと伸ばした。

「用意はいいですか、プライスさん」

「はい」

「では、はじめます。〝ニューヨーク市警察委員長への報告書〟と書いてください。宛名《あてな》は〝警察委員長殿〟。いいですか」

「はい」

「副題です。〝リチャード・クイーン警視より〟――イタリック体だと示すために、下線を引いてくださいい、プライスさん――〝アビゲイル・ドールン夫人およびフランシス・ジャニー医師殺害事件に関する報告〟。ここからが本文です。〝わたしは大いなる誉れと喜びとをもって、以下を報告するものである――〟」

このとき室内に響いていたのは、エラリーがゆっくり淡々と吐き出すことば、プライス看護師が走らせる鉛筆の音、それに聴衆の押し殺した息づかいだけだったが、突然激しくドアを叩く音が聞こえた。

エラリーは顔の動きでヴェリーに合図をした。「だれなのか見てきてくれ」

部長刑事がドアを数インチあけて怒鳴った。「なんの用だ」

男の声がおそるおそる言った。「こちらにミンチェン先生はいらっしゃいますか。

部屋まで来てもらえないかと、ダニング先生がお呼びで」

ヴェリーは物問いたげな目でエラリーを見た。エラリーはミンチェンのほうを向いて、からかうように尋ねた。「行くかい、ジョン。ダニング先生がきみにひどく会いたがってるらしいけど」

ミンチェンは椅子の肘掛《ひじか》けをつかんで、半ば腰を浮かした。「さて――どうするべきだと思う？」

「きみの好きにするんだな。ぼくとしては、まもなくここではじまる最高におもしろい見世物を見逃す手はないと思うけど……」

ミンチェンが小声で告げた。「手が離せないと伝えてくれ」そしてふたたび腰をおろした。

ヴェリーが使いの男の鼻先でドアを閉めた。

「だれだったんだ、ヴェリー」エラリーは尋ねた。

「カップという男です、守衛の」

「まったく！」エラリーはふたたび椅子に体を預けた。「思わぬ邪魔がはいりましたが、先をつづけましょう、プライスさん。どこまで進んでたかな」

プライスが早口ではっきりと読みあげた。「〝ニューヨーク市警察委員長への報告書。リチャード・クイーン警視よりアビゲイル・ドールン夫人およびフランシス・ジャニー医師殺害事件に関する報告。警察委員長殿、わたしは大いなる誉れと喜びとをもって、以下を報告するものである――〟」

「こうつづけて。〝ドールン夫人とジャニー医師は、同一の犯人に殺害された。――上記の両事件は解決した。理由は追って正規の報告書に詳細を記すこととし――〟」

またドアをノックする音がして、エラリーは椅子から跳びあがった。顔が紅潮している。「おいおい、こんどはだれだ」声を張りあげる。「ヴェリー、そのドアは閉鎖してくれ。何度も邪魔がはいってはかなわない！」

ヴェリーはドアを数インチあけ、ハムを思わせる手を廊下へ突き出して、短くはっきりと振ったのち、手を引っこめながらドアを閉めた。

「こんどはゴールド医師でした」ヴェリーが言う。「追い払ってやりましたよ」

「それでいい」エラリーは看護師を指さした。「つづけましょう。〝理由は追って正規の報告書に詳細を記すこととし、ここでは殺害の動機および手口についてはふれない〟。改行してください、プライスさん。〝ドールン夫人およびジャニー医師を殺害した犯人は――〟」

エラリーはまた口をつぐんだ。こんどは、かすかなささやき声すら立たなかった。

「ちょっと待って。忘れていました。ここに盛りこむべき情報がひとつあるんでした――ジャニー医師が保管していたフラーとダニングの症例記録のことです……。プライスさん、先へ進む前に、その記録をとってきてもらえませんか」

「わかりました、クイーンさん」

看護師は機敏な動きで回転椅子から立ちあがり、帳面と鉛筆をタイプライターの上に置いたあと、部屋を横切ってジャニー医師の机へ足を運んだ。

「すみませんが――」プライスが小声で言った。

クイーン警視が何事かを口のなかでつぶやき、自分の後ろの机と壁のあいだをプライスが通れるよう、椅子を前に引いた。プライスは警視の脇をすり抜けると、糊《のり》のきいた前掛けのポケットから小さな鍵《かぎ》を取り出し、身をかがめて書類整理棚のいちばん下にある抽斗《ひきだし》の鍵穴にそれを差しこんだ。

室内は静まり返っていた。警視は後ろを振り向かず、指でガラスのペーパーウェイトをいじっている。ヴェリー、サンプソン、ミンチェン、ジューナは、プライスが手際よく動くのを、それぞれに緊張と当惑の面持ちで見つめていた。

プライスは青い表紙のついた書類の束を手にして体を起こし、ふたたび警視の背後をすり抜けて、症例記録をエラリーに渡した。それから静かに自分の席へもどって、帳面の上で鉛筆を構えた。

エラリーは椅子にゆったりと腰かけて、口から紫煙を吐いていた。指は青表紙の症例記録を無造作にめくっているが、伏し目がちな視線は、死者の机の向こうにいる父親の目を射貫《いぬ》いていた。互いの意思が通じ、ふたりのあいだに火花が走った。警視の顔に突如浮かんだのは——気づきと、驚きと、決意の表情だ。それは一瞬にして消え去り、警視の顔にまた皺《しわ》が刻まれて、いかめしい口もとにもどった。

エラリーは微笑んだ。「どうやら」ゆっくりと言った。「リチャード・クイーン警視がたったいま重大な発見をしたようだ。クイーン親子におまかせあれ！」警視がそわそわと体を動かす。「警察委員長宛《あて》のこの報告書だけど、父さんならどう締めくくる？」

「わたしならこうするだろうな」警視が落ち着き払った声で言った。そして回転椅子から立ちあがり、机の脇をすり抜けて部屋の反対側へ歩を進めると、看護師のタイプライターの上に両のこぶしを載せた。

「こう書いてください、プライスさん」警視は言った。その目が棘《とげ》のある光を放っている。「〝ドールン夫人およびジャニー医師を殺害した犯人は——〟この女を逮捕しろ、トマス！　〝ルシール・プライスである！〟」

30 詳説 EXPLANATION

各新聞の夕刊は、故フランシス・ジャニー医師の秘書兼助手で看護師のルシール・プライスが、仕えていたジャニー医師と大富豪のアビゲイル・ドールンを殺害したかどで逮捕されたことを声高に報じた。

ほかには何も書かれていなかった。

書く材料がなかったからだ。

ニューヨーク市じゅうの新聞の編集局長が、自社の事件記者に一様にある質問を投げかけていた。「このニュースは信じていいのか？ ジャニー逮捕のときと同じで、また、がせネタじゃないだろうな」

記者たちの答も一様だった。「わかりません」

ピート・ハーパーの答だけがちがった。編集局に駆けこみ、三十分間閉じこもって、ひたすら話しつづけた。

ハーパーが出ていったあと、編集局長はタイプ打ちされた分厚い原稿の束を、震える両手で机から取りあげて読みはじめた。目玉が飛び出しそうになる。編集局長は並んだ電話機に向かって、大声で指示を出しはじめた。

ハーパーはエラリー・クイーンから許可が出しだい、事件の全貌《ぜんぼう》を輪転機にかける準備が自分に——自分だけに——整っていることをたしかめたのち、タクシーに飛び乗って、警察本部の方角へ猛スピードで消えた。

エラリー・クイーンのために費やした三十六時間の探索の旅が、黄金の実を結んだというわけだ。

地方検察局は大騒ぎだった。

サンプソン地方検事はティモシー・クローニン地方検事補とあわただしく打ち合わせをしたあと、執務室を忍び出て、わめき立てる記者の群れをかわし、警察本部へ向かう道を進んだ。

市庁舎は混乱の巷《ちまた》と化していた。市長は秘書の一団とともに自室にこもって、獰猛《どうもう》な虎のごとく室内を歩きまわり——口述したり、指示を出したり、市の職員からの電話に出たりしていた。真っ赤な顔から玉の汗がしたたっている。

「知事から長距離電話がかかっています」

「つないでくれ！」市長は机から電話機を取りあげた。「もしもし！　どうも、知事……」すると、なんと！　とたんに声が落ち着き、新聞でよく見られるワシントンの住人らしい顔つきになった。何百万人の映画好きが知るあの軽やかな動きを真似て、足の爪先《つまさき》で小さく跳ねさえした。「はい、すっかり片づきました……。ほんとうですとも。プライスという女のしわざでして……。わかっております、知事。その女はあまり捜査陣の目を引かなかったもので。これほど狡猾《こうかつ》なのははじめてですよ……。五日です——悪くない出来でしょう？　——市の歴史がはじまって以来、最も世間を騒がせたふたつの殺人事件を、たったの五日で片づけたんですから！　……詳細は追って電話で報告します！　……ご連絡ありがとうございました！」

恭しい沈黙とともに、市長は電話を切った。軽快な足の動きが止まって顔つきから威厳が消えると、またもや玉の汗がしたたり落ち、またもや怒鳴り声の指示が飛んだ。

「どういうことだ！　警察委員長はどこにいる？　もう一度、事務所に電話をかけろ！　事件の背後に何があった？　まさか事情を知らんのは、ニューヨーク市じゅうでわたしひとりではあるまいな」

「ああ、市長……。連絡が遅くなって申しわけありませんでした。被疑者を絞りあげていたところでして。多忙――いや、きわめて多忙ですよ。はっはっは！　……まだくわしいことは言えませんな。しかし、万事順調です。何も心配は要りませんよ……。プライスという女の自白がまだでして。話そうとせんのです……。ええ、意地を張っていられるのも、いまのうちです。様子をうかがっているんでしょう。こっちがどこまでつかんでいるか、わからないもので……。ええ、だいじょうぶですとも！　きょうじゅうに口を割らせるとクイーン警視が請け合いましたから。まちがいありません……。なんですか……。ええ、たしかに！　実に趣のある事件でした。なんとも微妙な難題がいくつかあって……。そうですな、はっはっは！　では、失礼します」

ニューヨーク市の警察委員長は、受話器を架台にもどし、穀物袋のごとく椅子に身を沈めた。

「まいったな」助手のひとりに力なく言う。「結局どういうことなのか、クイーンも少しぐらい教えてくれてもよかったのに」

二分後、しかめ面で険しい目つきの警察委員長が、廊下をこっそりとクイーン警視の執務室へ向かっていた。

クイーン警視の執務室は、その日、ニューヨーク市の公的機関のなかで最も静かな場所だった。警視は裸馬に乗るかのように椅子にまたがり、内線電話に穏やかな口調で指示を出したり、その合間に速記者に口述をしたりしていた。

エラリーは窓辺の椅子にゆったりと腰かけて、リンゴをかじっている。世は事もなしといった風情だ。

ジューナはエラリーのそばで床にすわりこみ、チョコレートの塊を夢中でやっつけている。

刑事たちが途切れることなく出入りしていた。

不意に私服刑事がひとり現れた。「警視、ハルダ・ドールンが面会にきています。通してかまいませんか」

警視は背をそらせた。「ハルダ・ドールンだって？　通してくれ。きみも近くで待機しているように、ビル。一分で終わるから」

刑事はほとんど時をおかずにハルダ・ドールンを連れてもどった。ハルダは喪服を着ていた——魅力あふれる可憐《かれん》な風貌《ふうぼう》で、興奮のため頬が薄紅に染まっている。震える指で、警視のコートの袖《そで》をつかんだ。

「クイーン警視！」

ジューナが礼儀正しく立ちあがり、エラリーはなおもリンゴを咀嚼《そしゃく》しながら体を起こした。

「おかけください、ドールンさん」警視がやさしく言った。「お元気そうでよかった……。何かご用ですか」

ハルダの唇がわなないた。「お願いがあって——あの、ここへうかがったのは——」困惑して口をつぐむ。

警視は微笑んだ。「ニュースを聞いたんですね」

「ええ、そうなんです！　ほんとうに——ほんとうにとんでもないことですわ」若い娘らしい澄んだ声で言った。「そして、すばらしいご活躍ですね——あのひどく恐ろしい人を逮捕なさるなんて」肩をすくめる。「まだ信じられないんです。だって、あの人はジャニー先生のお伴でときどき屋敷へ来て、母を診る先生を手伝っていたんですもの……」

「たしかにあの女の犯行ですよ、ドールンさん。ところで、なんのご用で……」

「それは——どこからはじめたらいいのか、よくわからなくて」膝《ひざ》の上で手袋をもてあそぶ。「フィリップのことなんです。フィリップ・モアハウス。わたしの婚約者です」

「あなたの婚約者のフィリップ・モアハウスくんがどうかしましたか」警視は穏やかに尋ねた。

ハルダの両のまぶたが開き、潤んだ大きな瞳《ひとみ》が警視に訴えた。「心配なんです——その、先日警視さんがフィリップをとがめていらっしゃった件で。もうおわかりですわね——あの人が破棄した書類のことです。真犯人を逮捕した以上、もう気になさっていらっしゃらないと思いますが……」

「なるほど！　わかりました」警視はハルダの手を軽く叩《たた》いた。「あなたのかわいらしい頭を悩ませているのがそんなことなら、お嬢さん、すべて忘れておしまいなさい。モアハウスくんのふるまいが——言ってみれば、思慮に欠けていたので、わたしはひどく腹を立てたんです。もう怒ってなどいませんよ。この件はもう水に流しましょう」

「まあ、ありがとうございます！」ハルダは顔を輝かせた。

いきなりドアが開き、先刻ビルと呼ばれた刑事が乱暴に突き飛ばされて、よろけながらはいってきた。フィリップ・モアハウスが探るように視線を動かしながら駆けこんでくる。ハルダ・ドールンの姿が目にはいったとたん、そばへ寄ってその肩に片手をかけ、すごい剣幕で警視をにらみつけた。「ドールンさんをどうするつもりですか」モアハウスは怒鳴った。「ハルダ——きみがここへ向かったと聞いてね——この人たちはきみをどうする気だ？」

「まあ、フィリップ！」ハルダが身をよじって椅子から立つと、その腰をモアハウスが両腕でしっかりと支えた。ふたりは見つめ合っていたが、急にそろって微笑んだ。警視は渋い顔をし、エラリーはため息を漏らし、ジューナは唖然《あぜん》として口をあけた。

「すまないが——」だれも応《こた》えない。警視は大声で言った。「ビル、さがっていいぞ！　この若いご婦人に立派な付き添いがいるのが見えないのか」刑事が肩をさすりながら、重い足どりで出ていく。「さて、ドールンさん――モアハウスくんも――若いおふたりのなんというか、幸せな姿を拝見できるのはこちらとしても喜ばしいかぎりだが、ここが警察署であることを思い出してもらえないかな……」

それから十五分後、警視の執務室は様変わりしていた。

机のまわりに椅子が並べられ、そこにサンプソン地方検事、警察委員長、ピート・ハーパーが着席している。ジューナが警察委員長のすぐ後ろで椅子の端に腰かけ、お守り代わりなのか、こっそり委員長のコートに手をふれていた。

エラリーとミンチェン医師は窓辺に立ち、声をひそめて話をしていた。「病院も大混乱だろうな、ジョン」

「すさまじいことになってる」ミンチェンは当惑しているようだった。「どうしたらいいか、どう言えばいいのか、だれもわからないんだから。完全に秩序を失ってる……。まさか、ルシール・プライスだったとは！　ほんとうに――とても信じられないよ」

「なるほど、しかし、〝信じられない〟というのは、常習性のない殺人者にとって最大の心理的防衛策なんだ」エラリーがつぶやいた。「ラ・ロシュフコーの箴言《しんげん》にこういうのがある。〝罪なき者は、罪ある者ほどには擁護を見いだせず〟――普遍の真理に基づいたことばだよ……。ところで、われらが友人の冶金《やきん》学者クナイゼルは、こんどの知らせをどう受けとめているんだ」

　ミンチェンが顔をゆがめた。「きみの想像どおりだと思う。あの男は人間じゃない。ろくでもない研究を完成させるのにじゅうぶんすぎる資金が確保できるとわかっても、歓喜するわけでもなく、また同僚の死を悼むでもない。殺人も同情も存在しないかのように、研究室に閉じこもって、ひたすら自分の仕事をしているよ。その冷血ぶりたるや――蛇並みだね」

「草むらにひそむ性質《たち》の悪い蛇じゃなけりゃいいけどな」エラリーは笑い声を漏らした。「とはいえ」半ば自分に向けてつづける。「自分で立てた推論の一部がまちがいだとわかって、クナイゼルがほっとしてるのはたしかだよ。合金の理論だって机上の空論にすぎないのかもしれない……。ところで、蛇類が冷血だとは知らなかった。教えてくれてありがとう！」

「総括してひとつ言いたいのは」エラリーがそう口を切ったのは、少し時間が経ってミンチェンが着席し、警視が発言の権利を放棄したあとだった。「ぼくが父の捜査に多少とも前向きに関心を持つようになって何年か経ちますが、アビゲイル・ドールン殺しほど周到に計画された犯罪ははじめてだということです。
どこから話すべきか、少々むずかしいところですが……。おそらく、だれもが信じられないと思っていらっしゃることでしょう――ルシール・プライスになぜ犯行が可能だったのか。プライスが控え室にいたことは、信頼できる複数の証人――バイヤーズ医師、グレイス・オーバーマン看護師、〝大物マイク〟として知られるいかがわしい紳士――によって立証されており、この証人たちはまた同時に、ジャニー医師の偽者の存在をも証言しています。それなのに、いったいどうすれば、ルシール・プライスは同一とおぼしき時刻にふたりの異なる人物であることができたのか」

一同の頭が勢いよく縦に振られた。

「現実にそのとおりだったことは、みなさんもご存じですが」エラリーはつづけた。「いかにしてこのような降霊術さながらの離れ業をなしえたのか、ぼくがこれから分析してお話しします。

この驚くべき状況について考えてみましょう。ルシール・プライスは正規の看護師のルシール・プライスとして控え室にいて、意識不明のアビー・ドールンに忠実に付き添っていました。ところが、同じ時刻に、ジャニー医師の扮装《ふんそう》をした、見た目に男性と思われる人物でもあったわけです。控え室に（ドールン夫人は除いて）ふたりの人間――看護師ひとりと医師ひとりがいたと、ぜったいに信頼の置ける複数の証人が宣誓のうえで述べました。証人たちは看護師の話し声を耳にしています。また、医師が部屋へはいってきて出ていくのを目にしている。この看護師と医師が同一人物であると、だれに想像できるでしょう。看護師である自分と、医師に扮《ふん》した偽者について述べたルシール・プライスの当初の証言を聞いて、それが絶対の真実ではないとだれが看破できたでしょう。しかし、すべてが終わり、実際に何があったのかがわかったいま、一見不可能に思える状況を可能かつ妥当にする、ある重大な特徴が見えてきます――それはつまり、看護師の声が聞こえていたとき、姿は見えておらず、偽者の姿が見えていたとき、声は聞こえていなかったということです」

エラリーはグラスの水を飲んだ。「いや、ここから話をはじめるべきではありませんでした。ルシール・プライスが奇跡にも思える一人二役をいかにして成しとげたのかをお話しする前に、事件の発端に立ち返り、〝真理は万物を征す《ウィンキト・オムニア・ウェリタス》〟という喜ぶべき結末にようやく達するまでの推理の過程を説明させてください。

われわれは電話室に放置されていた偽者の着衣を見つけましたが、マスク、術衣、帽子は有効な手がかりにならなかった。この手の衣類としてはごくありふれたもので、興味を引く特徴がありませんでした。

しかし、三つの品――ズボン一本と靴一足――は、驚くべき光明を投げかけるものでした。

この靴を――医師の専門用語で言うなら――〝解剖〟してみましょう。片方の靴には、靴紐《くつひも》が切れた個所に医療用の粘着テープが巻かれていた。これは何を意味するのか。考えてみました。

まず、紐が犯行のさなかに切れたにちがいないことは、少し考えれば明らかです。なぜでしょうか。

これは綿密に計画された殺人です。その点に関してはじゅうぶんすぎるほどの根拠があります。さて、紐が切れたのが、準備のあいだ——言い換えれば、実行前に犯人が変装のための衣類をオランダ記念病院以外のどこかで集めていたとき——だったと仮定すると、切れ目をつなげるのに、粘着テープを使うでしょうか。それは考えにくい。犯人のやり口からして、無傷の真新しい靴紐を入手し、それを靴に通したと考えるのが妥当です。それはいざ実行するときにまた紐が切れるのを防ぐためです。犯行中は一分一秒が貴重であり、わずかでも手間どれば命とりになりますからね。

もちろん、ここで当然の疑問が生じます。なぜ犯人は切れた紐を結ばず、貼り合わせるという変わった方法をとったのか。紐を調べれば、理由はわかります。つまり、切れた個所を結んだら、そのぶんだけ短くなって、上で紐の両端を結び留めることができなくなる。

紐が犯行中に切れて修理されたことを示す根拠が、もう一点ありました。ぼくが紐からはがしたときに、テープにまだ少し湿り気が残っていたんです。貼ってから長い時間が経っていないのは明らかです。

粘着テープを使用した点、テープにまだ湿り気が残っていた点からして、犯行中に紐が切れたのはまずまちがいないでしょう。では——切れたのは犯行中のいつだったのか。殺害の前なのか、あとなのか。殺害の前というのが答です。その理由は？　偽者が靴を脱ぐときに紐が切れたのだとしたら、わざわざ修理する必要などまったくありません！　時間は貴重だった。靴がすでに用を果たしたあと、切れた紐をそのままにしたとして、なんの害があるでしょう。ここまではよろしいですね」

頭がいっせいに上下に振られた。エラリーは煙草に火をつけ、警視の机の端に腰かけた。

「というわけでぼくは、靴の紐が切れたのが、犯人が偽者の扮装をしているあいだ、それも夫人を殺す前だったことを知りました。

しかし、そこから何が導けるのか」エラリーは思い返すかのように微笑んだ。「その時点ではたいした助けにはなりませんでした。だから、ぼくはこれを頭の隅にしまい、最も気になる粘着テープの問題に取り組んだんです。

ぼくはこう自問しました。人間の性質を一般化して、補完し合う集団に二分した場合、この殺人を犯したと言えるのはどちらの集団か。この手の分類はいくつでも任意で設定できます」エラリーは含み笑いをした。「たとえば——喫煙者と非喫煙者、禁酒派と反禁酒派、類白色人種群《コーカソイド》と類黒色人種群《ネグロイド》。こんなふうに意味も脈絡もない区分けがいくらでもできる。

しかし、まじめに検討しましょう。病院内での殺人であることを考えれば、答はおのずと、それに関係する基本的な区分けに落ち着きます。すなわち、殺人を犯したのは、専門知識を持たない者か、専門知識を持つ者のいずれかだというものです。至当な分類と言えるでしょう。

いま使ったことばの定義を明確にしておきます。〝専門知識を持つ者〟というのは、病院および医療業務に関して、訓練または経験を通じた知識を持っている者を指します——知識とは、ある程度広い意味のものを考えてください。

さて！　ぼくは靴紐の修理に医療用の粘着テープが用いられたという事実に照らして、さまざまな仮説を検討しました。そしてある結論に達したのです——それはつまり、偽者すなわち殺人犯は、専門知識を持つ者だということです。

どういう筋道を経て、ぼくが頭のなかでこの結論に達したか。まず、靴紐が切れたのは偶然の出来事でした——偶然というのはつまり、先ほど説明したとおり、予見できなかったということです。言い換えれば、偽者は用意しておいた手術用の服装を、犯行に先立って身につけましたが、まさか靴を履くときに片方の紐が切れるとは前もって考えもしなかった。ゆえに、そのような不測の事態に備えることもできませんでした。したがって、緊急に紐をつなぐためにいかなる手段を講じたにせよ、切迫したなかで機転を利かせてとっさにおこなわなくてはならなかった。ところが、偽者はこの緊急時に医療用の粘着テープを使って紐をつなげたのです！　みなさんにうかがいます。ぼくが先ほど定義した意味での〝専門知識を持たない者〟が、粘着テープを持ち歩くでしょうか。答は〝否〟です。それどころか、専門知識を持たない者が、そのような医療品を持ち歩こうとそもそも考えるでしょうか。これも〝否〟。では、携帯していないとして、仮に切れた個所を直す必要が生じたときに、専門知識を持たない者が、粘着テープを探すことを考えつくか。答は〝否〟です。

したがって」エラリーは人差し指で机を軽く叩《たた》いた。「粘着テープを思いついた事実、および緊急時に粘着テープを用いた事実は、これを扱い慣れている人物であることを明らかに示している。言い換えれば、〝専門知識を持つ者〟です。

話はほんの少しのあいだ脇道へそれます。そこには、看護師や医師、研修医だけでなく、医療従事者ではないものの病院の業務に精通し、あらゆる論理的な見地から、専門知識を持つ者として分類するのがふさわしい者も含まれます。

しかし、偽者が修理に使う品を探していたそのときに、粘着テープが――使ってくれと言わんばかりに――目の前にあったなら、いまの推理はすべて無効になる。それほど手近なところにあれば、専門知識の有無にかかわらず、だれであれその幸運に乗じたでしょう。換言すれば、紐が切れた瞬間に目の前に粘着テープが転がっているのを偽者が見つけたのだとしたら、紐の修理にテープを使ったのは、本能でも専門知識からでもなく、否応《いやおう》なく目に留まった状況を利用したにすぎないということになる。

しかしながら、厳密に論証を進めるにあたって幸運なことに」エラリーは絶え間なく煙草を吹かしながらつづけた。「ぼくは殺人事件が起こる前にミンチェン先生と話をし、院内を少々見学してあったため、このオランダ記念病院に医療備品の――もちろん、粘着テープもこれに含まれますが――保管に関する厳重な規則があることを知っていました。備品は専用の収納棚に保管されています。テーブルの上に散らかっているとか、だれもが自由に出入りできる備品室に転がっていることはない。部外者の目の届かない――部外者にはわからない――場所に置かれているのです。犯人が予定どおりに事を進めるには、どこへ行けば粘着テープがあるのかを瞬時に思い出せる必要がありましたが、それができたのは、病院の職員、あるいはそれと同等と認められる者だけです。粘着テープは偽者の目の前にはなかった。つまり、それを使うには、どこにあるのか、あらかじめ知っていたはずなのです。

もっとはっきり言えば――犯人は専門知識を持つ者だという結論がこれによって裏づけられただけでなく、最初の一般論からさらに範囲を絞りこめたということです。つまり、犯人は専門知識を持った、オランダ記念病院にかかわりのある人物なのです！

ぼくはいま、高い障害物をひとつ跳び越えました。偽者、すなわち殺人犯に関するさまざまな事実から演繹《えんえき》することで、かなりのことがわかってきました。ぼくの推理がみなさんの頭のなかですっかり明瞭《めいりょう》になるよう、いま一度要点をまとめましょう。粘着テープを思いついて使用したことからすると、殺人犯は専門知識を持つ人間であるはずです。そして、どこへ行けばテープを調達できるかとっさに判断できたことから、病院は病院でも、ほかならぬオランダ記念病院となんらかのかかわりがある人間だと考えられます」

エラリーは新たな煙草に火をつけた。「これで範囲はせばまりましたが、満足できる域には達していません。ここまでの成果だけでは、イーディス・ダニング、ハルダ・ドールン、モリッツ・クナイゼル、セアラ・フラー、守衛のアイザック・カッブ、事務長のジェイムズ・パラダイスのほか、エレベーター係や清掃係の男女も除外することができない——いずれも使用人、あるいは特別扱いの訪問者として日ごろからよく病院に出入りし、間取りや規則に知悉《ちしつ》した者たちです。ですから、この人たちも、オランダ記念病院の医療従事者と同様、専門知識を持つ者に分類せざるをえませんでした。

しかし、それで終わりではない。靴がまた別の話を物語っていました。これを調べると、なんとも珍しい現象に出くわしました——両方の靴の舌革が、爪先《つまさき》の上側にぴったり張りついていたんです。これはどう解釈したらよいのでしょう。偽者があの靴を履いた——それは粘着テープからわかっています。殺人者の足があの靴にはいったのはたしかなのです。ところが、舌革が――そんな状態だった！　みなさんは靴に足を入れるときに爪先で舌革を押しこんでしまっても、そのまま靴を履きますか。だれにでもそういうことはある。でも、すぐにおかしいと気づくでしょう？　舌革が妙な位置にあるのをかならず感じるはずです……。偽者がいかにあわてていたとしても、わざわざ舌革がつぶれたまま靴を履いたりはしなかったはずです。そんなことをするのは、舌革の状態に気づかなかったか、足を入れても履き心地の悪さを覚えなかったか……。

では、いったいなぜこんなことが起こったのでしょう。考えられる説明はただひとつ、偽者の足が、履いていた靴より――のちに電話室で見つかった靴より――かなり小さかったからです。しかし、見つかった靴自体がとんでもなく小さいのです――サイズ6ですから！　これが何を意味するか、わかりますか？　サイズ6というのは、ふつうの紳士靴としてはきわめて小さい。そんな靴を履ける成年男性とはいかなる怪物か。たとえば、父親に性別を勘ちがいされ、幼いころから纏足《てんそく》を履かされた中国人でしょうか。いずれにせよ、あの靴に足を入れて舌革を押しやり、違和感を覚えずにいる者なら、ふだんはそれよりさらに小さい靴を履いているはずです！　サイズ4か

5か。紳士靴にそんなサイズはありません！

さて、これまでのところを分析するとこうなります。靴を履くときに舌革を押しこんで、窮屈にも不都合にも感じない者として考えられるのは——第一に、子供（偽者の身長についての証言からして、これは明らかにおかしい）、第二に、異常なほど小柄な男（同じ理由から、これも支持できません）、第三に、中背の女！」

エラリーは机を強く叩いた。「みなさん、ぼくはこの一週間の捜査中に、何度も繰り返して言ってきました。この靴は重要な——きわめて重要な——話を伝えている、と。ほんとうにそのとおりだったんです。靴紐《くつひも》に貼られていたテープから、犯人はオランダ記念病院とかかわりがあって、専門知識を持つ者だということが判明し、さらに舌革から女性であることがわかりました。

それは、扮装者《ふんそう》が別人になりすましただけでなく、性別まで偽ろうとしたことを示す最初のしるしでした。すなわち、女が男に化けたのです！」

どこからかため息が聞こえた。「証拠《イド・エスト》が……」サンプソンがつぶやき、警察委員長が感心して目を輝かせた。ミンチェン医師は初対面の人物を見るような目で、友を凝視した。警視は何も言わず、思案に沈んでいた。

エラリーは肩をすくめた。「靴の件を離れて別の角度からの検証へ移る前に、左右の靴で踵《かかと》の高さに差がなかった点に着目する意味はあるでしょう。左右のすり減り具合は、ほぼ同じでした。ジャニー医師の靴ならば、片方だけが著しくすり減っていたはずです――ご承知のとおり、ジャニーは片脚を大きく引きずっていましたから。したがって、あの靴はジャニー医師のものではなかった。しかし、これでジャニー医師が犯人でないことが裏づけられたわけではありません。なぜなら、われわれの目につくよう自分以外のだれかの靴を電話室に置くこともできたし、左右が等しくすり減った、自分のものではない靴を履くこともできたわけですから。そういう靴をわれわれに見せれば、自分は無実であり、だれかが自分に化けたと思いこませることができる。言うまでもなく、ジャニーが自分に化けたのではないか――実際にはずっとジャニーひとりなのに、何者かがジャニーになりすましたように見せかけたのではないか――と疑ったかたも何人かいらっしゃったはずです。

ぼくは最初から、そうではないと思っていました。考えてみてください。仮にジャニーがぼくたちの言う〝偽者〟だったなら、朝から身につけていた自分自身の手術衣のまま一連の凶行を果たせたはずです。すると、電話室で見つかった衣類は、〝偽装〟だったということになる――犯行時に使ったものではなく、捜査を欺くためにわざと置かれたものにすぎないわけです。しかし、粘着テープと靴の舌革の件がある。あの靴が実際に使用されたことは、たったいまぼくが証明したとおりです。それに、丈を詰めたズボンのこともある――これは着衣にまつわる第二の重要な手がかりです。

この件は、またすぐにあらためて説明しましょう……。ともかく、ジャニーが自分で自分のふりをしたなら——なぜスワンソンを警察に突き出して、事件があった時刻に自分の部屋にいたとアリバイを証言させなかったのか。そうするのが当然でしょう。ジャニーは、ことわればみずから警察の嫌疑の縄に首を突っこむことになるとじゅうぶん承知しながら、スワンソンの素性を頑《かたく》なに明かしませんでした。つまり、そうした行動と、先ほどの着衣の件を考え合わせた結果、ぼくはジャニー医師が自分自身に変装していたという説を排除したのです。

仕付け糸で縫われたズボンについてですが——なぜそんなことをしたのでしょう。ジャニーがわざと置いたものだったとしても、実際にそのズボンを穿《は》く必要はなかったはずです——先ほど説明したとおり、もとの自分の着衣で間に合うのですから。すると、丈を詰めたのも、やはり偽装だったのか。その目的は？　殺人犯の身長について、こちらの判断を誤らせる——すなわち、自分より四インチ低い男を犯人だと思わせるため？　いや、これはばかげています。犯人は身長をごまかせないとわかっていた。そもそもの計画として、扮装中にだれかに目撃させ、自分の身長を印象づける必要があったからです。つまり、ズボンに縫い目があったのは、犯人には丈が長すぎたから短くしたというあたりまえの理由からだった。扮装中に犯人がこのズボンを穿いていたことに疑いの余地はありません」

エラリーは微笑んだ。「ぼくは先ほどと同じように、考えられる候補をさらに細かく分類しました。今回は全体を四分したのです。偽者はつぎのいずれかであると考えられます。第一は、オランダ記念病院とかかわりのある男性、第二は、同病院とかかわりのない男性、第三は、同病院とかかわりのない女性、第四は、同病院とかかわりのある女性。

なぜこのうち三つがすぐに除外できるか、説明しましょう。

偽者は、オランダ記念病院とかかわりのある男性ではありえません。この病院とかかわりのある男性はみな、白い制服を着用するよう厳格な規則で義務づけられて、病院内にいるあいだはつねにそういう恰好《かっこう》をしており、その制服として白いズボンは必《ひっ》須《す》です。したがって、病院とかかわりのある男性が偽者だったとすると、その人物は犯行前からすでにそのいでたちだったにちがいない。それなのになぜ、(自分に合った大きさの) 白い制服を脱ぎ、のちにわれわれが電話室で見つけることになる (自分に合わない大きさの) 服に着替えて、それから犯行に取りかかる必要があるのか。そんなことをする意味はありません。ジャニーに扮《ふん》する気なら、自分の白いズボンを穿いたまま犯行をすませればよく、別のズボンを置いてわれわれに発見させるようなことはしないでしょう。ところが、ズボンは現実に見つかった。そして、それが偽装ではないこと、言い換えれば、ほんとうに偽者が穿いたものであることは、すでに証明したとおりです。しかしながら、偽者が実際にズボンを着用していたとすれば、それはその人物が事前に制服のズボンを穿いていなかったからにほかなりません。制服のズボンを穿いていなかったのであれば、その人物はオランダ記念病院とかかわりのある人間と見ることはできません。この件についての証明は終わり《クオド・エラト・デモンストランダム》。その二《セクンドゥス》。偽者は、オランダ記念病院とかかわりのない男性でもありません。粘着テープを使ったことから推察した結果、この病院とかかわりのない者はすべて、すでに除外ずみだからです。

　これに関して、こうおっしゃる人がいるかもしれない。だったら、フィリップ・モアハウスやヘンドリック・ドールン、それにカダヒーの子分たちはどうなんだ、と。この人たちは、病院の制服を着ていません。

　それに対する回答はこうです。モアハウスやヘンドリックや子分たちがジャニーに変装するには、たしかに制服を着る必要がありますが、だれも粘着テープのある場所を正確に知るほどこの病院に精通していない。強いてあげれば、ヘンドリック・ドールンが知っていた可能性はありますが、身体の特徴が合いません――太りすぎなんです。偽者は控え室へはいっていくところを目撃されましたが、ジャニー医師と体つきがそっくりだという話であり――ジャニー医師は小柄で痩《や》せ型でした。モアハウスについて言えば、備品の保管場所を知っていたことを示す根拠は何もない。同じことがカダヒーの子分たちにも言えます。カダヒー本人が偽者である可能性は皆無に等しい。何しろ、ドールン夫人が絞殺されたとき、カダヒーは麻酔をかけられていたんですからね。事件のその他の関係者で、職業柄、この病院のことを知悉《ちしつ》していた者はすべて、先ほど述べたとおり、ズボンを穿き換える必要がなかったという理由で除外できます──それは、ダニング、ジャニー、ミンチェン先生のほか、研修医たちやカッブ、エレベーター係の者たちで──全員が規定の白い制服を着ていました。

すると、この病院へのかかわりの有無にかかわらず、偽者は男性ではなかったということになる。これは確定です！

では、女性なのか。検証しましょう。偽者は、オランダ記念病院とかかわりのない女性ではありえません。なぜなら、女性はふつうスカートを着用しているので、ジャニー医師に化けるにはズボンを穿かなくてはなりませんが、この病院と無関係の女性は、粘着テープの件を踏まえれば、やはり犯人からは除外されることになります。

以上、複雑な手順を経て照合したすえに唯一残ったのは、偽者すなわち殺人犯は、オランダ記念病院とかかわりのある女性であるという説です。この分類には、当然ながらドールン夫人に劣らずこの病院の事情に通じているハルダ・ドールンとセアラ・フラー、またここで働いているイーディス・ダニングと、産科医のペンニーニ医師をはじめ、看護師や掃除係など病院内にいるすべての女性が含まれます。

それで筋は通るのか。

通ります！　偽者とほぼ同じ背恰好《せかっこう》で、この病院とかかわりのある女性が犯人だとしたら、扮装《ふんそう》のために白いズボンを用意する必要があり、女性の姿にもどる際にはそれをどこかへ放置せざるをえなかったはずです。偽者が中背の女性なら、ズボンを縫って丈を詰める必要があったでしょう。体が小さかったのであれば、靴の奥に舌革が押しこまれていた理由にも説明がつきます。女性の足はふつう男性よりずっと小さく華奢《きゃしゃ》で、それでいて男性の靴を履かざるをえなかったわけですから。そして最後に、この病院とかかわりのある女性なら、とっさに粘着テープを使うことを思いついて、どこへ行けば滞りなくテープを入手できるかを知っていたはずです。

みなさん、あらゆる点で符合しました！」

一同は互いに顔を見合わせながら、ここまで聞いた話をそれぞれに探り、分析し、考慮した。

警察委員長が突然脚を組んだ。「つづけてくれ」さらに言う。「これは実に――実に……」ことばを切り、無精ひげの生えた顎《あご》を掻《か》く。「どう言ったものか、ことばにならないな。つづけたまえ、エラリーくん」

エラリーは先へ進んだ。「第二の犯罪は」くすぶる煙草の先端を思案げに見つめて言う。「まったく事情がちがっていました。第一の犯罪の解明に用いた手法を試みたものの、無駄だとわかりました。どう推理しても――得られるものがほとんどなく――これといった結論にたどり着かないのです。

ここでまた一般化して考えれば、ふたつの犯罪は同一の犯人によるものか、別の犯人によるものか、そのいずれかであるのは明らかです。

まず、ある疑問が解けなくて悩みました。アビゲイル・ドールンを殺したのは専門知識のある女性だと言いましたが、もしその人物がジャニーも殺害したのなら、なぜあえてまた同じ凶器を使ったのか。つまり、なぜ二件とも同じ種類の針金を使って絞殺したのでしょう。犯人は頭の鈍い女ではありません。第二の犯罪に別の凶器を使えば、犯人がふたりいると警察に思わせることができ、都合がいいはずです。そうすれば、当局の目をくらませることもできる。ところが、仮にふたりを殺害したとして、その女は二件のつながりを隠す努力をわざと怠っている。それはなぜか。ぼくには理由がわかりませんでした。

では、ジャニーを殺したのが別の犯人だった場合、手口が同じだったのは、ジャニーを殺した犯人が、狡猾《こうかつ》にもその罪をアビー殺しの犯人になすりつけようとしたのだと考えられます。可能性は大いにある。

ぼくは虚心にこの問題に取り組みました。どちらの説もありえましたからね。第二の犯罪には、故意に同じ手口を用いたと考えられることのほかにも、憂慮すべき要素がいくつかあり、そのなかに納得のゆく説明がどうにもつかない問題がひとつありました。

書類整理棚をジャニー医師の机の後ろから移動したとミンチェン医師から聞かされるまで――移動したのは、事件当日の朝、ぼくがこの病院に到着する前のことですが――第二の犯罪に関して、ぼくはまさしく途方に暮れていました。

でも、もともと書類整理棚があったことを聞き、さらにそれがジャニー医師の部屋のどこに置かれていたかを知って、状況は一変しました。ドールン夫人事件における靴とズボンと同じく、書類整理棚はジャニーの死の解明に重要な意味を持っていたんです。

ひとつひとつ事実を検証しましょう。死亡時のジャニーの顔は意外にも穏やかで、自然な表情をたたえており、驚愕《きょうがく》や不安や恐怖の色――暴力による死にともなうあらゆる異常な徴候が見られませんでした。しかも、ジャニーをまず昏倒《こんとう》させた一撃の位置から見るかぎり、頭の小脳のあたりを殴打するには、犯人はジャニーの後ろに立っていたはずなのです！　どうすれば、怪しまれたり、少なくとも警戒されたりすることなく、背後に立つことができたのでしょう。ジャニーの机の後ろに窓はありませんから、窓敷居越しに外から体を乗り出して殴ることはできない。また、そこに窓がなければ、外を見るという口実でジャニーの背後に立ったとする説も除外されます。北側の壁に中庭を見渡せる窓がひとつありますが、そこからジャニーに一撃を加えるのはどうやっても不可能です。

実のところ、ジャニーの机と椅子は、北と東の壁を二辺とする直角三角形の斜辺を成しています。なんとか後ろへすり抜けられる程度の隙間しかなく、ましてや席にすわっている人間に気づかれずに背後へ移動することなど、とうていできません。そしてジャニーは殺害されたとき、その椅子にすわっていた——これは疑いようがない。殴られて気を失ったとき、ジャニーは原稿を執筆している最中でした。インクの跡が文字の途中で切れていましたからね。つまり、犯人はただジャニーの背後へ行っただけではなく、ジャニーの了解を得て背後へ行ったのです！」

エラリーはにやりと笑った。「困った状況です。ぼくは弱り果てました。そこに人がいた理由、しかもジャニーの承諾を得てそこにいた理由を示すものなど、机の背後には何もなかった。とはいえ、殺人犯がそこにいながら、ジャニーに微塵《みじん》も警戒心をいだかせなかったのはたしかなのです。

それでも、ぼくはふたつの結論を導き出しました。ひとつは、ジャニーが犯人をよく知っていたということ、もうひとつは、ジャニーは犯人が背後にいるのを知りながら、怪しみも恐れもしないで、その状況を受け入れたということです。

さて、机の後ろに書類整理棚があったことを知るまで、ぼくはすっかり困惑して、頭も働かなくなっていました。ジョン・ミンチェンからその話を聞いたとき……ちょうどぼくはジャニーが犯人の存在を知りつつ、そこに立つのを許した裏には、いったいどんなわけがあるのかと考えていたところでした。そんなときに、部屋の隅に唯一あったのが書類整理棚だったと知ったわけです。そうなると当然、犯人がジャニーの背後に立っていた理由は、整理棚にあったことになる。筋は通っていますね」

「ああ、しっかり通ってる！」ミンチェンがいきなり大声をあげた。サンプソンが思わずそちらをにらみ、ミンチェンは少々きまり悪そうな顔で沈黙した。

「ありがとう、ジョン」エラリーはそっけなく言った。「つぎも当然の推論です。ぼくにとってさいわいなことに、その書類整理棚は、病院のふつうの資料を保管するありふれた棚ではなく、ジャニー個人の所有する大切な文書をおさめた特別なもので、棚自体もジャニーの私物でした。中にしまってあったのは、ミンチェンとの共著に必要な症例記録です。周知のとおり、ジャニーは自分の認めた者以外にはぜったいにその記録を見せないようにしていた。鍵《かぎ》をかけて厳重に保管し、だれにも閲覧を許しませんでした。〝だれにも〟と言いましたが」エラリーは声に力をこめ、目をぎらつかせて言った。「例外が三人います。

ひとりは、ジャニー本人。自明の理由で、犯人から除外できます。

ふたり目は、ジャニーの協力者であるミンチェン医師。しかし、ミンチェンにジャニーを殺せたはずがありません。殺人事件があった時刻にこの病院にいなかったのですから。あの朝はぼくと会っていて、事件の少し前まで——病院へ行って共同執筆者を殺す時間などないほど直前まで——ふたりで話をしながらブロードウェイの八十六丁目通り付近を歩いていました。

しかし、このふたりだけでしょうか」エラリーは鼻眼鏡をはずして、レンズを磨きはじめた。「そんなことはありません！　とがめられずにその書類整理棚に近づける人物がジャニーとミンチェンのほかにもうひとりいることを、ぼくはドールン夫人が殺される前からすでに知っていました。その人物は、ジャニーの秘書役をつとめる助手で、病院の業務についても執筆活動についても事務を補佐し、ジャニーの部屋の一員と認められて机を置くことさえ許されていました。いつも執筆の手伝いをしていたため、当然ジャニーの背後にあったその貴重な文書に自由に近づくことができた。その人物はジャニーが執筆している最中も、一日に何度もその隅へ行ったはずですから、そこにいても不自然ではなく、ジャニーもそれをあたりまえと思っていた……。むろん、それが三人目の人物、ルシール・プライスです」

「みごとな推理だ」サンプソンが驚嘆した口調で言った。警視は愛情のこもった目をエラリーに注いでいた。

「これでぴたりとつじつまが合うんです！」エラリーは声を張りあげた。「さらに言えば、オランダ記念病院の内外を問わず、そのような特殊な状況のもと、ジャニー医師に疑いや恐れ、怒りをいだかれずに背後に立てた者は、ほかに考えられません。ジャニーはその資料の扱いにひどく神経をとがらせ、他人が手をふれるのを何度も拒んできました。ミンチェン医師とルシール・プライスだけが例外だった。このうちミンチェンはすでに除外しました。すると、プライスが残る！」

　エラリーは鼻眼鏡を振り動かした。「結論。ジャニー医師を殺害した犯人として考えられるのはただひとり、ルシール・プライスです。

ルシール・プライス……。ぼくは突然のひらめきを得て、この名前を心のなかで嚙《か》みしめました。では、ルシール・プライスの特徴は何か。プライスは女性であり、専門知識があって、オランダ記念病院とかかわりがある！

　これはまさに、ぼくが探していた、アビゲイル・ドールン殺しの犯人の特徴そのものです！　事件とは一見無関係で有能な看護師が、ドールン夫人の殺害犯でもあると考えられるのでしょうか」

　エラリーは水をひと口飲んだ。部屋は依然として静まり返っている。

「その瞬間から、事件の全貌《ぜんぼう》が目の前に浮かびました。一階の見取図を取り寄せ、プライスが一見看護師としての自分自身でありながら、同時にジャニー医師の偽者にもなって、大胆不敵な犯罪を実行したであろう足どりをたどってみました。

これまでわかった要素を注意深くつなぎ合わせて検討することで、ぼくはプライスがこの奇跡にも見える所業を成しとげるべく用いたにちがいない時間表を完成させたのです。みなさんのために読みあげましょう」

エラリーは胸ポケットを探って、くたびれた手帳を取り出した。ハーパーが鉛筆と紙切れを構えて、ひときわあわただしい動きを見せる。エラリーは早口に読みあげた。

十時二十九分――本物のジャニー医師が呼び出される。

十時三十分――ルシール・プライスが控え室からエレベーターのドアをあけて乗りこみ、そのドアを閉め、邪魔がはいらないように東廊下側のドアも閉ざしたのち、あらかじめエレベーター内か控え室のどこかに隠しておいた靴、ズック地の白いズボン、術衣、帽子、マスクを身につける。自分の靴はエレベーター内に残し、もとの服は術衣の下に隠れている。エレベーターのドアから東廊下へ抜け、角を曲がって南廊下へ出たら、そのまま麻酔室まで進む。そのあいだずっと、ジャニーになりすますために足を引きずり、マスクで顔を隠して帽子で髪を覆った恰好《かっこう》で足早に麻酔室を通り抜けて、バイヤーズ医師とオーバーマン看護師、それにカダヒーに姿を目撃させ、控え室へはいってドアを閉める。

十時三十四分――昏睡《こんすい》状態のドールン夫人に近づいて、服の下に隠し持っていた針金で絞殺し、頃合を見計らってそのままの自分の声で「すぐに準備します、ジャニー先生！」ということばを叫ぶ（消毒室へ行ったと本人は証言したが、むろん、そんな事実はない）。研修医のゴールドが控え室をのぞいたが、そのときに見たのは、背を向けて患者の上にかがみこんでいた手術衣姿のプライスだった。当然ながら、そのときゴールドは看護師を見かけていない。控え室にそのような人物はいなかった。

十時三十八分――控え室から出て麻酔室を通り抜け、南廊下から東廊下へ、もと来た道をたどり、エレベーターにはいって男物の服を脱ぎ、自分の靴を履く。急いでエレベーターの外に出て、すぐそばにある電話室に脱いだ男物の服を置き、ふたたびエレベーターのドアから控え室へ引き返す。

十時四十二分――本来の自分であるルシール・プライスとなって控え室にもどっている。

すべての過程にかかった時間は、わずか十二分。

エラリーは微笑んで、手帳をしまった。「靴の紐《ひも》が切れたのは、殺害の前にエレベーターで男物のキャンバス地の靴に履き換えたときでした。プライスとしては、エレベーターのドアから控え室へもどって、すぐそばにある備品棚をあけるだけでよかった。粘着テープを一本取り出して、必要なぶんだけ小型鋏《ばさみ》で切り、エレベーターへもどる。プライスのように粘着テープの収納場所を知っている者なら、だれであれ二十秒でできることです。ついでながら、おおまかな時間表をつかんだあと、ぼくは靴に貼るぶんを切りとったもとの粘着テープを探しました。ぜったいに控え室の備品棚のものを使ったと確信していたわけではありませんが、論理的に考えれば、まずそうにちがいない。そこで、備品棚にあった粘着テープのふぞろいな切り口と、靴紐に貼ってあった一片の切り口を比べてみた結果、ふたつがぴったり一致することがわかったのです。これは証拠になりますよね、地方検事殿」

「なるとも」

「必要なぶんを切りとったあと、粘着テープをまるごとポケットにしまい、あとで始末することもできたはずです。ところが、プライスはそれを考えつかなかった。あるいは考えたものの、証拠になりかねないテープを持ち歩くのを避けるため、危険を冒して数秒を余分に割こうと決めたのかもしれません。

ご記憶かと思いますが、捜査がはじまって以来、控え室は立ち入りを禁じられ──見張りがついていました。しかし、仮にプライスがテープを持ち去っていたとしても、そのことは事件の解明にはなんの影響も及ぼさなかったでしょう。ぼくが事件を解いたのが、粘着テープを探すことを思いつく前だったことを、どうか忘れないでいただきたい。

つまり——まとめると——靴とズボンが殺害者の女性の名前を除くすべてを物語り、その残った名前を書類整理棚が教えてくれた。以上ですべて片づきました」

エラリーは口をつぐみ、疲れた笑みを浮かべて一同を見渡した。聞き手たちの顔に、とまどいの色がひろがっている。ハーパーは張りつめた面持ちで椅子の端に腰かけ、興奮に身を震わせていた。

サンプソンが気づかわしげに言った。「なんだか腑《ふ》に落ちないところがあるんだよ。どこかで何かが抜けている。いまのがすべてじゃない……。クナイゼルの件はどうなんだね？」

「これは失礼しました」エラリーはすぐに答えた。「ルシール・プライスが有罪だからといって、共犯者がいる可能性を排除できるわけではないことを説明すべきでした。プライスは単なる手先であり、男の黒幕が裏で指示を出していたとも考えられる。クナイゼルがその黒幕だった可能性もあるわけです。クナイゼルには動機がある——ドールン夫人とジャニー医師が死ねば、研究をつづけるための潤沢な資金が確保できるうえに、研究の成果を完全にひとり占めすることになるのですから。あの男がなんともふざけた推論を語ってみせたのは、砂を大量に投げつけてわれわれの目をくらまそうとしたのかもしれません。しかし——」

「共犯者……」警察委員長がつぶやいた。「それできょうの午後、スワンソンを逮捕したのか……」

「なんだって！」地方検事が叫んだ。「スワンソンを？」

クイーン警視がかすかに笑みを浮かべた。「急だったんでね、ヘンリー、きみに知らせる機会がなかったんだ。きょうの午後、ルシール・プライスの共犯者としてスワンソンを逮捕した。ちょっと待ってくれ」

警視はヴェリー部長刑事に電話をかけた。「トマス、ふたりを引き合わせてみろ……。スワンソンとあのプライスという女だ……。あの女、まだ何も吐かんのか……。それで様子を見るんだ」電話を切る。「これでじきにわかるぞ」

「なぜスワンソンなんですか」ミンチェンが控えめに異を唱えた。「どちらの件でも、あの男がみずから手をくだすことはできなかったはずです。第一の事件ではジャニーがスワンソンのアリバイを証言していて、第二の事件ではあなたがたが証人ですからね。ぼくにはさっぱり――」

エラリーは言った。「スワンソンはぼくにとっては、最初から不審人物《ベート・ノワール》だったんだ。ジャニー医師の偽者が現れていたまさにそのときに、偶然ジャニーに面会を申しこむなんて、ぼくにはとても信じられなかった。ルシール・プライスの計略は、ジャニーになりすましているあいだその本人を引き離しておけるかどうかに成否がかかっていた点を忘れないでもらいたい。すると、その時刻にジャニーを控え室から遠ざけたのは偶然ではなく、計画だったわけだ。つまり、スワンソンは道具だった。では、何も知らずに利用されただけなのか――すなわち、プライスの差し金で、訪問の意味を知らぬままジャニーに面会にいったのか――それとも、罪の自覚のある共犯者だったのか。

しかし、ジャニー医師が殺害されたその時刻に、スワンソンが地方検事のもとを訪れ、それによってニューヨークじゅうで最も信頼のおける人物からの明白なアリバイを得たことを知り、ぼくはスワンソンが罪の自覚のある共犯者であると気づいた。そして、ジャニーとアビーの死によって最大の利益を得るのはあの男だということを思い出したんだ！ アビーの遺産をジャニーが相続する。そしてジャニーが死ねば、その金はそっくりスワンソンの手に渡る――完全に筋が通るんだよ」

電話が鳴り、クイーン警視が机の上から受話器をとった。顔を紅潮させながら話に耳を傾ける。それから受話器を架台に叩《たた》きつけるようにしてもどし、怒鳴った。「すっかり片づいたぞ！ スワンソンとルシール・プライスを引き合わせたとたん、スワンソンが観念して白状した！ ついにふたりを落としたんだ！」

ハーパーが勢いよく立ちあがった。物問いたげな目でエラリーに強く訴える。「もう記事を出してもいいだろうか――できれば、ここから社に電話をかけたいんだが」

「いいとも、ピート」エラリーは微笑した。「約束は守るよ」

ハーパーが受話器をつかんだ。「進めていいぞ!」相手につながったのを確認し、叫んだ。それでおしまいだった。ハーパーはふたたび椅子に腰をおろし、猿のように歯をむいて笑った。

警察委員長は何も言わずに席を立って出ていった。

「ところで」ハーパーが何やら考えながら言った。「ドールン夫人の転落事故は予見できたはずがないのに、それから二時間も経たないうちに、犯人がここまで手のこんだ段取りをどうして整えられたのか、ずっと不思議に思っていたんだよ。それはさておくとしても、わざわざ殺す必要はなかったんじゃないかな。なんと言っても、ドールン夫人は手術の結果、死ぬ可能性だってあったわけで、そうすれば犯人はあれほど手間をかけなくてもすんだはずだ」

「すばらしいよ、ピート」エラリーは愉快そうだった。「ふたつとも、実に刺激のあるすばらしい質問だ。だが、どちらに対しても、さらにすばらしい回答があるんだ。ドールン夫人は一か月ほどあとに虫垂炎の手術を受ける手筈《てはず》になっていて、それは病院じゅうの話の種になっていた。その手術に合わせて殺害をおこなう予定だったのはまちがいないところで、実際にはおそらく手順を多少変えたりしたんだろうね。たとえば、もとの計画ではドールン夫人は昏睡状態ではないから、控え室には麻酔科医がいたはずだ。もし麻酔科医がいたら、手術前にドールン夫人を殺すのはむずかしい。

おそらくルシール・プライスとしては、手術後、個室に移された夫人を殺害するつもりだったんだと思う。今回扮装《ふんそう》して控え室にはいったのと同じ要領で、ジャニー医師に化けて個室にはいればいい。それに、ジャニー医師の補佐役なんだから、きっとドールン夫人の担当看護師になったはずだ。つまり、転落事故が起こる前に、犯行の細かい手筈は実質上整っていた――変装用の衣類を病院内のどこかに隠す、ジャニーを引き留めるようスワンソンと打ち合わせるといった具合にね。それで夫人が倒れたとき、わずかに手直しを加える必要はあったものの、期待以上の好条件で――とりわけ、麻酔科医のいない状況で――殺害計画を実行に移すことができた。急いでスワンソンに電話をかけて、新たな展開を伝え、事を運んだ」

エラリーはそっと喉《のど》もとに手をあてた。「口がからからだ……。さて、殺す必要はなかったという さっきの言い分だけど、つぎにあげる理由で成り立たないんだよ。夫人の手術が成功することを、ミンチェンも執刀するジャニーも確信していた。つねにジャニーの身近にいるルシール・プライスとしては、当然ながら、自信に満ちた医師のことばを信じないわけにはいかなかっただろう。考えてもみろ、もしドールン夫人が助かったら、虫垂炎の手術は無期延期となり、ルシール・プライスは無期限に待たざるをえなくなって、計画がそっくり宙に浮いてしまう。そう、ピート、夫人の転落事故は、計画の実行を早めただけであって、計画を思いつくきっかけでなかったことはたしかだ」

サンプソンはじっとすわったまま考えにふけっていた。エラリーはおもしろそうに、その様子を見ている。ハーパーはひとり小さく笑っている。サンプソンが言った。

「だが、ルシール・プライスの動機は？　それがわからない。あの女とスワンソンのあいだに、どんな関係があるんだ？　何ひとつそれらしいところが見あたらない――ふたりを殺すことで利益を得るのがスワンソンだとして、プライスがそいつのために手を汚さなくてはならないわけがあったのか」

クイーン警視がコート掛けから帽子と上着をとり、仕事があるからと、中座を小声で詫《わ》びた。そして退室する前に、穏やかな声で言った。「エラリーの話を聞いてくれ、ヘンリー。何を言うにせよ、そういうことらしい……。ジューナ、おとなしくするんだぞ」

ドアが閉まると、エラリーは警視の椅子にくつろいで腰かけ、机の上で脚を組んだ。「実にいい質問ですよ、サンプソンさん」悠然と言う。「ぼくもそれを、答が出るまで半日自問していました。見たところ関係のなさそうなふたりの人間のあいだに、どんなつながりがありえたか。スワンソンはドールン夫人に対して、自分をこの病院から追い出して人生を台なしにしたと恨みを募らせていた。また、息子が破滅するのを黙認したというゆがんだ考えから、継父の殺害をも企てた。さらに金銭の面にしても、何があろうと継父の遺産を相続できる立場にあった……。一方、ルシール・プライスはもの静かな看護師だ――。さて、このふたりにどんなつながりがあるのか」

そのあとにつづいた沈黙のなか、エラリーはポケットから謎の文書を取り出した。木曜日の午後、ハーパーに電話で指示をしていたのは、これを手に入れるためだったのだ。エラリーはその文書を空中で振った。

「これが簡潔な答です。この文書によってルシール・プライスはスワンソンとともにジャニーの遺産の相続人となるわけであり、なぜプライスがスワンソンのために手を汚したのかが明らかになります。

この文書には、長年の計画と、周到な準備、狡猾《こうかつ》な手口からなる物語が秘められています。

またこれにより、どこでいかにして、ルシール・プライスが証拠を残さず男物の手術衣を入手したかが判明します――元外科医であるスワンソンから入手したのです。ついでながら、ズボンが長すぎたわけにもこれで説明がつく。靴もおそらくスワンソンのものでしょう。あの男は約五フィート九インチの長身ながら、体つきが華奢《きゃしゃ》ですから。

さらにこれは、ふたりが緊密かつ秘密裏に協力していたことを示しています。物騒な話をするときは、おそらく電話を使ったと思われ――用心深いふたりが、直接会ったりいっしょに住んだりはしないはずですから――ジャニーの殺害を早めるときもそうして連絡をとったのでしょう。新聞報道を使ったこちらの誘導作戦を受けて、スワンソンは検察局に出頭せざるをえなくなりましたが、その時刻にジャニーが殺害されたため、はからずも都合よく、出頭した事実が完璧《かんぺき》なアリバイとなりました。

ふたりを殺すのになぜ同じ方法を使ったのかも、この文書が明らかにします。スワンソンにドールン夫人殺しの嫌疑がかかり、たとえ逮捕されたとしても――ふたりはその可能性も念頭に置いていたはずですが――その後ジャニーが同一人物の犯行と思われる手口で殺害されれば、第二の殺人に関してスワンソンにはたしかなアリバイがあるため、第一の殺人に関してもおのずと容疑は晴れるでしょう。

この文書を見るかぎり、どうやらジャニー医師さえ、自分の義理の息子であるスワンソンことトマス・ジャニーと、ルシール・プライスとのあいだに、切り離せないつながりがあったことを知らなかったようです……。

そう、ぼくは先ほど、どんなつながりがありえたかと自問したと言いましたね」

エラリーはその文書を警視の机の上にほうった。サンプソン地方検事、ミンチェン医師、ジューナが身を乗り出して、それを見た。ハーパーはにやりと笑っただけだった。

それは結婚証明書の複写写真だった。

解説　ロジック・イン・ホスピタル

飯城勇三

――エラリイ・クイーンは実に大した作家だ。アメリカでも最近ヴァン・ダイン以上の人気を博しているらしい。リアリスティックなる事、ヴァン・ダイン以上だ。これは充分問題にされていい作家だと思うので、次号より連載小説として紹介して行くつもりである。

（横溝正史「探偵小説」誌一九三二年三月号より）

その刊行――一足のわらじを二人で履いて

デビュー作『ローマ帽子の秘密』、第二作『フランス白粉《おしろい》の秘密』と好評を博したクイーンに対して、エージェントは専業作家になることを勧めました。しかし、当時は大恐慌のために景気は悪く、ペン一本で喰《く》っていけるのは、一握りの作家だけだったのです。特にクイーンの場合は、リーとダネイで収入を折半しなければならなかったので、なおさら安定した仕事を捨てづらかったに違いありません。

しかし、本作『オランダ靴の秘密』が刊行された一九三一年には、クイーンは作家専業に踏み切りました。その理由に、本書の好評があったことは間違いありません。なぜならば、この作は、クイーン作品で初めて、全米ベストセラー・リストの首位を獲得したからです。少数のミステリ読者ではなく、多数の一般読者が受け入れてくれたわけですから、作家専業でもやっていけると考えたのは、当然のことでしょう。

（ちなみに、「アメリカのベストセラー物語」の副題を持つフランク・ルーサー・モットの『Golden Multitudes』（一九四七年）によると、これまでクイーンの本で百二十万部を超えたのは、『オランダ靴』『エジプト十字架』『チャイナ橙』『エラリー・クイーンの新冒険』の四作だそうです。）

かくして、プロとなったクイーンは、翌一九三二年に〝奇跡〟を起こすのですが、それは次の『ギリシャ棺の秘密』の解説で――。

その魅力――手術台の上で靴紐《ひも》と粘着テープが恋をした

『オランダ靴』がベストセラーになった理由の一つに、病院という舞台設定があったことは、間違いないでしょう。クイーン自身も、エッセイ集『クイーン談話室』の中で、本書に対して、「(わたしたちの知る限り)探偵小説で初めて病院を舞台として利用」した作品だと言っていますから。おそらく当時の読者にとっては、「病院での殺人」というテーマは、斬新《ざんしん》かつ興味深いものだったはずです。

また、単に舞台が珍しいだけでなく、それが内容とうまく連携しているのも高評価につながったのでしょう。例えば、手術用の帽子は、普通の帽子と違って、髪が完全に隠れてしまいます。まさに、変装にピッタリの小道具ではないでしょうか。

では、二つめの魅力を――述べる前に、ファン向けの小ネタを挙げておきましょう。

〔その1〕本書が捧《ささ》げられたS・J・エセンソン医師とは、どんな人だと思いますか? 実は、クイーンが「ミステリ・リーグ」誌一九三三年十二月号に発表したエッセイによると、「かなり昔に私をこの世に誕生させてくれた人物」だそうです。

〔その2〕14pの見取図について、クイーン研究家のF・M・ネヴィンズは、「大手術室には西廊下に出るドアがなければならない」と指摘しています。81pでエラリーが「(ジャニー医師が)西廊下側のドアからはいるのを、ぼくもたしかに見ました」と言っていますし、82pでは警視たちが手術室側のドアから控え室に入ってくるので、確かに――窓はなくてもいいですが――ドアがなければなりませんね。推理に影響はありませんが、ミスであることは間違いありません。この本では、訳者と編集部が話し合った結果、見取図を修正することにしました。

『オランダ靴の秘密』初刊本の表紙

〔その3〕本書の訳では、靴の中で押しつぶされていたのは「(足の甲と靴紐の間にある)舌革」ですが、「(足の裏と靴底の間にある)敷皮」と訳している本もあります。では、どちらが正しいかというと、原文が「tongue」なので、「舌革」の方。だからこそ、クイーンは紐靴の代名詞であるオックスフォード靴を使ったわけですね。

〔その4〕前二作同様、本作にも〝新世代の万能執事〟ジューナが登場します。しかも、エラリーにアドバイスをして、そのお礼に変装道具をもらい、チョコレート付きで推理を拝聴するという活躍ぶり。それに加えて訳者のプッシュもあり、本書の表紙を飾ることになりました。ところが、作者は登場人物表にジューナの名前を載せていないのです。本作は事件関係者の数が多いために外されてしまったと思われますが、ちょっとかわいそうですね。

その推理――そうだったのか! エラリーの推理が学べる本

有栖川有栖《ありすがわありす》氏や法月綸太郎《のりづきりんたろう》氏といった本格ミステリ作家が「犯人当てパズル《フーダニット》の最高傑作」と評価する作品、それがこの『オランダ靴』です。従って、これを二つめの魅力として挙げても、異論を唱《とな》える人はいないでしょう。

もっとも、エラリーの推理だけを比べるならば、『ローマ帽子』や『フランス白粉』も、特に劣っているわけではありません。実は、こちらの二作は、推理の巧みさが読者にわかりにくいために、『オランダ靴』より評価が低くなっているのです。『ローマ帽子』はデビュー作であるため、クイーンは読者のレベルがつかめず、手探り状態で執筆せざるを得ませんでした。ベテランのミステリ担当編集者でもいれば、執筆時にアドバイスを受けられたかもしれませんが、コンテストの応募作とあっては、それもかなわなかったわけです。

次の『フランス白粉』では、この欠点は改良され、ずっと推理がわかりやすくなっています――が、「最後の一行で犯人の名前を明かす」という趣向が、説明不足を招いてしまいました。この趣向のため、犯人を指摘した後の、裏付け的な推理が描けなくなってしまったからです。

例えば、本作では、「犯人が二つの殺人に同じ手段を用いたのはなぜか？」という謎に対して、エラリーが見事な推理を披露します。ただし、この推理は犯人を明かした〝後〟でないと披露できないことは、既に本書を読み終えた人には明らかでしょう。

もう一つ例を。『フランス白粉』をお持ちの方は、393pを見てください。ここでエラリーが「ちょっとした策略だよ」と言いますが、これは、491pで明かされる、「逃げだそうとするスプリンガーを捕らえるための罠《わな》」のこと。375pでエラリーに何やら命じられたジューナがアパートメントからこっそり抜け出したのは、この罠を警察に伝えるためだったのですね。この時点で犯人がXだとほぼ特定していたエラリーは、「警察はスプリンガーが麻薬組織の一員だと気づいた」と、Xにだけ伝わるようにしました。もし犯人がXであれば、即座にスプリンガーを逃がそうとするはずだからです。そして、エラリーの策略は成功し、犯人から連絡を受けたスプリンガーは逃亡。これにより、エラリーは犯人がXだと確信したわけです。

ただし、解決篇ではこの罠は明かされていません。Xだけに向けて張られた罠なので、犯人の名を明かした〝後〟でないと披露できなかったからです。「最後の一行」の趣向が、こういった読者への説明不足を生んでしまったわけですね。

今度は、本書以降の作品と比べてみましょう。これらはもちろん、『オランダ靴』に勝るとも劣らない「わかりやすさ」を持っています。――が、そこに登場する推理は、「犯人当て《フーダニット》」用ではなく、「トリック当て」用なのです。なぜかというと、本書以降の作品では、犯人が「入れ替わりトリック」や「偽装トリック」を弄《ろう》したり、被害者がダイイング・メッセージを残したりするからです。つまり、名探偵の推理が、偽装を暴いたりメッセージを解釈する方に向けられてしまうわけですね。

従って、読者が本作を「犯人当て《フーダニット》パズルの最高傑作」と評するのは、まぎれもなく正しいのです。病院という特殊な舞台を利用し、一足の靴から犯人の属性をあぶり出し、もう一つの手がかりから一人に特定する――これから本書を読む人は、この神業的な推理に挑戦してみてください。あまりにもフェアなので、誰でも推理の一部は見抜くことができると思いますよ。

その映画――「エラリー・クイーンと殺人の輪」

コロンビア映画では、一九四〇年から四二年にかけて、名探偵クイーンを主人公とする映画を七作製作しています。配役はエラリーがラルフ・ベラミー（前半四作）とウィリアム・ガーガン（後半三作）。警視がチャーリー・グレープウィン、ヴェリーがジェイムズ・バーク、そして、エラリーの秘書のニッキー・ポーターがマーガレット・リンゼイ。この中ではベラミーが最も有名で、同じ時期には「気儘《きまま》時代」「ヒズ・ガール・フライデー」「フランケンシュタインの幽霊」などに出ています。また、アメリカの映画評論家によると、レギュラー陣もゲストも、そこそこ実力のある俳優とのこと。実際に観てみると、エラリーはハンサムだし、ニッキーは美人だし、警視は風格あるし、ヴェリーは脳筋だし、と文句は言えませんでした。

文句があるのは、脚本のひどさに対してです。日本にもアメリカにも、脚本を誉めている人は存在しないのではないでしょうか？　最初の三作は、それぞれ「消えた死体」「ペントハウスの謎」「完全犯罪」として小説化されている（邦訳は創元推理文庫『エラリー・クイーンの事件簿1』『同2』収録）ことからもわかるように、何とか読むに堪えるプロットではあります。しかし、四作めにして『オランダ靴』の映画化と言《い》われる「Ellery Queen and the Murder Ring」（一九四一年）から壊滅的にひどくなり、もはや原作とは別物になってしまいました（この映画をエラリー・クイーン・ファンクラブの例会で上映した時は、「何かの罰ゲームか」と言われてしまいましたよ）。では、どの程度まで原形を留《とど》めているのか、みなさんに罰ゲームを受けて、もとい、判断をしてもらいましょう。

※注意!!　本編を先に読んだ方が楽しめます。

「スタック記念病院」のオーナーであるスタック夫人が、エラリーに調査を依頼する。病院でジャニー医師が不正を行っているらしいと言うのだ。そこでエラリーは、仮病を使ってスタック病院に入院。秘書のニッキーも、「エラリーが個人的に雇っている看護師」だと偽って――もちろんナースのコスプレで――病院に。

その頃、スタック夫人はギャングに襲われ、やはり同じ病院に入院。襲ったギャングのボスも負傷して、これまた同じ病院に担ぎ込まれる。間もなく、夫人が手術台の上で殺されるという事件が発生。クイーン警視やヴェリー部長が病院にやって来る。

病室のギャングを夫人の息子ジョンが訪れ、礼を言う。彼が遺産欲しさにギャングを雇ったのだ。だが、ギャングは「夫人を殺したのは自分たちではない」と言う。かくして、事件を捜査するエラリーとニッキーと警視たち、それに病院からボスを逃がそうとするギャングたちがドタバタ劇を展開。ところが、その最中に、看護師のフォックスも殺害されてしまう。

ジャニー医師を疑う警視。動機はスタック夫人の遺産。録音を利用して診察に呼び出されたふりをして、アリバイ工作を行ったのだ。だが、ギャングへの尋問により、ジョンが容疑者として浮上する。警視たちはスタック家に向かうが、そこで発見したのは、ジョンの死体だった。遺産の大部分が自分ではなくジャニー医師に与えられることを知り、絶望して自殺したのだ。ならばジョンが犯人か？　だがエラリーは、ジョンにはフォックス看護師殺しのアリバイがあることを指摘する。

ニッキーは事件を通じて親しくなったトレーシー——ジャニー医師付きの看護師——の家に遊びに行く。そこでニッキーが見つけたのは、ジョンからの贈り物。二人は恋人同士だったのだ。トレーシーが（ジョンを通じて）遺産を手に入れるためにスタック夫人を殺し、その現場を見たフォックス看護師も殺したのだ、と指摘するニッキー。追いつめられたトレーシーが彼女を殺そうとするまさにその時、エラリーが助けに入って、ジ・エンド。

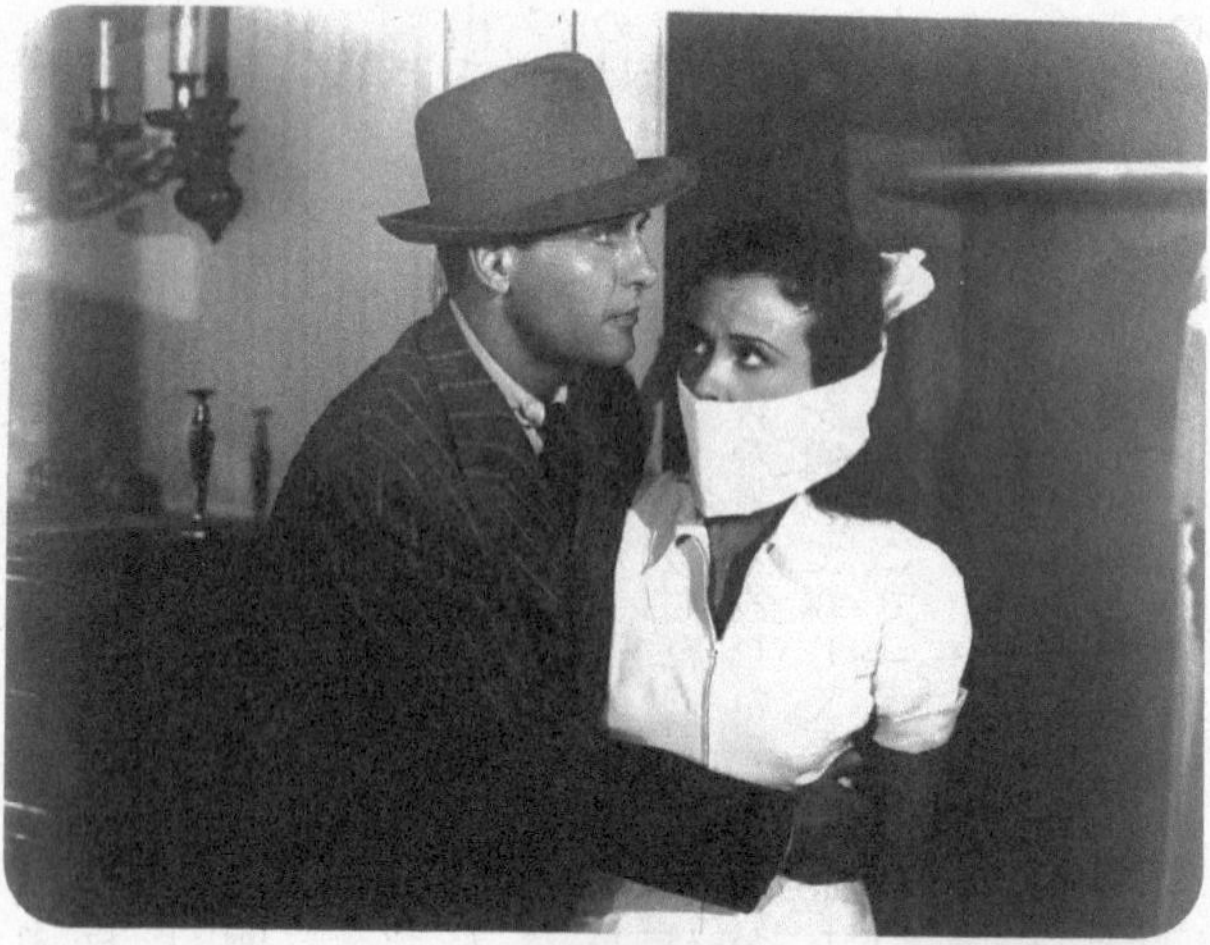

↑映画版「オランダ靴」より。
エラリーとニッキー

↑警視

←ヴェリー

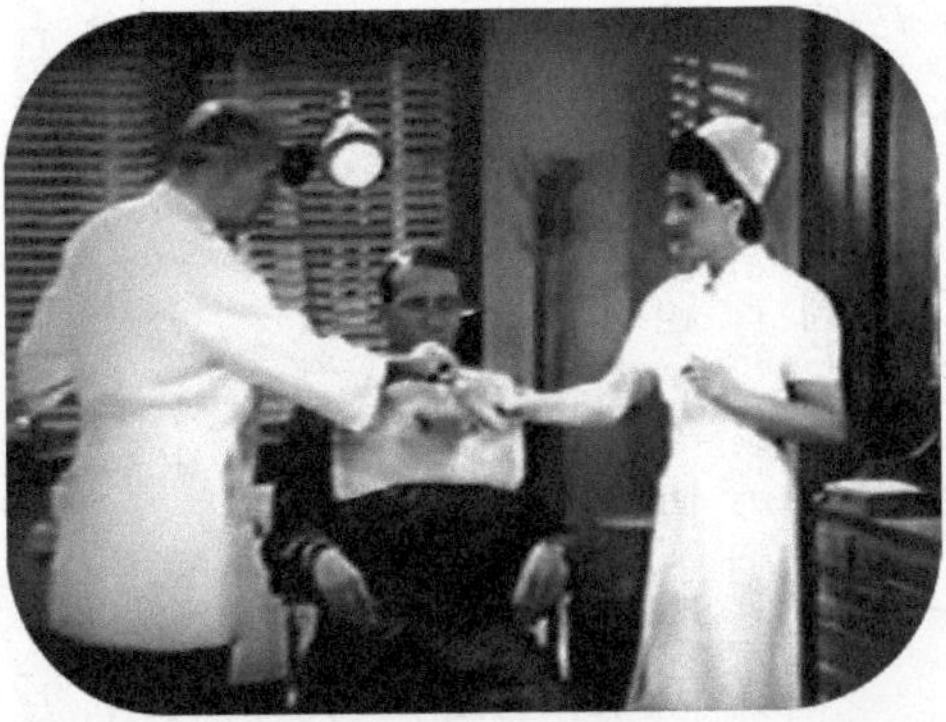

病院を探るためにジャニー医師の診察を受けるエラリー

看護師（女）に変装したギャング（男）を警視が見破る！

――という具合に、パーツだけ抜き出して見ると、一応は『オランダ靴』っぽいと言えなくもないですね。この他にも、男のギャングが女の看護師に化けるシーンとか、看護師が整理棚の前にかがみ込むシーンとか、ヴェリーが警視のオフィスでバナナを食べるシーン（本書406pを下敷きにしている？）とか、いろいろありますし。

ただし、パーツを組み合わせて出来上がったものが、まったくの別作品なのが困りもの。本格ミステリの傑作『オランダ靴』を基にこんな映画を作れるなんて、ある意味では、脚本家エリック・テイラーの才能も大したものだと言えるでしょう。

その来日――挑戦が早すぎる

本作は、日本に初めて紹介されたクイーン作品となります。一九三二年に『和蘭陀《オランダ》靴の秘密』と題され、博文館の「探偵小説」誌に連載されました。この雑誌は、同社の有名な「新青年」誌の翻訳特集号を独立創刊させたような感じで、翻訳家や挿絵画家もほとんど同じです。ただし、ここで注目すべきは編集長。なんと、あの横溝正史だったのですよ！

当時、出たばかりの本作を読んで惚《ほ》れ込んだ横溝は、できるだけ完全な形で訳したいと考え、連載にしました。五割以下に縮めて一挙掲載するのが当たり前だったこの時期に、七割程度の抄訳で済んだのは、この英断のおかげですね。また、訳者の伴大《ばんだい》矩《く》（大江専一）は、クイーンの〈レーン四部作〉の初紹介作に『レーン最後の事件』を選ぶような見識のない人物でしたが、横溝が厳しくチェックしたらしく、比較的まともな訳になっています――と言っても、あくまでも「戦前の翻訳としては」ですが。

また、連載開始にあたり、横溝は著名な作家などに本作の推薦文を書いてもらいました。以下、ほんの一部ですが、紹介してみましょう（引用時に手を加えています）。

森下雨村「ヴァン・ダインの一、二の作よりは読んでみて遥《はる》かに幅も深みもあり、近来の佳《よ》い作品として推すを憚《はばか》らないように思われた」

甲賀三郎「従来にない先端的推論小説で、フェアプレイである点は、確かにヴァン・ダイン以上である。（略）かくの如く、フェアプレイをもって終始した探偵小説はちょっと類がないであろう」

江戸川乱歩「ファイロ・ヴァンスを心理的探偵とすれば、これは純粋に論理的探偵です。読者と作者とが智恵比べをする興味で（全くその興味だけで）構成された、最も純粋なる正統派探偵小説であります」

海野《うんの》十三《じゅうざ》「外国の菊池寛が書いた探偵小説――という感じがする」

こうした横溝のバックアップのもと、「探偵小説」誌の一九三二年四月号から、連載が始まりました。挿絵画家は横山隆一。現在は「フクちゃん」で知られている漫画家ですが、この当時は、こういった画風の挿絵を書いていたのです。

ところが、この連載という形式が裏目に出てしまいました。連載中に、掲載誌の廃刊が決まったのです。そのため編集部は、最終号となる八月号に挑戦文を入れ、読者の解答を募集し、「新青年」誌の同年八月増刊号に解決篇と共に正解者名を掲載しました。――と、これだけ見ると、裏目ではありませんが、実は、大きな問題が一つ。原著で挑戦状が入る第二十六章のずっと前の、第二十三章までで挑戦しているのです。本書を読み終えた人ならばわかると思いますが、この時点では、犯人を特定するデータは揃っていません（従って、編集部が作品の外側で挑戦する形をとっています）。まあ、それでも十一人が犯人を当てて、一人十圓《えん》の賞金を手に入れたようですが……。また、この連載は、訳者名を露下弴《つゆしたとん》と変え、一九三五年に春秋社から刊行されましたが、正しい位置に挑戦状が追加されることはありませんでした。つまり、『オランダ靴』の戦前版は、〝作中で作者が挑戦する〟という趣向が存在しないわけですね。

その新訳――消えた空白の秘密

本作の「幕間」の章には、〝読者がメモをとるための余白〟が用意されています。本格ミステリ愛好家のハートを震わせるこの趣向は、戦後の日本で出た訳本の大部分

「探偵小説」誌連載時の
横山隆一による挿絵

『オランダ靴の秘密』春秋社版

にありますが、戦後のアメリカで出た本の大部分にはありません。言い換えると、アメリカの読者の大部分は、この趣向の存在を知らないのです。

こんなことが起きた理由として考えられるのは、まず、単行本がペーパーバック化される際に、（主に軽量化のために）序文や登場人物表や見取図のページが外されたのに合わせて、余白のページもカットされたというもの。

もう一つの理由は、戦後のクイーンが――特にリーの方が――こういった稚気《ちき》があふれるマニア向けの趣向を嫌った、というもの。フェアプレイを至上として、自信満々で読者に挑んだかつての自分の姿は、黒歴史だというわけです。また、戦後の（『災厄の町』のような）自作のファンにはこういった趣向は受け入れてもらえない、とクイーンは考えてもいたようです。一般大衆向けのラジオドラマや大衆紙掲載の短篇には挑戦状を入れていますが、単行本化の際にはそれを外していますからね。

この二つの理由によって、戦後のクイーン本には初刊から欠落したものがいくつもあり、それが邦訳書にも影響を与えることになりました。同じ作品なのに、出版社によって見取図や登場人物表があったりなかったりするのは、これが原因です。また、ハヤカワ・ミステリ文庫版『オランダ靴の秘密』では、翻訳に用いた原書には幕間の余白がなかったために、この章だけ別の本から訳したと聞きました。

こういった欠落の中で、私が最も重要だと思っているのは、副題です。本文庫の国名シリーズ新訳版では、この本までの三作すべてに添えられている「ある推理の問題(A Problem in Deduction)」という副題は、デビュー当時のクイーンの「フェアで論理的なパズラーを書こう」という意気込みを表していると考えられるからですね。

それなのに、これまでの訳書では、初刊時にはこの副題が存在するにもかかわらず、添えられていない場合が多かったのです。例えば、創元推理文庫の旧訳版『ローマ帽子の謎』から『スペイン岬の謎』までの九作の内、副題があるのは『オランダ靴の謎』のみ。このため、「クイーンは『オランダ靴』が一番フェアだと考えたので副題を添えたんだな」と勘違いしてしまった読者もいるのではないでしょうか。

本文庫の新訳版では、原著にこの副題が存在する場合は、必ず添えるようにしました。今後、本が出るたびに、読者のみなさんはチェックしてみてください。国名シリーズでは、「ある推理の問題」と謳《うた》っていない作品があるのでしょうか？　それとも、すべての作品に添えられているのでしょうか？

本作品中では、くろんぼという、今日の人権擁護の見地に照らして、不当・不適切と思われる表現がありますが、原著が発表された一九三一年の時代的背景と、著作者人格権の尊重という観点から、原文どおりにしました。差別や侮蔑の助長を意図したものではないということをご理解ください。

また、《オランダ記念病院の平面図》は、作中の内容に合わせて、原著の図版を一部修正しています。

オランダ靴《ぐつ》の秘密《ひみつ》

エラリー・クイーン　越前敏弥《えちぜんとしや》・国弘喜美代《くにひろきみよ》＝訳

平成25年 3月25日　初版発行
令和6年 12月10日　20版発行

発行者●山下直久

発行●株式会社KADOKAWA
〒102-8177　東京都千代田区富士見2-13-3
電話　0570-002-301（ナビダイヤル）

角川文庫 17885

印刷所●株式会社KADOKAWA
製本所●株式会社KADOKAWA

表紙画●和田三造

●お問い合わせ
https://www.kadokawa.co.jp/（「お問い合わせ」へお進みください）
※内容によっては、お答えできない場合があります。
※サポートは日本国内のみとさせていただきます。
※Japanese text only

ISBN978-4-04-100709-9　C0197

◆◇◇

角川文庫発刊に際して

角川源義

第二次世界大戦の敗北は、軍事力の敗北であった以上に、私たちの若い文化力の敗退であった。私たちの文化が戦争に対して如何に無力であり、単なるあだ花に過ぎなかったかを、私たちは身を以て体験し痛感した。西洋近代文化の摂取にとって、明治以後八十年の歳月は決して短かすぎたとは言えない。にもかかわらず、近代文化の伝統を確立し、自由な批判と柔軟な良識に富む文化層として自らを形成することに私たちは失敗して来た。そしてこれは、各層への文化の普及滲透を任務とする出版人の責任でもあった。

一九四五年以来、私たちは再び振出しに戻り、第一歩から踏み出すことを余儀なくされた。これは大きな不幸ではあるが、反面、これまでの混沌・未熟・歪曲の中にあった我が国の文化に秩序と確たる基礎を齎らすためには絶好の機会でもある。角川書店は、このような祖国の文化的危機にあたり、微力をも顧みず再建の礎石たるべき抱負と決意とをもって出発したが、ここに創立以来の念願を果すべく角川文庫を発刊する。これまで刊行されたあらゆる全集叢書文庫類の長所と短所とを検討し、古今東西の不朽の典籍を、良心的編集のもとに、廉価に、そして書架にふさわしい美本として、多くのひとびとに提供しようとする。しかし私たちは徒らに百科全書的な知識のジレッタントを作ることを目的とせず、あくまで祖国の文化に秩序と再建への道を示し、この文庫を角川書店の栄ある事業として、今後永久に継続発展せしめ、学芸と教養との殿堂として大成せんことを期したい。多くの読書子の愛情ある忠言と支持とによって、この希望と抱負とを完遂せしめられんことを願う。

一九四九年五月三日